بساتين عربستان

# 阿拉伯的果园

【沙特阿拉伯】乌萨马-本-穆罕默德-萨阿德-穆萨利姆※著
王定筠※译

SPM 南方传媒 | 广东人民出版社
·广州·

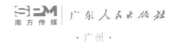

图书在版编目（CIP）数据

阿拉伯的果园 / （沙特阿拉伯） 乌萨马-本-穆罕默德-萨阿德-穆萨利姆著；王定筠译. — 广州：广东人民出版社，2022. 4

ISBN 978-7-218-15700-9

Ⅰ. ①阿… Ⅱ. ①乌… ②王… Ⅲ. ①长篇小说—沙特阿拉伯—现代 Ⅳ. ①I384. 45

中国版本图书馆CIP数据核字（2022）第042780号

图字：19-2022-027号

ALABO DE GUOYUAN

阿拉伯的果园

（沙特阿拉伯）乌萨马-本-穆罕默德-萨阿德-穆萨利姆 著；王定筠 译



**出 版 人：** 肖风华

**责任编辑：** 李丽珊 黄洁华 郑方式
**责任技编：** 吴彦斌 周星奎

**出版发行：** 广东人民出版社
**地　　址：** 广东省广州市越秀区大沙头四马路10号（邮政编码：510102）
**电　　话：**（020）85716809（总编室）
**传　　真：**（020）85716872
**网　　址：** http://www. gdpph. com
**印　　刷：** 广州市豪威彩色印务有限公司
**开　　本：** 889mm×1194mm 1/32
**印　　张：** 11. 25 **字 数：** 260千
**版　　次：** 2022年4月第1版
**印　　次：** 2022年4月第1次印刷
**定　　价：** 49. 00元

**如发现印装质量问题，影响阅读，请与出版社（020-85716849）联系调换。**
**售书热线：（020-85716826）**

在拉美西斯二世之后，在所罗门印章之后

在使者们之前，在伊斯兰之前

在黎明时期之前、光之前、正路之前

不被载入历史的故事，在讲述者之间口口相传

我意在指实掌虚之中竭力将其记录

而后将它交予时间检验

乌萨马

# 目录

CONTENTS

# 目录

CONTENTS

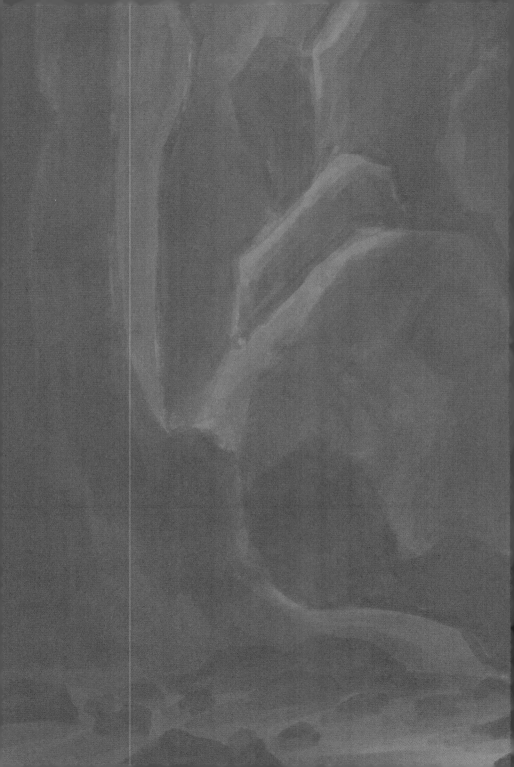

## 第一章

# 白色雪花

七岁的女孩阿芙萨尔与父亲漫步在绿色的大果园里，四周开满白色的花，种满硕果累累的枣椰树。阿芙萨尔时不时松开父亲的手去摘花。而正当她在一条小径上再次放开父亲的手采花时，一个男人带着一个与她年纪相仿、有着乌黑双眸和小麦色皮肤的小女孩走近了他们。在与父亲片刻交谈后，男人对那个怯生生躲在他身后观察着阿芙萨尔的小女孩说："去吧，达伽，去和阿芙萨尔一起玩儿。"

达伽这才从父亲背后探出身来，走向阿芙萨尔，随后在她面前坐下，开始和她一起玩耍。她俩都不说话，只是漫不经心地用眼神交流。直到听见父亲突然的惊叫声，阿芙萨尔立即抛下手中的花迅速奔向父亲，却发现父亲已浸在血泊中。而那个男人就站在父亲身旁望向她，在他伸向她的手还没来得及碰到她时，她便开始声嘶力竭地喊叫起来。阿芙萨尔从这段充满惊恐的昏睡中醒来时，已是一个年近七十的老妪。合着沉重的呼吸和布满额头的滚烫汗珠，她这才意识到，刚刚那些都只不过是个自从六十年前父亲被杀害后就时常纠缠着她的梦魇。

强烈的寒意袭遍全身，阿芙萨尔起身下床，点燃了房间角落里的壁炉。她手里抓着一个木珠，这是父亲阿述尔给她最后的留念。她才刚坐到炉火前，只见娜宰尼快步走进房间问道："婶婶，您怎么了？为什么叫喊？"

阿芙萨尔沉默，既不回答，也没有转头回应正担心着她的娜宰尼，只是自顾自地盯着燃烧的炉火，转动着木珠，然后深深地呼吸着。

娜宰尼将手放在婶婶的手背上问道："又是那个梦对吗？"

阿芙萨尔缓缓抽出自己的手，用一种哀痛难掩的语气说："难道还会有别的梦？"

娜宰尼看着婶婶衰颓的面庞说：“我们很快就能替您的父亲报仇了，我保证。”

阿芙萨尔笑了笑，然后看向娜宰尼说：“我们得运筹帷幄。”

娜宰尼说：“您可是我在这个世界上见过的最智慧的人呐。”

阿芙萨尔说：“我绝不自诩所谓智慧，智慧的顶峰不过是疯狂的开端。”

娜宰尼没有接话。

阿芙萨尔问道：“你的姐妹们呢？”

娜宰尼说：“都在睡觉呢，除了安哈尔，她还没有从提拉伊斯那里回来。”

阿芙萨尔不悦地问道：“怎么到现在还没回来？ 这都快要天亮了！”

娜宰尼怯怯地回答道：“我也不清楚。”

阿芙萨尔迅速起身换了衣服准备出门，娜宰尼拉住她的手臂问道：“婶婶，您去哪儿？”

阿芙萨尔焦躁地答道：“去提拉伊斯！”

走出屋子后，她开始念起咒语，不出几秒就从巴斯塔克到了提拉伊斯。一到提拉伊斯，她便直奔当地闻名的魔法师留什的家。用力敲了好几下门却都无人回应后，她在空气中动了动指尖，房门瞬间被击垮。进到魔法师的家里，她听见从某个房间传出叫喊声。她冲进房间，看到的是半裸着身体被囚禁起来的安哈尔，她浑身遭到残忍折磨后留下的印记清晰可见，而围在她身边的是一群大笑着、已然烂醉如泥的魔法师。留什举起酒杯朝她说道：“欢迎巴斯塔克，哦不，是整个波斯国，最厉害的女魔法师……请请请……”

阿芙萨尔震怒道："你们对我的孩子做了什么？！"

笑声从魔法师们中间爆发出来，其中一人说："我们只是如约拿她取乐罢了！"

阿芙萨尔气愤地说："契约只针对留什一人！"

留什醉醺醺地说："你这个老婆子，在讨得跟她一样的下场之前赶紧给我离开这儿！"

众人再次狂笑，在阿芙萨尔转身意欲离开时，安哈尔大喊道："别抛下我啊，婶婶！"

阿芙萨尔并没有回过身，只是平静地说："安哈尔，做好离开这儿的准备吧。"

她走到魔法师家的庭院，闭上眼睛默念起来。随即一个身形庞大的恶魔咆哮着出现在她面前，他问道："你的第二个请求是什么，阿芙萨尔？"

阿芙萨尔答道："杀了房子里除了那个女孩之外的所有人，把女孩带到我这儿来，然后把房子夷为平地。"

恶魔问道："他们之中有正直的人吗？"

阿芙萨尔说："没有。"

恶魔低吼着消失在她眼前，紧接着便是从房子里传出的喊叫声。阿芙萨尔站在屋外拨动着木珠，脸上写满愤恨。几分钟后，恶魔把奄奄一息的安哈尔带出来放在了她的脚边，然后对她说："你我之间只剩一次请求机会了。"说罢便离开。

阿芙萨尔把女孩搂在怀里说："孩子，我们这就回巴斯塔克去。"

只用了数秒时间，她们便回到了家门口，而娜宰尼和其他姐妹们也已经在等着她们。四个女孩围住安哈尔，把她搀扶进门，而阿芙萨尔则往自己的房间走去。在确认了安哈尔的身体无大碍后，娜宰尼跟上阿芙萨尔进了房间。她在阿芙萨尔面前坐下来后问道："发生了什么事啊，婶婶？"

阿芙萨尔一边坐下一边回答道："那个卑鄙的魔法师耍了我们！他亵渎了我的孩子，不过我已经把他碎尸万段扔去喂虫子了！"

娜宰尼沉默地起身，向安哈尔的房间走去。姐妹们替安哈尔清洗完伤口后便留她独自睡下，只有阿尔提斯还守在她身边痛哭着。娜宰尼走到阿尔提斯身边摸了摸她的脑袋，说："别哭了，婶婶已经替她讨回公道了。"

阿尔提斯哭着说："他们已经把她的身体和脸全都毁了，公不公道还有什么意义？！"

娜宰尼说："我们是女魔法师，这种事在我们生活中在所难免，假以时日你终会明白的。"

阿尔提斯说："她为什么非得去那个混蛋那儿？"

娜宰尼用手堵住阿尔提斯的嘴，说："永远别再说这种话，尤其是在婶婶面前！"

说罢她便独自离开。走到庭院里时，她看到另外两个姐妹贾莉拉和麦哈尔娜正凑在喷水池旁边讨论着此前发生的事，于是她走向前打断道："关于这件事的讨论到此为止，婶婶已经收拾了欺负安哈尔的人，别再提起这件事迁怒她了。"

麦哈尔娜说："明白了。"

而贾莉拉则笑着说："如果当初婶婶派我去，那这一切就都不会发生了，安哈尔根本不知道怎么应付男人。"

娜宰尼说："不如你亲口把这些话说给婶婶听，如何？"

贾莉拉哽住。

娜宰尼接着说："这个话题就此打住吧。"

夜幕降临，月朗星稀，但却冷飕飕的。婶婶和安哈尔仍待在自己的房间里，而四个姐妹则来到喷水池边的空地上。她们生

起火堆围坐在一起，在月光下闲聊起来。

娜宰尼感慨道："今晚夜色真美啊。"

阿尔提斯附和着说："最美不过午夜漫漫和晨光朦胧。"

娜宰尼问道："安哈尔现在怎么样了，阿尔提斯？"

阿尔提斯丧气地说："还没缓过来，哭闹一阵子又昏睡一阵子。"

贾莉拉说："这个姑娘被宠坏了，她不适合成为我们的一员。"

娜宰尼说："她刚刚被一群魔法师当成猎物玩弄，而他们的实力是我们之中任何一人都无法与之抗衡的。"

阿尔提斯跟着说道："放过她吧，贾莉拉，我们都清楚你是在嫉妒她！"

贾莉拉提高嗓音回道："我嫉妒那个卑贱之人？你是疯了吗？"

娜宰尼制止道："小点儿声，让婶婶听见的话我们都没有好果子吃！"

贾莉拉回应道："你才应该闭嘴！她一个小小娼妓，这才加入我们多久，你们两个就搞得好像很了解她，也很了解我对她的想法似的！"

阿尔提斯似笑非笑地说："跟你多说无益。我并不期待你能变得善良，也不需要用多长的时间才能知道你嫉妒她！"

贾莉拉大声道："在我杀了你之前你给我小心点！"

麦哈尔娜平静地对娜宰尼喃喃道："月圆之时婶婶却把自己关在屋里，真是不寻常，以往她都会出来欣赏欣赏的。"

娜宰尼说："也许她还在为发生在安哈尔身上的事感到难过吧。"

麦哈尔娜却说："我不这么认为，一定还有什么别的隐情。"

而此时阿芙萨尔的声音打断了姑娘们的对话，她冲她们喊道："姑娘们，过来！"

于是几个姐妹朝她的房间走去。进到房间里，阿芙萨尔让她们围坐在她身旁，然后对她们说："时候到了。"

娜宰尼疑惑道："您是指？"

阿芙萨尔点头肯定道："没错，连心眉，是时候去阿拉伯了。"

娜宰尼说："按照您的吩咐，我已经搜集到了所有关于那个阿拉伯女魔法师的信息，也已经搞清楚了她目前的位置。"

阿芙萨尔说："是时候行动了。姑娘们，去准备准备，我们明天出发。"

娜宰尼问道："那安哈尔怎么办？她能动身吗？"

阿芙萨尔说："别担心，我会给她配些方子，足够她克服路途上的困难了。"

娜宰尼回应道："是，婶婶。"

曾经的阿芙萨尔意识到，在男魔法师当道的社会里，女魔法师普遍被贬为弱势阶层，既不被赋予价值和分量，也极容易成为男魔法师寻乐的对象。正因如此，一些女魔法师开始成立组织，这些组织有一套严密的管理机制，通常由三个、六个或者更多的女魔法师组成，其领导者必须是一位资历深厚且魔法技艺超群的女魔法师。可以说几乎所有的男魔法师都想要毁灭这些组织，因为它们给予了女魔法师某种力量和独立性。

阿芙萨尔的父亲曾是一位极富威望的魔法师，在他被杀害后，阿芙萨尔便搬去与叔叔玛哈尔巴一起生活，而叔叔同样也是在波斯国享有一席之地的魔法师。她在叔叔身边待到了二十多岁，在那期间她学到了大量咒语和魔法，也见识了形形色色的魔法师、妖怪和精灵，当然了，也借此窥到了许多他们的魔法诀窍。

她从自己所遇到的所有人和事中学习，而这般不眠不休的努力只有一个目的，那就是报杀父之仇。那个杀害父亲的人就是她与父亲的旅程中见到的最后一个人。他们当时在阿拉伯半岛，那个被波斯人叫作“阿拉比斯坦”，也就是“阿拉伯人的土地”的地方。那时候，父亲带着她去拜访一位叫瓦西班的魔法师，想向他讨教阿拉伯人魔法里特有的咒语。在他们到达了那位魔法师所在半岛的东侧，确切地说，是赫贾尔地区后，父亲与魔法师进行了交谈。大人们谈话的时候，阿芙萨尔正与达伽一起玩耍，而父亲却突然倒在了血泊中。阿芙萨尔奔向父亲，抱着父亲的遗体哭到失去了意识。

再次醒来时，阿芙萨尔发现自己正在一艘驶向波斯国的船上，而陪在她身边的是一个她此前从未谋面的陌生阿拉伯男人。那个男人用力地抓着她，好像生怕她会飞走一般。而阿芙萨尔已经想不起来杀害父亲的人的样貌，印象里只记得他的手背上有一处三个太阳的印记。那个阿拉伯男人把她带到了波斯国的一个口岸，将她送回叔叔那里之后便离开了，此后她再未见过此人。

自那之后，阿芙萨尔便一直等待机会，回到阿拉伯为父报仇。跟叔叔一起生活了近二十年后，她终于决定开始阿拉伯的复仇之旅。她在一个夜晚不告而别，离开了叔叔一家，朝波斯国西北部的塔赫塔苏莱曼地区而去。这一旅程是为了去见掌控着波斯国的大魔法师们。

她之所以想见那些大魔法师，是因为她明白阿拉伯有着全世界最残暴的魔法师，她可不想做无谓的牺牲。一到塔赫塔苏莱曼她便开始寻找魔法师聚集的地方。最后她找到了一个用泥巴堆起来的建筑，建筑外生着一堆火，三个中年男人围在火旁。

她淡定地走过去问道："你们谁能带我去见这里的头领？"

其中的一个男人反问道："你是谁？"

阿芙萨尔说："阿述尔的女儿阿芙萨尔！"

另一个男人问道："那个被谋害的魔法师的女儿？"

阿芙萨尔答道："没错。"

第一个男人继续问道："你找我们头领做什么？"

阿芙萨尔说："这是我和他之间的事。"

而后第三个男人站起身来对她说："跟我来吧。"

阿芙萨尔跟着他走到了谷底。他缓缓回过身对她说："你知道自己在做什么吗？"

阿芙萨尔肯定地说："是的。"

男人说："从哪儿来回哪儿去吧，这不是你该来的地方。"

这话激怒了阿芙萨尔，她把自己的行李扔到地上，朝那个男人吼道："我想去哪儿你就带我去哪儿，敢停下我就杀了你！"

然而只是一眨眼的工夫，阿芙萨尔整个人便悬在了空中，身体在地面和洞壁之间来回猛烈地撞击，很快便意识模糊，衣服也被撕碎。就在她遭受凌辱的时候，之前坐在火堆旁的另外两个男人走了过来，并问那个男人说："还没结束？"

那个男人笑着回答道："还没呢，你们先走，等我收拾完这个小贱人便赶上你们。"

把阿芙萨尔折磨到彻底失去意识后，男人把她抛在山谷里就离开了。第二天早晨阿芙萨尔醒过来时，她的骨头粉碎，伤口流着血，还引来了一些野兽围在她的四周，它们企图靠近并攻击她。就在其中一只野兽开始行动时，一个男人大喊道："走开！

走开！”

野兽们四散逃离，男人走近阿芙萨尔并把她扛回了自己在山谷附近的家里。在阿芙萨尔闭上眼之前，她看到了跟在男人身后的羊群，想着他只是一个偶然经过的牧羊人，这才放下心来。她在牧羊人家里的床上再次醒来，天气异常寒冷，她身上盖着厚重的毛毯。她身边放着一碗热汤，却不见牧羊人，于是便自己起身喝掉了热汤。同时她发现自己还穿着牧羊人的衣服，身上的伤口也已经被妥善处理好。

牧羊人傍晚回到家时，发现阿芙萨尔正在屋外等着他，而手里正缝补着自己被撕烂的衣服，看起来是在准备离开。他走向阿芙萨尔，说：“你为什么下床来了？你现在还很疲惫，需要好好休养。”

阿芙萨尔回答说：“谢谢你为我做的一切，但是我该离开了。”

牧羊人问道：“你要去哪儿？”

阿芙萨尔说：“我也不知道……”

牧羊人继续说道：“能不能进屋跟我细说？”

于是阿芙萨尔跟着他进到屋里，并跟他说了自己在山谷里失去意识之前的所有故事。牧羊人听完后对她说：“你到这个山谷来是为了找什么？”

阿芙萨尔说：“我来找住在这里的大魔法师。我之前听说了很多关于他的事，我想跟他学习，直到足以让我去阿拉伯跟我的杀父仇人决一死战。”

牧羊人说：“你知道他长什么样吗？或者他的名字？”

阿芙萨尔说：“不知道。”

牧羊人又说：“你觉得这里的魔法师会这么轻易就带你去找他？”

阿芙萨尔说："我也不知道……我此前并没有考虑太多。"

牧羊人说："我在这里生活了大半辈子，我可以肯定地告诉你，你是不可能找到他的。"

阿芙萨尔不解地问道："为什么？"

牧羊人说："这里的魔法师们有一个强大的组织，他们能够活在人类的视线之外。他们无所不能，没有人知道他们的身份，更别说他们的头领是谁了。"

阿芙萨尔说："可是我真的需要去见他们的头领，我现在只是一个小魔法师，还不能去阿拉伯。我必须达到很高的水平才能去为我父亲报仇，我的对手绝非善类。"

牧羊人不接话。

阿芙萨尔起身说道："我不想拖累你，我现在就得离开去找大魔法师！"

牧羊人阻止道："他们会杀了你的！"

阿芙萨尔说："这个险值得一冒……"

牧羊人继续劝说道："我可以帮你达成愿望，但我有一个条件……"

阿芙萨尔问道："条件？什么条件？"

牧羊人说："你在我身边待五年，学习如何牧羊，在那之后我就带你去见那个能够帮你找到塔赫塔苏莱曼大魔法师的人。"

阿芙萨尔说："五年未免太长了……"

牧羊人说："总之这就是我的条件，五年之后你若还是执意如此，那我便带你去找那个能助你实现心愿的人。"

阿芙萨尔说："好吧……那我就在你这里待五年。"

在那五年里，阿芙萨尔一直跟在牧羊人身边，为他做饭、打扫屋子，完成一切他要求的事。第一年她就像囚犯一般计算着每分每秒，只等着离开囚牢。牧羊人总是早出晚归，每当他回家时，她便出去与羊群一起睡觉。尽管阿芙萨尔态度冷漠，牧羊人却一直待她不薄。到了第二年，她开始习惯牧羊人的存在，对他的态度也温和起来。而渐渐地他们之间也开始萌生出爱意。第三年牧羊人便向阿芙萨尔求了婚，尽管一开始有些犹豫，但最终阿芙萨尔还是答应了。当第四年也快要结束时，阿芙萨尔不再计算时间，和牧羊人在一起的时光让她感受到了莫大的幸福，以至于复仇的念头也不再如从前那般强烈。

有一天，牧羊人生了重病无法出门，因此阿芙萨尔不得不独自出门去山谷里牧羊。那时她正怀有身孕，跟在羊群后面。羊群渐行渐远，直至消失在她的视线里，但她丝毫不担心，她知道羊群能够自己找到回家的路。当她坐着休息时，她看到羊群果然开始原路返回，于是开始惬意享受着周遭的自然风光。这时，突然有个男人出现在她身后，并对她说："抱歉打扰你了，夫人，请问能施舍些东西给我填一下肚子吗？"

阿芙萨尔转头看向他，问道："你是谁？"

男人说："我只是路过这里的人。"

阿芙萨尔问道："你住在这里吗？"

男人说："不不……我从述述来，我来找一个人。"

阿芙萨尔继续问道："你想找谁？"

男人说："你不打算给我些食物让我能有力气继续说话吗？"

阿芙萨尔说："我这儿只有一些饼了，给你。"

男人说："谢谢。"

吃掉那些饼后，男人在阿芙萨尔身边坐下来。他接着刚刚的问题说道："我来这里是为了找塔赫塔苏莱曼的大魔法师，我有事相求于他。”

阿芙萨尔问道：“你找到他了？”

男人说：“还没有，但应该快了。”

阿芙萨尔说：“你怎么能认出他来？”

男人说：“我并不是很了解他，但指引我来这里的那些人告诉我，他就住在这附近的一个小茅屋里，并且平时以牧羊为生。”

一瞬间，阿芙萨尔的心脏剧烈颤动起来，头晕目眩、面色发白，几乎就要昏倒过去。男人赶忙问道：“夫人你怎么了？你是太累了吗？”

阿芙萨尔说：“没事，只是行路太多有些疲劳罢了。”

男人又问道：“那你需要我帮忙吗？”

阿芙萨尔说：“不用，只是你可以告诉我更多关于这个大魔法师的事吗？”

男人说：“说实话，我知道的也并不多。他行踪诡秘又与世隔绝，连他的追随者们也对他不甚了解，他只是偶尔会在那些山顶上与他们进行秘密会面。”

阿芙萨尔问道：“那你想找他做什么呢？”

男人说：“我想杀了他。”

阿芙萨尔惊讶地说：“杀了他？”

男人说：“没错，他对我家乡的人做了太多的孽，只有一死才能稍微平息这些罪行给他们带来的伤害。”

阿芙萨尔说：“你觉得你能轻易靠近他并杀掉他吗？”

男人说：“我知道这并非易事，但我想我已经找到了解决他的方法。”

阿芙萨尔努力克制住自己的情绪，问道：“什么方法？”

男人说：“但凡我能与他当面对峙，我就能对他施咒语，这个咒语是一个也想杀掉他的大魔法师教给我的，我想这应该足以要了他的命。”

阿芙萨尔问道：“什么咒语？”

男人反问道：“你为何这么关心？”

阿芙萨尔说：“因为我知道他在哪儿，我想帮你。”

男人激动地说：“当真？在哪儿？他在哪儿？！”

阿芙萨尔说：“你先一五一十地把咒文全都告诉我。”

男人半信半疑地问道：“那我怎么知道你说的是真的呢？”

阿芙萨尔说：“你自己考虑吧。”

男人想了想，盯着她噙着泪水的眼睛和充满愤怒的脸说：“虽然我不知道你是谁，但我想我们想杀掉他的意愿同样强烈。”

于是他把咒语告诉了阿芙萨尔。而后阿芙萨尔对他说：“你回去吧。”

男人问道：“为什么？！我就知道你是在耍我！”

阿芙萨尔平静地说：“他今晚就会丧命，从现在开始不用你操心了。”

男人说：“你从我这儿获取咒语是为了亲自去杀他？”

阿芙萨尔定定地看着他说：“对，你走吧。”

男人说：“那我相信你，希望你别辜负我的信任。”

说罢他便离开了。不久后，羊群赶在日落之前回到了阿芙萨尔身边，阿芙萨尔起身与它们一同往小屋走去。回到家时夜幕刚落，丈夫看起来已有好转，他笑着从床上起来迎接并拥抱了阿芙萨尔，而后问道：“亲爱的，你怎么这么晚才回来？”

阿芙萨尔一边把自己的剑挂起来一边说：“我没法儿走得太快，在路途上休息耽搁了很多时间。”

牧羊人笑着说："没关系，我现在好多了，明天就可以出门牧羊了。"

阿芙萨尔说："随你吧。"

牧羊人问道："你看起来一点儿都不担心我，今天发生了什么事吗？"

阿芙萨尔坐下来说："没有，我只是太累了，今天走太多路，脚都肿了。"

听她这么说，牧羊人便把她抱到床上帮她按摩脚，一边还说："我的生活要是没有了你那还有什么意义啊。"

阿芙萨尔看向他，嘴里开始念起咒语，而泪水却模糊了她的双眼。丈夫不解地问道："你在说什么啊，亲爱的？我怎么听不懂你说的话？"

当咒语的最后一个音节落下，牧羊人僵直地倒地死去。阿芙萨尔一直哭到清晨时分，随后下床走出了门去。正当她挖坑准备埋葬自己的丈夫时，前一天教她咒语的那个男人出现在她身后，笑着说："真没想到你竟然这么残忍啊，阿芙萨尔……"

阿芙萨尔恼怒道："你……你在这里做什么？！"

男人依然微笑着说："我来拿我想要的东西。"

阿芙萨尔说："我已经杀掉了大魔法师，你的愿望也就达成了，你还来这里干什么？！"

男人大笑起来说道："你真的相信这个牧羊人是大魔法师？"

阿芙萨尔大喊道："你说什么？！"

男人说："我尊敬的大魔法师还活得好好的呢，他早就想除掉这个牧羊人了，因为他一直用祷告干扰大魔法师。但碍于他是虔诚的信徒，我们无法对他下手，因此只能借由与他亲近的人之手，比如他的妻子。"

听到这些话，阿芙萨尔瘫坐在地上痛哭起来。而男人则走进屋里将牧羊人的尸首分离，他将用牧羊人的脑袋证明他死亡的事实，并以此换取自己的奖赏。

男人拎着牧羊人的脑袋走出屋子，说："回到原本属于你的地方去吧，这里没有你的立身之处。"

阿芙萨尔抬起头，看着男人手里自己丈夫的脑袋，说："我以天上星辰和地狱火舌之名发誓，终有一天我将像此时你抓着我丈夫的头颅一般抓住你头领的头颅！"

男人大笑着离开。

阿芙萨尔一直哭到筋疲力尽昏睡过去。半夜醒来时她只觉得头痛欲裂，站起身后再次看到那个小茅屋时，她又不禁哭了起来。她将羊群放了出来，看着羊儿们朝着山谷而去，她也准备离开。而在她才刚将丈夫下葬没多久时，一只羊独自返回到了坟墓前。阿芙萨尔看到这一幕后说："并不只有你在为他悲伤，我的心也已经随着他的离开死去了。"

羊儿回应道："关于你在那个男人面前许下的誓言，你作何打算？"

听见羊儿张口说话，阿芙萨尔吓得瘫软在地，说不出话来。未等她做出任何反应，羊儿继续说道："你可以去阿尔亚山找一个叫亚朱特的人。"

说完它便朝着山谷方向去与羊群会合，留下阿芙萨尔愣在原地。待整理好所有的情绪，阿芙萨尔收拾起自己的行李，启程前往阿尔亚山。日夜兼程，她终于在几天后来到目的地，却发现山上空无一人。她坐下来生火，开始思考接下来的计划。午夜时分，困意袭来，阿芙萨尔靠在自己的衣服堆上睡了过去。半梦半醒中她睁开眼，发现一位留着长长的白须、袭一身白衣的老者站在她跟前。她下意识准备逃走，但老者叫住她说："过来，孩子，别害怕，我不会伤害你的。”

阿芙萨尔只好远远地坐下来，恐惧不安地问道：“你是谁？你找我做什么？”

老者说：“是你想找我，不是我想找你。”

阿芙想了想，说：“我来这里是为了……”

老者打断了她的话说：“我知道你所有的故事，也知道你想找到大魔法师替你丈夫报仇。”

阿芙萨尔说：“没错。”

老者问道：“那你现在是打算放弃去阿拉伯报杀父之仇了吗？”

阿芙萨尔说：“你怎么会知道这件事？”

老者说：“我知道的还远远不止于此呢，阿芙萨尔。”

阿芙萨尔不说话。

老者继续说道：“这两个心愿我都能帮你实现，但是代价也不菲。”

阿芙萨尔说：“我没有钱……我这里只有一些衣物。”

老者说：“你拥有的东西可比钱有价值多了。”

阿芙萨尔问道：“那是什么？”

老者答道：“你肚子里即将出生的孩子。”

阿芙萨尔不可置信地说：“你疯了吗？！你觉得我会把自己还未出生的孩子交给你？”

老者不紧不慢地说：“这便是向大魔法师和阿拉伯的魔法师复仇的代价，其他的我都不想要。而没有我相助，你是断无可能打败他们的。”

阿芙萨尔说：“但这件事未免太强人所难。”

老者说：“人啊，总是妄图不付出太多就能达成自己的愿望，所以这世间伟大的人寥寥无几。”

阿芙萨尔问道："你准备对我的孩子做什么？"

老者说："如果你把他给了我，那之后的一切也就都与你无关了。"

阿芙萨尔说："你能给我些时间考虑一下吗？"

老者说："黎明前必须给我答复，否则你将再也见不到我。"

老者离开后，阿芙萨尔内心万般纠结。黎明到来时，老者再次回到她面前问道："所以你的决定是……"

阿芙萨尔看着他并坚定地说："我同意。"

老者笑了笑说："你将在一个月后生下这个孩子，在那之前我将帮助你成为波斯国最强大的女魔法师之一。"

整整一个月老者都在阿芙萨尔身边。老者不仅教给了她许多她此前闻所未闻、见所未见的咒语，还给了她一枚镶着绿宝石的戒指，并对她说："封印在这枚戒指里的恶魔只能被戒指主人差遣三次。它虽是自己族群里的王者，但却被禁锢在这戒指里无法脱身，除非主人主动将它释放。等你用完后可以把它传给下一个你认为值得托付的人。"

同时老者嘱咐她，在她的魔法技艺纯熟前千万不能去阿拉伯，因为那里的魔法师不仅强大而且身经百战。但阿芙萨尔气愤地拒绝了，她认为让她做好去阿拉伯的准备是契约的一部分。于是老者又说："如果你真打算去阿拉伯，你必须先拥有自己的组织。"

阿芙萨尔疑惑地问道："你所说的组织是指什么？"

老者回答说："一个由女魔法师组成的组织，你要成为她们的头领，这样才能确保你能打胜仗。"

阿芙萨尔问道："那我该怎么做呢？"

老者答道："拿着这本书，它将解答你所有的问题。"

阿芙萨尔接过书，而后老者站起身说："今晚你就要分娩了，准备好把孩子交给我。"

阿芙萨尔脸色一变，她哭着说："我可以有最后一个请求吗？"

老者说："不行。"

她继续祈求道："求求你了……求求你……"

老者说："你有什么请求？"

阿芙萨尔说："请让我给这个孩子取名字。"

老者沉吟片刻后说："好吧。"

正如老者所预期的那样，阿芙萨尔在半夜开始阵痛。黎明降至时，她诞下一个女婴，为她取名为娜依姆。就在孩子出生后不久，老者便再次出现。老者想伸手去抱走孩子，但阿芙萨尔与他僵持了起来，老者说："别逼我把你们俩都杀掉！"

阿芙萨尔只好把孩子交出，之后便哭了起来。老者离开前威胁道："别想着来找她！"

太阳升了起来，阿芙萨尔凝望着山背后的那一轮光晕，心里想着自己再也无法拥抱女儿。但随即她便站起身，赶走心中的悲痛，她开始念起老者之前教给她的一段咒语，不出片刻她便来到塔赫塔苏莱曼。

阿芙萨尔回到丈夫曾经居住的茅草屋，去丈夫坟前做了祭拜。那一整晚她都在屋里研读老者给她的书，然后在自己曾经的床上睡了过去。在次日的夜晚到来之前，阿芙萨尔醒了过来，继而直接朝第一次遇到那三个男人的地方而去。没过多久，她找到了那个折磨过她的中年男人和他的两个随从。他们一看到她便大笑起来，同时还一边靠近她企图再次伤害她。但他们压根还没来得及说出一个字，三个人的脑袋便齐齐飞起来滚入了谷底。阿芙萨尔则继续往山顶上走去。

快要到山顶时，夜色开始沉下来。就在这时，那个割下自己丈夫头颅的男人出现了，他笑着说：“牧羊人的妻子，你要去哪儿？”

阿芙萨尔并不理会他，埋头继续往前走。男人恼怒之下开始喃喃念起咒语，就在快要念完的时候，阿芙萨尔突然转过身割掉了他的舌头。鲜血从男人嘴里不断涌出，他痛苦地呻吟倒地。阿芙萨尔利落地砍下了他的脑袋，接着继续赶路。到达山顶时已经天黑了，她看到一大群魔法师聚在一起，与此同时还有形形色色的魔鬼和一些半裸着、被铁链捆绑住的女孩。那些女孩看起来充满恐惧，身上尽是被折磨的痕迹。其中一个魔法师站起身对阿芙萨尔说：“你是谁？你是怎么到这里来的？”

阿芙萨尔并不作回应，只是摸了摸老者给她的那枚戒指，接着一只巨大的恶魔出现在她身后。它的出现震慑住了在场所有人，尤其是那些魔鬼，显然它们都知道恶魔在它们那个世界里的地位。恶魔靠近阿芙萨尔说：“你有三次……”

话音未尽，阿芙萨尔直接下令道：“留下女孩们，其余的全都杀掉，只留一个活口便可……”

短短几分钟内，血肉横飞，只剩下女孩们和一个摔在地上吓得直哭的魔法师。恶魔再次靠近阿芙萨尔，说：“现在只剩两次机会了。”旋即便离开。

阿芙萨尔走向那个唯一被留下的魔法师，鲜血已浸透他的衣服。阿芙萨尔对他说：“你们的头领在哪儿？”

魔法师赶忙紧张地答道：“他在过来这里的路上，他要来跟我们会面！”

阿芙萨尔说：“把女孩们放走，让她们回家，我方可留你一条命。”

魔法师吻了吻阿芙萨尔的手，然后放走所有女孩并把她们送下了山。阿芙萨尔坐在专门为大魔法师而设的石雕王座上，一小时后终于等到大魔法师到来。大魔法师身着黑袍，脑袋被遮住，让人无法看清他的容貌。但阿芙萨尔并不在乎，她一心只想杀掉他。她向大魔法师逼近，双方使出自己的各种力量和咒语，陷入胶着混战。

打斗过程中阿芙萨尔感到些微的吃力。她考虑过再次使用戒指，但同时又想亲手杀掉大魔法师，于是坚持奋战到了破晓时分。历经漫长的消耗战后，魔法师的鲜血开始止不住地往外流，阿芙萨尔也终于抓住打倒他的机会。正当阿芙萨尔准备趁机使出致命一击时，大魔法师抬起自己沾满血的手请求停战。阿芙萨尔顿了一下，准备继续攻击，但大魔法师掀起斗篷。在看清大魔法师的面容后，阿芙萨尔无比震惊。

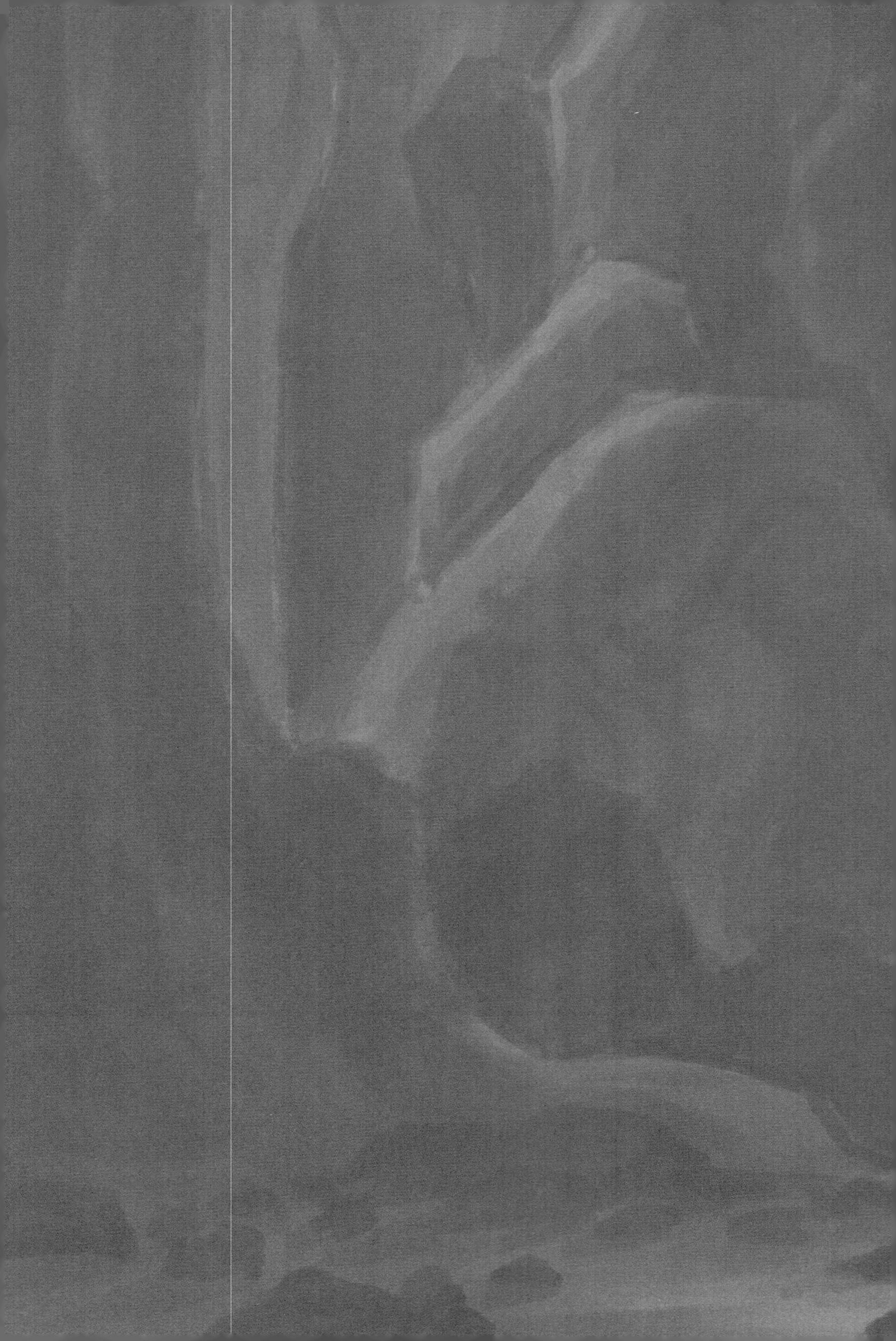

## 第二章

# 枯井

一群骆驼在烈日下朝着阿拉伯行进，驼队储备的水在一点点耗尽。距离从赫贾尔口岸出发已经过去数周，他们却迟迟未抵达目的地。旅客和骑士都在这艰难的跋涉途中满腹牢骚，而驼队向导和雇佣护卫骑士也开始就自己的性命问题讨论起来——

骑士说："我们不是早该到达目的地了吗？"

向导说："对啊，我也不明白为什么。我对亚麦麦这一片的路了如指掌，但现在它好像全变了，我们就好像绕进了一个怪圈里。"

骑士说："水和补给眼看就要消耗光了，你说这话可不妙。如果到时候旅客中间发生骚乱，我和我的手下可保护不了你。"

向导说："我已经在按我所知道的路走了，你还想要我怎么样？"

骑士说："可是现在你的经验已经不管用了，我们很快就要死了！"

这时向导突然说："看！看！"

骑士说："什么？"

向导说："那边沙堆上有一个人，他可能跟我们一样迷路了。"

骑士赶紧说："别靠近他，让驼队停下，他可能是劫匪，这是他们的惯用伎俩。"

向导说："那我让驼队停下，你和你的手下们过去探探情况吧。"

随即向导叫停了驼队，并吩咐大家搭建营地准备食物，而骑士则和他的五个随从走向远处倒在地上的人。他们走近那个人，发现那是一个接近古稀之年的老妇人，她的双眼迷蒙，看起来筋疲力尽，于是骑士命令随从将她带回营地。

回到营地后，骑士又让随从给老妇人喂了些食物和水。旅客们怨声载道，纷纷表示无法再多给一个人提供水粮。骑士斥责道：“你们是想让我把这个可怜人扔在沙漠里，眼睁睁看她送死吗？都好好待着吧，我们明天一早继续出发！”

夜晚时分，旅客们大多都回到帐篷里睡觉。向导和骑士坐在火堆边，骑士用剑翻动着一截木炭，说：“现在该怎么办？旅客们都开始按捺不住自己的负面情绪了。”

向导说：“我也不知道，这事儿太奇怪了。我曾往返赫贾尔和亚麦麦几十次，这是我第一次迷路。”

骑士说：“你必须尽快做出决断，我们的时间不多了！”

这时老妇人突然在他俩背后说：“我有办法……”

骑士迅速拿起剑起身问道：“谁？”

老妇人笑了笑说：“谢谢你们救了我，我想报答你们。”

向导说：“夫人，请坐到我们这儿来吧。”

老妇人说：“谢谢你，孩子。”

骑士问道：“您有什么办法呢？”

老妇人说：“在距离这里半日路途的地方有一口井，我可以带你们过去取水。”

向导激动地说：“太好了！这能减轻我们的旅途负担！”

骑士抬手打断了向导，说：“慢着！您是怎么到这里来的？”

老妇人答道：“我是跟着一个驼队来的，但是在某天晚上犯困的时候我从骆驼身上摔了下来，等我清醒过来时驼队早已经离我远去……”

骑士说：“你这话很不合理。”

老妇人说：“我为什么要骗你？”

骑士说：“你是为了把我们引到一个偏僻的地方，然后和你的同伙把我们杀了劫走驼队吧？”

老妇人说：“这和在这里就地把你们杀掉有什么区别？”

骑士无言以对。

向导说：“这可是老天赐予我们的机会，你可别疑神疑鬼把它给浪费了！”

骑士说：“好吧，但是我们必须把她绑起来，直到我们亲眼看到那口井。”

老妇人说：“没问题，尽管这样挺卑鄙的。”

向导笑着说：“请见谅，我们不得不谨慎些。”

于是向导、老妇人、骑士以及他的两个随从一同朝老妇人指示的地方而去。他们骑着马带着老妇人朝着水井的方向走着，快要到达目的地的时候，向导问老妇人：“夫人，您是哪里人？”

老妇人回答说："我从南阿拉伯来。"

向导接着问道："那您为何来这里？"

老妇人说："来谋生计。"

向导说："就您一个人？"

老妇人说："不。"

向导说："那是和谁一道？"

老妇人说："和我的五个女儿。"

向导说："那她们现在在哪儿？她们怎么把您一人留在了沙漠里？"

老妇人说："她们没有抛下我，是我命令她们留在原地等我。"

向导说："在亚麦麦等你吗？"

老妇人说："不。"

向导说："那是在……"

老妇人说："在水井那儿。"

向导有些惶恐地回头看向平静微笑着的老妇人，就在他想要叫停队伍之前，骑士大喊道："我看到水井了，伙计们！"

说着便和他的手下们骑马飞快地朝水井处奔过去，把向导和老妇人远远甩在了身后。向导扯了一下缰绳想再次起步，老妇人却抓住了他的手，并在他耳边低声说："就停在这儿吧，如果你还想活命的话。"

骑士和手下赶到井边，而后迅速下马朝井里张望，但却没有感受到任何水气。接着他们又把水囊掷向井底，结果也一无所获。于是骑士远远地朝向导喊道："根本就没有水！这是一口枯井！"

向导没有回应他，而是转而看向老妇人问道："现在该怎么做？"

老妇人说："别担心，我的女儿们自会处理。"

就在骑士冲着向导大喊的间隙，井里传来一声低吟："求求你……救救我……"

骑士看向井里问道："谁？有人在里面吗？"

而那个声音只是重复着哀求道："别抛下我，我很害怕。"

骑士命令随从放绳到井里并下去一探究竟。当其中一个随从到达井底时，他凭着微弱的光线看到一个纤瘦的、失去了一只眼睛的女孩，于是便驮着她把她带出了枯井。女孩一出来老妇人便笑着在向导耳边说："这是我的女儿拉提卡。"

向导人说："她为什么瘦弱成那样？"

老妇人依然笑着说："但她有颗强大的心脏。"

骑士走近拉提卡厉声喝道："你到这里来做什么？你在井里干嘛？"

女孩默不作声，而后井里又再次传出声音："求求你……救救我……"

骑士回头问刚才下井的那个随从："井里还有其他人吗？"

随从疑惑地否认道："我发誓我只看到了这个女孩！"

于是骑士又命令另一个随从下到井里去。而当他进到井底时，他看到一个肤白胜雪、黑发如瀑的曼妙女子，于是他羞涩地笑了笑，伸手将她带出了枯井。女孩站到了拉提卡身边，骑士不解地问道："你又是谁？"

此时向导和老妇人来到了井边并下了马。向导将老妇人解绑，骑士见状吼道："谁允许你给她松绑了？！"

老妇人淡定地说："我。"

骑士说："你到底是谁？！"

老妇人说："我是瓦西班的女儿达伽，你今天将命丧于我手。"

骑士和手下们纷纷拔剑准备攻击，而向导则躲到了枯井背后。达伽向前走到女儿和骑士的中间，笑着说："你和你的随从们想做什么？"

骑士说："像宰羊一样把你们解决掉！"

达伽和女儿们大笑起来，她说："我们可没你想的这么弱，蠢货！"

骑士说："在尊贵的人中间可容不下你们这样的窃贼！"

达伽讽刺地回应道："那你这个不会犯错的骑士应该知道，我喜欢有缺陷的人，而我们都是有缺陷的。"

骑士下令让随从立刻将她们杀掉。但他们才往前移动了几步，只见拉提卡伸出手掌将他们掀翻在地不停抽搐。骑士被眼前所发生的一切吓得怔住，他问道："你是谁？你想要怎样？"

达伽说："我原本并不想杀你们，只打算把你们扔到枯井里然后劫了驼队便罢手，但你竟然把我像牲口一般绑起来，你必须付出代价！"

骑士咆哮道："我要杀了你们这些贱人！"

达伽对其中一个女儿说："把他解决了，拉布哈。"

拉布哈朝骑士逼近，骑士用剑抵住她的喉咙。拉布哈轻蔑地笑着说："来啊，杀了我。"

但骑士丝毫无法动弹，只能定定看着她，直到咽气倒在了沙地上。

达伽走到他的尸体边，厌恶地说道："等你变成了天使，只管对付魔鬼去吧。"

此时向导突然说："饶了我，饶了我，求求你们不要伤害我！"

达伽大笑着说："别怕，孩子，我不会杀你，但你得为我们做最后一件事。"

向导说："任何事都可以，只要放我一条生路！"

所有人都骑上马后，达伽对拉提卡问道："你的其他姐妹去哪儿了？"

拉提卡伸手指向驼队的方向。达伽生气地说："我不是告诉过她们跟你们一起在枯井那里等着吗？"

四匹马朝着驼队驻扎的地方行进，途中遇上了三个步行的女孩。达伽发现那就是她的另外三个女儿，于是停下来朝她们说："你们为什么没有听我的话在枯井那里待着？"

哈娜回答道："我们等得太无聊了，婶婶，有拉提卡和拉布哈跟着您就足够了，并不需要我们所有人都在那儿。"

达伽问另一个女孩："那你是怎么想的呢，胡德？"

胡德说："我不知道，我只是跟着哈娜。"

达伽又继续问："那你呢？多纳？"

多纳怯怯地说："对不起，婶婶。"

达伽说："我一会儿再跟你们算账，现在可没工夫理你们。你们接着朝驼队那边走，要是迟了的话，我就会直接离开，让你们在这沙漠里自生自灭！"

哈娜说："您怎么能把我们就这么抛下呢？这地方这么偏僻，而且马上就要天黑了！"

达伽说："因为并不需要你们都在啊。"

说完达伽便继续朝着驼队而去，向导和拉提卡紧随其后。而拉布哈在跟上他们之前骑马走到三个女孩身边说："哈娜做这种蠢事完全在我的意料之内，胡德我也不意外，但是你，多纳，你真是让我感到惊讶。"

接着她踢了踢马，很快便跟上了其他人。

哈娜抬起手说："都走吧！我不在乎！"

胡德说："但是婶婶看起来真的很生气。"

哈娜说："这难道是她第一次冲我们发火吗？"

胡德说："不是，但这次她应该是特别生气。"

而多纳说："早知道我就不跟你们来了。"

哈娜气哄哄地回应道："你说话小心点！我们又没让你跟着一起来，我们压根就没让你跟我们一起！"

多纳说："确实，都是我自己的错。"

说着她便走开，与两个姐妹拉远了距离。

胡德问道："你去哪儿，小疯子？"

多纳朝着沙漠深处越走越远，回答道："跟你们无关！"

哈娜说："随她去吧，如果狼把她吃了我们也落得轻松。"

胡德说："你说什么呢？天就快要黑了，我们会找不到她的！"

哈娜击了击掌点起一堆火，然后说："那你去跟着她吧，我累了。"

胡德循着多纳离开的方向而去，她不停地喊却没有得到任何回应。她回到哈娜生火的地方，却发现哈娜正在睡觉，于是用脚踢了踢她，质问道："你的姐妹走丢了，你怎么还在这儿睡觉？"

哈娜恼怒地起身说："关我什么事？是她自己要走的！"

胡德在她身旁坐下来，说："多纳还只是个孩子，她没法儿靠她自己。"

哈娜打着哈欠说："多纳可是个魔法师，她可以保护自己。"

胡德看向远处说："但愿如此。"

多纳向着她自认为去往驼队的方向走了一阵子，天色暗下来后她坐下来点起了一堆火。就在她盯着眼前的火苗出神时，她听见一个声音说：“亲爱的，你还在以身试险吗？”

多纳笑了起来，起身环顾四周，说：“你在哪儿呀，阿兹拉克？”

那个声音回答道：“就在你身边呢，亲爱的，我一直都在。”

多纳说：“快出来让我看到你，我想抱抱你！”

那个声音说：“遵命，亲爱的……”

接着一个健壮的庞然大物出现在多纳眼前，他足足有多纳两倍半高，同时还长着一对角，蓝色的皮肤也难掩他的英俊。多纳冲过去用力抱住他说：“今晚就在这儿陪着我吧，阿兹拉克。”

阿兹拉克温柔回应道：“这世界上，唯有你踏足之处才是我栖身之所。”

于是他们就这样相拥在火堆旁，一起看着天上的圆月，直到黎明到来。

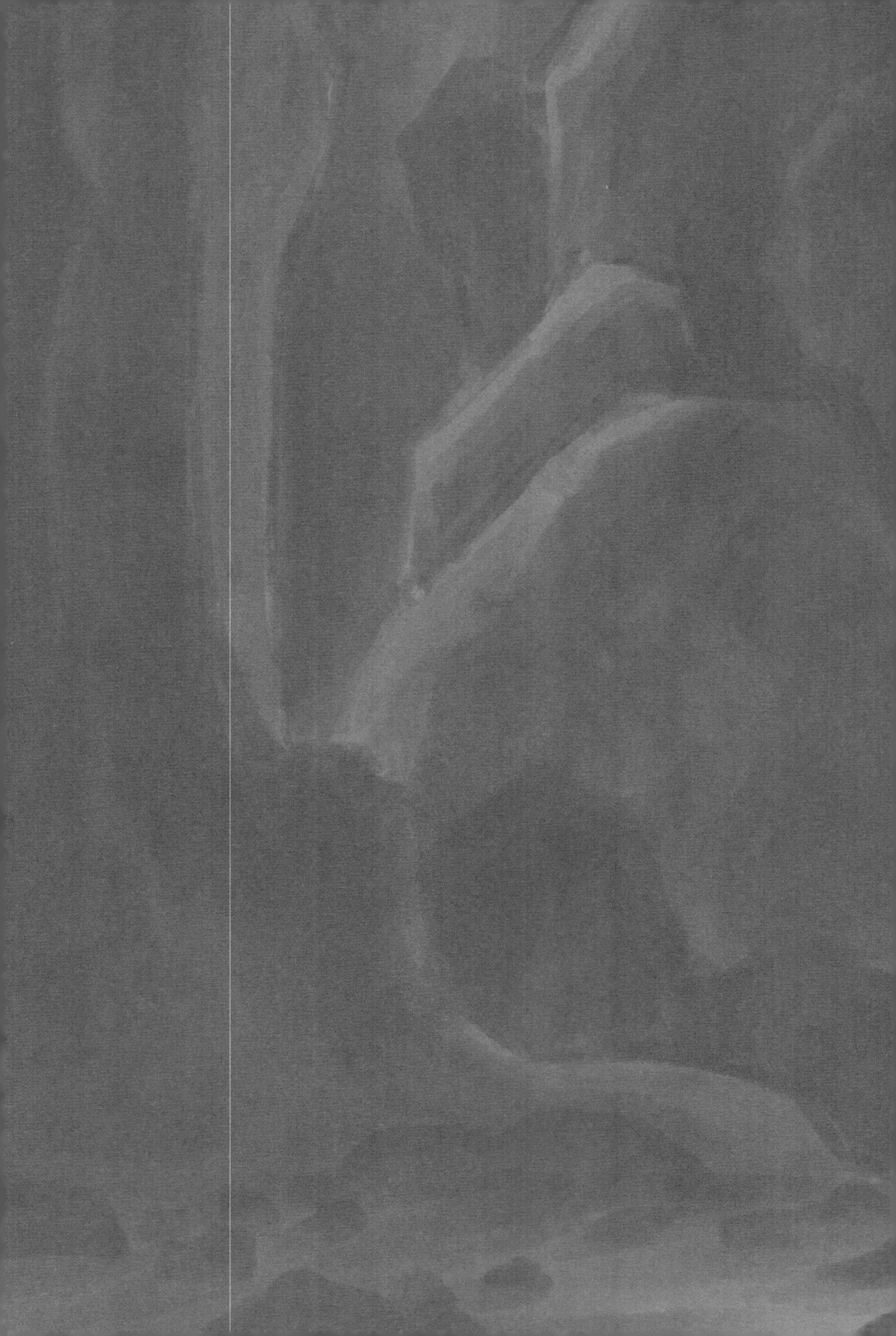

阿拉伯的果园

# 第三章
# 蓝族王子

蓝族精灵在众多精灵族群之中声名显赫，以超高的寻踪能力而著称，任何失踪者、潜逃者或是藏匿者都逃不出他们的精准定位。长久以来，魔法师们和其他族群的精灵皆因此而常常求助于他们，尽管他们的帮助并非无偿。他们有着高贵纯正的血统，从不与外族联姻。

蓝族精灵的首领叫万达尔，他膝下有三子，分别是大儿子法尔达克、二儿子阿兹拉克和小儿子卡伊拉。万达尔极度以儿子们为傲，总是在他的子民面前夸耀他们。在蓝族精灵王国发展到鼎盛时期时，一位来自巴巴尔家族的魔法师阿格拉巴联系到了万达尔，要知道这并非易事，只有被特许和有要事相告的魔法师才能这么做。魔法师请求万达尔帮助他寻找一个失踪者，为此他可以不惜一切代价。鉴于阿格拉巴与自己私交甚密，万达尔决定派出最擅长追踪的二儿子阿兹拉克，以确保此事尽快落实。得到命令后，阿兹拉克迅速赶到了魔法师家里。他来到魔法师面前后问道："你想让我帮你找谁呢，阿格拉巴？"

阿格拉巴说："一个巴巴尔有名的布匹商人，他一个月前和家里人藏了起来，我费尽各种心思也没发现他半点踪影。"

阿兹拉克说道："你这里有他的贴身之物吗？"

阿格拉巴说："有。"说着便拿出一截商人的衣服。

阿兹拉克说："几个小时后我就把他带到你这儿来。"

阿格拉巴满意地笑了笑说："我相信你。"

果然，不出几小时阿兹拉克便带回了商人。

阿格拉巴说："太好了！你果真没让我失望！"

阿兹拉克说："把账结清，我就可以回去了。"

阿格拉巴坏笑着说："干嘛这么着急？"

阿兹拉克说："任务已经完成，我也该回去了。"

阿格拉巴说："我还有一事相求。"

阿兹拉克说："你已无权提出任何其他请求，如果还有别的事，你可以去找我的父亲。"

阿格拉巴说："我并不需要你的父亲。"

接着他用咒语将阿兹拉克从他的坐骑上拽了下来。

阿兹拉克说："你在干嘛？你不知道我是谁的儿子吗？"

阿格拉巴说："我当然知道，你是那个自诩从无败绩的蓝族精灵首领万达尔的儿子啊。"

阿兹拉克问道："难不成你已经糊涂到要向蓝族精灵宣战？"

阿格拉巴说："不，你才是要谋反的那个人。"

说着他掏出匕首将商人刺死。

阿兹拉克说："你在干什么？你这个疯子！"

阿格拉巴一边擦着刀刃上的血一边说："别担心，一切都很顺利……"

接着他又再次念起咒语让阿兹拉克失去了意识。

再次醒过来时，阿兹拉克发现自己被囚禁在了一个幽深的山洞之中。他无法挣开被下了魔咒的束缚，大声呼叫也无人回应。他就这样被禁锢在洞里数年，阿格拉巴不时会来给他送些骨头和水。他会给阿兹拉克松开部分束缚好让他进食，但无论阿兹拉克如何努力跟他交流，他都只是微笑着不作回应。直到一个月圆之夜，有一个十来岁的小男孩走进了山洞。于是阿兹拉克朝他大声说道："救救我，孩子！我会报答你，给你任何你想要的东西！"

男孩吓得连忙跑开。但几天之后他又回到了那里，阿兹拉克依然对着他大喊，但这次男孩没有逃走，而是问道："你是谁？"

阿兹拉克说："我是万达尔之子阿兹拉克，蓝族精灵的王子，我被囚禁在这里好多年了，我想离开这里。"

男孩说："蓝族精灵是什么？"

阿兹拉克急躁地说："救救我，孩子，我会报答你的！"

男孩问道："我要怎么救你？"

阿兹拉克说："念咒语解除我身上的束缚便可以。"

男孩又问道："什么是咒语？"

阿兹拉克问道："你是自己一个人来这里的吗？"

男孩说："对。"

阿兹拉克说："那你去城里帮我找一个魔法师来！"

男孩不解地重复道："魔法师？"

阿兹拉克说："没错，魔法师。你不知道魔法师是什么意思吗？"

男孩说："我知道魔法师是什么意思，但我生活的城邦里没有魔法师……"

阿兹拉克笑起来说道："每个城邦里都有魔法师。"

男孩说："那我怎么能找到他？"

阿兹拉克失望地说："我也不知道……我也不知道……"

男孩却说："我会为了你尽力去找的。"

阿兹拉克说："谢谢你，孩子，不过你要记住，月圆之时不要来找我。"

男孩问道："为什么？"

阿兹拉克说："因为囚禁我的魔法师在每个月的月圆之时都会来这里。"

男孩又问道："为什么？"

阿兹拉克说："因为那个时候我的能量是最虚弱的。"

男孩说："好，那等我找到了能解救你的魔法师再来

找你。”

男孩这一去便是数月，而后又过去了几年。阿兹拉克心里渐渐不再抱有任何希望，他知道男孩不会再回来了。又是一个月圆之夜，阿格拉巴如往常一样进到洞里。把骨头和水扔到阿兹拉克身边。阿兹拉克用力咆哮道：“你为什么不干脆杀了我？”

魔法师终于在几年的沉默后开了口，他说：“我为什么要杀了你？你得活着为我所用。”

阿兹拉克问道：“你什么意思？”

阿格拉巴说：“我想我今天可以把发生的一切都告诉你了，这几年来我想做的事终于达成了。”

阿兹拉克说：“告诉我，你到底为什么这样对我？”

阿格拉巴说：“你们蓝族精灵给我们魔法师带来了太多的麻烦，他们对你们深信不疑，却不承认其他族群的精灵和魔鬼。这种信任必须被打破，让人们忌惮于你们，从而继续和其他精灵和魔法师来往。”

阿兹拉克说：“你这都是一派胡言！”

阿格拉巴说：“我这一派胡言可让那个商人的家族举尽财力物力、征用了最强的魔法师和魔鬼对你的族群进行了疯狂的报复。”

阿兹拉克说：“你什么意思？”

阿格拉巴说：“那个商人死后，我带着他的遗体找到了他的家人，并告诉他们是蓝族精灵们杀害了他，于是他们请求我为他们复仇。他们给了我所需的钱以征召魔法师、精灵和魔鬼去屠杀你们整个族群。”

阿兹拉克问道：“我的子民怎么可能没发现我在这里呢？我们可是最擅长寻找失踪者的啊……”

阿格拉巴说：“我在外散播了你逃跑和可能已经死亡的消

息，而且我把你藏在这洞里并在洞口施了咒法，你们族群里没有人能破除它或者知晓洞里都有什么。”

阿兹拉克说：“那你为什么不杀了我？为什么一直让我活着？”

阿格拉巴说：“我也想杀了你，但是其他族群的精灵力保你们族群的统治家族免受屠杀。”

阿兹拉克说：“你的意思是我们蓝族精灵的子民都已经被赶尽杀绝了？”

阿格拉巴说：“没错，除了一些漏网之鱼以及你的父亲和兄弟姐妹们，你们族群已经没有别的活口了。”

阿兹拉克问道：“他们现在被俘虏在哪里？”

阿格拉巴大笑说：“你永远不会知道，我也绝不会告诉你。总之你们这一族血脉已经成为有价无市的商品了，我打算这段时间就把你卖给其他魔法师。”

阿兹拉克大声道：“我不是奴隶！我是蓝族精灵的王子！”

阿格拉巴说：“你的族群已经不复往矣，等着你们的只有无尽的驱逐、奴役和被竞价购买。而你，将是他们之中最值钱的。”

阿兹拉克说：“只要我能逃脱我定会杀了你！”

阿格拉巴说：“我才不会放走你，你将永远活在我的咒法之中。据说蓝族精灵比其他种族的精灵更长寿，那就让我们看看你会活多久吧。”

说罢他便离开了，留下悲痛欲绝的阿兹拉克。但就在这时，一个二十岁左右的少年走进了山洞，他说：“你还好吗，阿兹拉克？”

阿兹拉克问道：“你是谁？”

少年说："我是那个曾经许诺要解救你的男孩。"

阿兹拉克笑着说："你都长这么大啦。"

少年说："很抱歉我消失了整整十年。我一直没能找到相信我说的话的魔法师，他们有的指责我撒谎，有的则说蓝族精灵已经灭绝了。但是我一直没忘记自己的承诺！"

阿兹拉克说："那今天呢？你找到可以解救我的人了？"

少年说："没错。"

阿兹拉克问道："他在哪儿？我没看到有人和你一起啊。"

少年说："我就是那个人。"

阿兹拉克惊讶道："你？但你并不是魔法师啊。"

少年说："为了救你，我从五年前开始修炼魔法，最近终于习得了解除咒。"

阿兹拉克说："你为什么要这么做？"

少年不解地问道："我做了什么？"

阿兹拉克说："贸然进入魔法世界，赌上性命将自己置于妖魔鬼怪之中。"

少年说："将你解救之后我便会退出。"

阿兹拉克说："这个世界可不是你想离开就能离开的。"

少年不耐烦地问道："你到底还想不想让我救你了？"

阿兹拉克说："请吧。"

于是少年开始念咒语，但是并没有效果。他停下奇怪地说："怎么回事，难道是我念错了？"

阿兹拉克说："咒文是正确的，但其中的力量还不足以解救我。我身上的束缚需要更强的咒语才能解除。"

少年说："我去哪里才能找到这样的咒语呢？"

阿兹拉克说："去南部，去这个国家的至南之境，你就会找到它了。”

少年说：“我保证，总有一天我会带着咒语回来解救你。”

阿兹拉克说：“谢谢你，孩子。”

男孩这一离开又是数月未归。而在一个月圆之夜，阿格拉巴带着另一个魔法师走进了洞里，他对那个魔法师说：“你瞧，货真价实的蓝族精灵，身体健全。”

魔法师惊诧不已，说：“还真是……我之前还以为他们彻底绝迹了。”

阿格拉巴大笑着说：“那我们算是成交了吗？”

魔法师同样笑着握住阿格拉巴的手说：“成交！”

随之而来的一段咒语使阿兹拉克再次失去了意识。

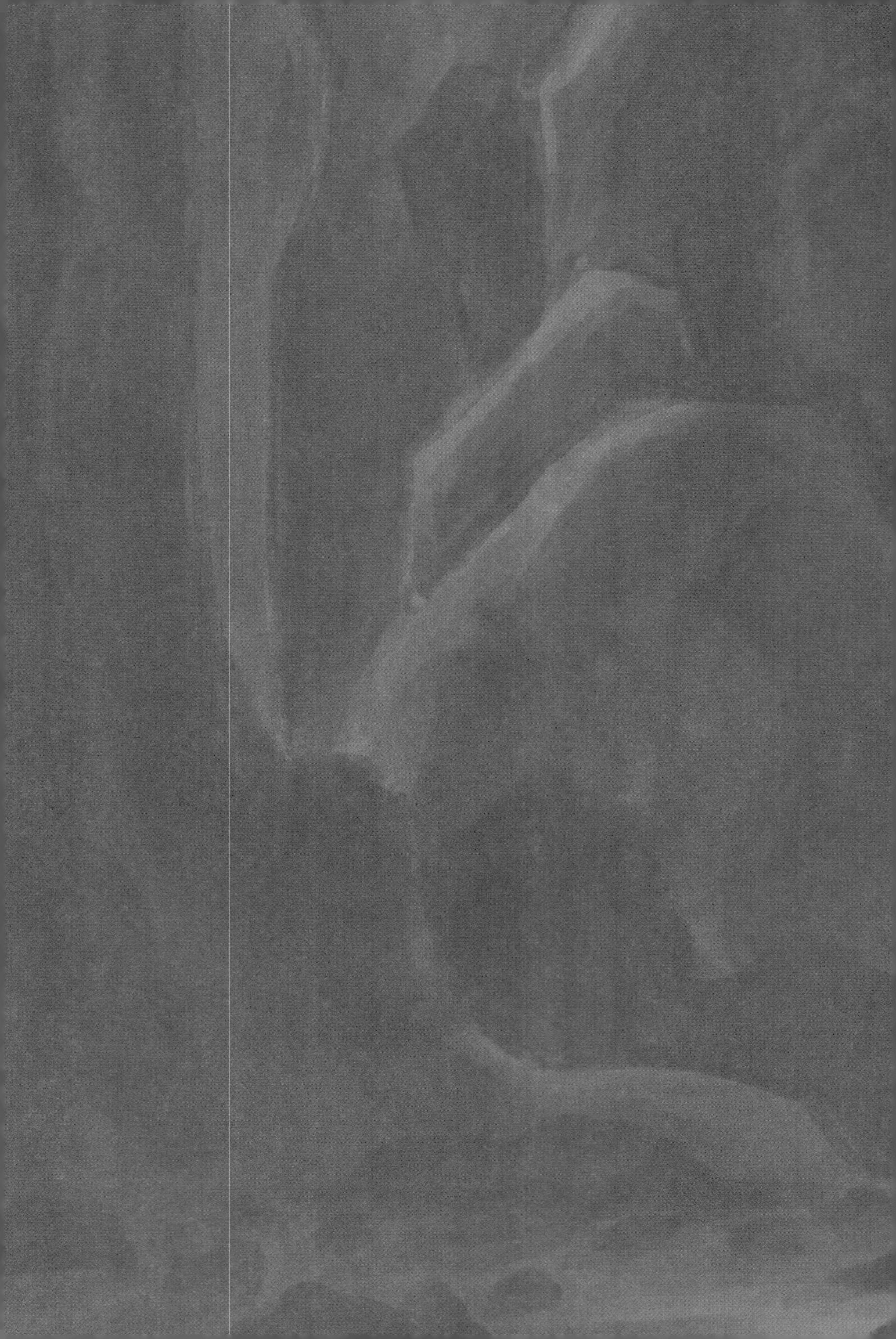

## 第四章

# 赫贾尔的达伽与亚麦麦的扎尔卡

使者在马背上疾驰，欲在日落前赶到赫贾尔的绿洲。然而另外三匹马从反方向迎上并拦下了他。

第一个骑士喝道："停下！你要往哪儿去？"

使者说："去枣椰林！"

第二个骑士说："这里不欢迎你，你回去吧！"

使者问道："你们怎么知道我要来？"

第一个骑士说："是达伽告诉我们的。"

使者说："那看来我所闻之事是真的？"

第三个骑士问道："你都听说了什么？"

使者说："瓦西班之女达伽是个预言家。"

第一个骑士说："这关你什么事？"

使者将一袋黄金掷在地上，说："带我去见她和你们的统治者，这些金子就归你们了。"

几个骑士捡起黄金，商议后决定带使者去见统治者。半日之后，他们来到了赫贾尔，哨兵为他们打开城门。侍卫们领着使者进到了王宫里，对统治者请示道："陛下，有使者求见。"

统治者问道："是谁派来的使者？"

使者接过话，说："陛下，请允许我简言几句。"

统治者说："你说吧。"

使者说："我是从哈米尔来的使者，我们想请求贵地臣女达伽助我们降服贾迪斯一族。"

统治者问道："达伽能帮你们做什么呢？"

使者说："贾迪斯人在扎尔卡的帮助下能够预知敌人三天之内的计划，致使我们的进攻屡屡受挫。我们得知赫贾尔的达伽拥有超凡的预知能力，因而想请她帮我们在下一次的进攻行动中监测扎尔卡的行动。"

统治者说："贾迪斯人不是掌控着亚麦麦吗？"

使者说："正是，陛下。"

统治者接着说："我与他们之间是有契约的。"

使者说："那你们和哈米尔人之间的契约呢？"

统治者说："同样依然有效，但我们素来不好战，人不犯我，我不犯人。"

使者说："但是……"

统治者打断道："够了，来者是客，但还请不要作出别的请求了！"

使者只好作罢，满脸失望地走出王宫。正当他上马准备离开时，侍卫叫住他，说："你去哪儿？你才刚到这里没多久，我们首领不是留你在宫中休整吗？"

使者答道："我没有多余的时间了，我的部族还等着我回去呢。我之前许诺势必将达伽请回去，但现在看来我得空手而归了。"

侍卫问道："你还有更多的黄金吗？"

使者说："你这是想抢劫吗？"

侍卫说："你觉得我会蠢到劫掠统治者的客人？"

使者说："那你为什么这样问？"

侍卫说："如果你出价合理，或许我可以安排你与达伽会面，但其他的我不能保证。"

听到这话使者赶忙下马，从拴在马鞍上的行李里掏出一袋黄金递给侍卫，并说："快带我去见她！"

侍卫利索地把袋子塞进自己口袋，左右环顾了一下，接着低声对使者说："今晚到这里来，我带你去见她！"

于是使者满心欢喜地回到王宫里，在为他备好的偏房里歇下来。待到夜幕降临，他来到约定好的地方，不出片刻侍卫便出现，并用手招呼他跟上自己。两人在昏暗的巷道之间穿行，眼看离王宫越来越远，使者开始心生狐疑，想着侍卫是不是想把他劫个干净。但当他们来到一间破旧的泥瓦房前时，他心里的疑虑立马烟消云散。侍卫打开门后朝里指了指，对使者说："达伽夫人在里面等着你呢。"

使者走到庭院里，随即听到从临近的一间亮着灯的屋子里传出声音唤他过去。他小心翼翼地走过去，出现在眼前的是一位二十出头的女子，她有着倾城的容貌，一双如珠的眼睛里闪着凌厉的光。一袭点缀着黄金的黑袍将女子从头至尾遮盖得严严实实，除了几近袒露在使者面前的胸部。使者咽了咽口水，在她面前坐下，说道："你就是达伽？"

女子说："你来了。你的请求是什么？"

使者不接话。

女子继续说："你怎么了？为何看起来有些无措？"

使者回答说："恕我直言，我没有想到你竟然如此年轻貌美……"

达伽笑着说："那你之前是怎么认为的？"

使者说："我此前认为达伽应该是一个拄拐的年迈老人。"

达伽放声大笑，说："并非所有女魔法师都如你想的那般。赶紧把你的诉求告诉我，我没有多少时间可以耗在这里，黎明之前我得回到王宫。"

于是使者将他此行的目的告诉了达伽，并描述了扎尔卡是如何凭借一己之力阻挠了他们对贾迪斯人的攻势。听罢，达伽对他说："我可以帮助你们，但是我有自己的方式和条件。"

使者说："你想要多少钱都可以！"

达伽说："我一分钱都不想要。"

使者问道："那你想要什么？"

达伽说："在那之前我必须要说明的是，此事将耗费一年的时间来完成，你和你部族的人是否有这份耐心？”

使者回答说：“我们已征战贾迪斯整整三年无果，只要能取得最终胜利，再多一年又何妨。”

达伽说：“一年后我将告诉你们打败扎尔卡和她的部族的方法，而我要的回报只有一样，在你们攻下亚麦麦后你必须亲自将它带给我。”

使者说：“什么回报？”

达伽说：“用银盘呈上扎尔卡的双眼。”

使者震惊地说：“她的双眼？”

达伽说：“没错，有什么问题吗？”

使者说：“当然没问题，成交。”

达伽接着说道：“今晚你就离开赫贾尔，明年今日的日落时分与我在城墙外碰面，届时我将告诉你攻克贾迪斯的方法。”

使者离开屋子后朝王宫走去，达伽紧随其后也回到了宫中。

使者离开几日后，达伽前去面见了统治者。统治者问道：“有什么事吗，达伽？”

达伽说：“陛下，我想请求离开一年。”

统治者问道：“你要去哪里，达伽？”

达伽说：“如您所知，自从我年幼时父亲去世后，我便未曾再与家人有过联系。如今我的思乡之情愈发浓烈，因此特来向您辞行以回乡探望。”

统治者想了想，问道：“这是否与你跟哈米尔使者的会面有关？”

达伽说：“抱歉，陛下，我不明白您的意思。”

统治者说：“我允许你离开，但如果你逾期未归，这里便不再欢迎你。”

达伽说：“一年足矣。”

出宫后，她骑上早已备好的马匹，离开赫贾尔并朝着亚麦麦而去。经过数日跋涉，她到达了目的地。进入都城之前，她将自己的马卖给了在城外等着与商队一同进城的马贩子，接着又买了一身素衣来换掉原本的华服。傍晚时分，她用咒语毫不费力地穿过了城墙。

进城后，她在市场里挑了个不起眼的角落睡了下来。直到第二天早晨，在听见马贩子和商队涌进城里的声音后她才醒过来。不出一会儿，市集里人头攒动。她伪装成乞讨的穷人，一边观察过路的人一边仔细听他们交谈。就这样过了几个星期，在此期间她掌握了扎尔卡的行踪，摸清了她何时会在首领指派的侍卫的陪同下来到市集。同时她还注意到扎尔卡是一个年事已高的独居老人。计划实行的那天，达伽故意将自己摔在扎尔卡的脚边，而几分钟前被她挑衅的人紧跟过来对她拳打脚踢。扎尔卡见状随即命令侍卫将那个打人的拉开。这时达伽趁机开始哭起来，同时抱住扎尔卡恳请道："求求您，老人家，让我做您的佣人吧，我一定尽心尽力地报答您！"

扎尔卡没有直接应允，但最终还是把她带回了家。途中她问道："小姑娘，你叫什么名字？"

达伽说："我叫拉达，夫人。"

扎尔卡又问道："那你从哪儿来？"

达伽说："我从岛的北边来。"

扎尔卡说："这里距离北边路途遥远，你是怎么到亚麦麦的呢？"

达伽说："我本来是同一个来亚麦麦的驼队一道的，但途中我们遭遇了劫匪，他们不仅抢劫了驼队还杀了很多人，我们为数不多活下来的人又都在沙漠中走散了。"

扎尔卡听完后说："如果你愿意的话，你可以待在我身边，我可以照顾你。”

达伽吻了吻扎尔卡的手，说：“谢谢您，老人家。”

到了扎尔卡的家后，达伽被房子的豪华和气派所震撼。但更让她惊讶的是，扎尔卡只选择住在底层的一个小房间里。那时候达伽意识到，尽管有着部族中尊贵的地位和取之不尽的财富，但扎尔卡并不看重物质上的享受，她一生未嫁，无儿无女，孑然一身。达伽由此判断自己应该能够轻易地接近她，并在短时间内获取她的信任。那间房子里到处都是侍卫，一个女人也没有，甚至连奴仆也全都是男人。时间一点点过去，扎尔卡对达伽越发信任，从一开始派她去市场采购慢慢变成房子里大大小小所有事情都全权交由她掌管，包括差遣侍卫和佣人。

短短几个月，达伽便成为了房子的第二负责人，房子里的人员进出都由她说了算。她做事认真负责、井井有条，同时也懂得讨扎尔卡的欢心，这一切都让扎尔卡很是满意。在那里待了快有半年的时候，有一天，扎尔卡走进了她的房间。她坐到达伽身边，命令所有侍卫退下，随后对她说：“靠过来一些，拉达。”

达伽往她身边靠了靠，问道：“怎么了，夫人？”

扎尔卡说：“你拿着这些钱去市集，把它交给一个叫格布鲁斯的珠宝商人，然后再把他交给你的东西带回来给我。”

达伽应道：“是，夫人。”

说罢达伽便带着那些钱去了市集。在走进格布鲁斯的商铺之前，她从自己的口袋里又拿出一些钱同扎尔卡给她的钱放在了一起。进到铺子里后，她便把钱交给了格布鲁斯，随后格布鲁斯把一个装着珠宝的袋子递给她，说：“这是你家夫人寄存的东西。”

就在达伽刚准备离开时，商人叫住她说：“等等，这些钱超过了我和扎尔卡夫人约定好的数额！快回来把多出来的钱拿走！”

达伽说：“看来我家夫人是有些老糊涂了……”

格布鲁斯说：“什么意思？”

达伽说：“夫人前些阵子患上了间歇性失忆症，时不时还会出现幻觉。”

格布鲁斯说：“这是扎尔卡夫人头一次算错账，看来真是岁月不饶人啊。”

达伽说：“时间从来都是公平的。”

往回走的路上，达伽的脸上浮出狡黠的笑容。回到屋子里后，她将珠宝如数交给了扎尔卡，并说：“请，夫人。”

扎尔卡问道：“你打开过袋子吗？”

达伽说：“没有。”

扎尔卡说：“那现在打开吧，然后从里面挑一件给你自己。”

达伽笑着打开袋子，伸手进去挑了一枚镶着红宝石的戒指。

扎尔卡说：“选得好呀拉达，这枚戒指就当作是我给你的礼物吧。”

达伽抱住扎尔卡说：“谢谢您！”

自那之后，达伽便开始到处散播夫人身体状况恶化的消息，相应地，她的访客也就渐渐变少了。在这种情况下，达伽顺理成章地把房子里的侍卫都调到了房子外围，同时也裁减了大批的佣人，只留下几个年轻人。关于扎尔卡失去侍卫并丧失能力的流言在几日之内便传得沸沸扬扬，人们纷纷开始表现出关切并祈盼她康复。不过对于这一切扎尔卡都毫不知情，自从达伽替她料理一切日常事务后，她便不再像从前那样出门，而这正好为达伽四处传谣提供了便利。每当人们向达伽问起扎尔卡时，她都会说：“还是老样子，她现在精力一日不如一日，这些天甚至开始说胡话，还有臆想的情况……祈祷她能康复吧。”

而当“亚麦麦的扎尔卡已经年老失智、能力不复从前”这种想法日渐深入人心的时候，达伽决定推进自己的计划，也就是了解扎尔卡预知杀机的能力。她走到扎尔卡的房间门口，扎尔卡对她说：“过来，拉达，坐到我身边来。”

达伽坐到了她的脚边摩挲起她的脚，同时试探地问道：“夫人，您可以告诉我您是如何在敌人进攻亚麦麦之前就识破他们的吗？”

扎尔卡说：“你之前怎么不问我呢？”

达伽一边按摩扎尔卡的脚一边笑着说：“这个事我自己琢磨了好久，但最终还是压抑不住自己的好奇心。”

扎尔卡慈祥地摸了摸达伽的脑袋，说：“这个能力是由我的祖母传给我的母亲，而我又继承了母亲而来的。我们能够看到三天之内发生的事，因此我每天都在房顶观测四方之象，只要我察觉到危险，我便会提醒民众，尤其是负责抵御外来侵袭的军队将领。”

达伽说：“但您是怎么做到没日没夜侦察各方边境的，这不是件麻烦事吗？”

扎尔卡说：“用不着那样麻烦，我只需要每天早上去看一次就行。基本上所有的入侵行动都能被我挫败，因为军队几乎不会在夜间行动。”

达伽继续追问道：“能再详细跟我说说吗，夫人？”

扎尔卡说：“我每天清晨起来后便依次往北、南、东、西方向观察一阵子，重复三次，如此一来，入侵者就算行动速度再快也来不及在我发现他们之前抵达城邦。”

达伽问道：“也就是说您每天早上醒来都会这么做？”

扎尔卡说：“当然了，四十年如一日，从未出过任何差错。”

次日清早，达伽决定出门去找军队将领。她确认了他的位置，而后便前去与他会面。

达伽说：“先生，请允许我与您说几句话。”

将领问道：“你是谁？”

达伽说：“我是扎尔卡的女佣拉达。”

将领又问道：“你家夫人想做什么？”

达伽说：“夫人派我来告诉你，她今日观测到有一群入侵者从城邦西面方向而来，距离他们到达亚麦麦还有几天时间。”

将领震惊地问道：“她什么时候告诉你的？”

达伽说：“就在刚刚，她命令我赶紧来向你通报。”

随即将领便命令一队人马从城里出发向西去迎敌。

将领对达伽表达了感谢，同时也让她回去向扎尔卡夫人转达自己的问候和谢意。达伽说：“好的，将军。”

之后她便往扎尔卡的房子走去。

第二天，将领来到扎尔卡的房子外敲门，达伽开门迎接了他。将领要求面见夫人详谈，但达伽回绝道：“夫人生病了，现在无法见您。”

将领问道：“那我听说的事是真的吗？”

达伽说：“您听说了什么？”

将领说：“我听说她患上了癔症，已经开始失智了。”

达伽说：“胡说！夫人明明身心都还健全！”

将领说：“可是我们昨天出城去在沙漠里扑了个空，这算是某种证明吧。”

达伽问道：“您这话什么意思？”

将领说：“你们夫人侦察到的所谓入侵者看来只是她脑海里的幻想罢了！”

达伽恳求道："拜托您千万不要将此话告诉夫人。"

将领愤怒地起身离开，说："事实如此！我早料到会有这一天！"

留在他那气冲冲的背影后面的是达伽意味不明的笑。

在那之后的几日里，越来越多的人开始讨论扎尔卡与军队将领之间发生的事，而达伽也不厌其烦地向前来打听的人证实事情的真实性，并跟他们解释扎尔卡是如何受困于痴呆的。久而久之，人们都相信了达伽的话，也丧失了对扎尔卡的信任。眼看就要临近与赫贾尔统治者约定的时间期限了，达伽决定离开亚麦麦。她收拾好行李并约好了驼队，而后去到扎尔卡的房间对她说："夫人，我打算离开亚麦麦了。"

扎尔卡问道："为什么？"

达伽说："我很挂念在北方的家人，想回去看看他们，而且我也已经攒够了租用驼队的钱。"

扎尔卡说："虽然很舍不得，但是如果你去意已决，我也不强留你。只是你还会再回来吗？"

达伽说："当然了，夫人，我心里也很放不下您。"

扎尔卡搂住达伽说："希望你旅途顺利，平安与家人相聚，至于旅费就由我来替你承担吧。"

辞行后，达伽便出城与驼队一道踏上了回赫贾尔的路。

驼队一行由达伽的马以及另外三匹搭载着粮食和补给的骆驼组成，他们朝着东部方向行进了数日。一路上能赶尽赶，达伽必须赶在在约定期限结束之前回到赫贾尔。而行至半途时，他们身后传来一个声音冲他们喊道："停下！"

达伽还未来得及作反应，她的马匹已经中箭倒地，她也随之头朝地摔下马晕了过去。不久后，当她恢复意识，发现驼队其他人已经被匪徒杀掉，而她也被绑了起来。匪徒们为了防止她念咒语，还将她的嘴封住。他们把她拖到沙漠深处后再次把她打到不省人事。那个时期的阿拉伯人常常将女人杀死在沙漠中，因此这些匪徒也特意制造了这样的情形。她就这样伤痕累累地被抛弃在了茫茫沙漠里。随着夜色越来越浓，附近的野兽也循着她身上的血腥味而来。

就在万念俱灰的那一刻，达伽闭上眼睛，意识到一切都将结束了。突然一个微弱的声音在她耳畔说："你就这样放弃了，瓦西班之女？"

达伽猛地睁眼，却什么也没看到。她想着自己已经开始出现幻觉，进入濒死前的混沌状态了。于是她再次闭上双眼，但那个声音又再次说道："别放弃啊达伽，你还有很长的路要走。"

达伽挣扎着睁开眼睛，这次她肯定自己并不是独自一人，于是开始在漆黑中寻找声音的来处。但是在惨遭匪徒的折磨后，她的一只眼睛已经完全肿胀起来，几乎什么都看不见。就在她试着坐起身来观察四周时，她感觉到有一只手搀住了她。起身后她不停四处环顾，终于，一个男人出现在她面前。男人笑着盯着她看，并在她跟前坐了下来。片刻沉默后，男人说："看起来你需要帮助。"

说着他将堵在达伽嘴里的纱巾取了下来，达伽随即质问道："你是谁？你想做什么？"

男人继续微笑着盯着她，一言不发。

达伽继续追问道："你到底是谁？你是怎么到这儿来的？"

男人不动声色地打量着达伽和她身上的伤，说："你不想回赫贾尔了吗？你所剩的时间不多了。"

达伽说："你想从我这里得到什么？"

男人说："不，是你想从我这里得到什么？"

达伽说："当然是替我松绑让我离开这里。"

男人问道：“那我的回报是什么？”

达伽说：“你想要什么？你想得到我的身体吗？除了这一具躯壳我什么都没有了。”

男人放声笑道：“如果我只是想要你的身体，那我大可以直接强占，不是吗？”

达伽说：“那你想要什么？”

男人说：“我只求一个回报。”

达伽说：“什么回报？”

男人说：“我现在还暂时不需要，但等哪天我向你提出要求时，也请你务必遵守诺言，可以吗？”

达伽毫不犹豫地说：“没问题。”

于是男人迅速替她解绑后便离开了。

达伽一个人艰难地蹒跚在沙漠中，没有水粮，也没有代步的牲口。太阳升起来后，沙漠中变得酷暑难耐。极度的疲累使她最终瘫在地上陷入深深的昏迷。日落时分，她在那个缠着她的声音中醒了过来：“你已经投降了吗，瓦西班之女？”

睁开眼睛后她又看到前一晚救下她的那个人，他笑着说：“别放弃啊达伽，你还有很长的路要走。”

达伽起身与他对视，然后虚弱地问道：“你是谁？”

男人说：“我是来帮助你的。”

达伽说：“这次你又准备如何帮我？”

男人说：“你需要粮食、水和代步的牲口回到赫贾尔。”

达伽说：“我真希望自己精通瞬移咒语，这样我就不需要任何人的帮助了。”

男人笑起来，说：“你到底想不想要我帮助你？”

达伽说：“当然，但这次相助想必也不是无偿的吧？”

男人说：“你将欠我另一个回报，当我需要时便会告诉你。”

达伽再次允诺道：“没问题。”

男人用手指向前方说：“往这儿走，不出半日你就会发现一片枣椰林绿洲，那里有白马。你可以在那儿喝点水、吃点枣子，然后骑马回赫贾尔。”

于是达伽动身朝男人所指的方向走去。黎明之前，她果真来到一片绿洲，二话不说奔向水源处喝了个痛快，又吃了点蜜枣果腹。为接下来的旅途屯了些补给后，她便骑着绿洲中无人看管的白马向着赫贾尔而去。然而经过几天的奔波，补给几近耗尽，达伽又累又渴，终于体力不支摔在半路上。到了晚上，她坐在马匹边上百无聊赖地数起星星。没过多久，那个男人再次出现，他说：“又卡在半路上了吗？”

达伽说：“是啊，你这个怪人，这是又准备向我伸出援手吗？”

男人双手交扣，笑着说：“只要有回报，我就可以一直提供帮助。”

达伽说：“跟之前一样，你想要第三个回报对吗？”

男人点头默认，达伽却自嘲地说：“我得欠下多少人情才能到达赫贾尔啊？”

男人也笑起来。说：“别担心，这次你一定能顺利到达。”

达伽说：“距离赫贾尔城还有十天路程，但是距离最后一天期限却只剩六天了，我怎么能按时到达？”

男人展开自己的四肢对她说：“我可以载你这一程。”

达伽无奈地笑着说：“我们这是在做游戏吗？”

男人却正色道：“别说笑了，瓦西班之女，你应该最清楚，正常人类是绝不可能带你走出这里的。”

听到这些，达伽脸上的笑容瞬间消失，她站定后说：“我早就知道你不是精灵便是魔鬼，但我没料到你会这么轻易就自报家门！”

说完她骑上男人的脊背，很快他们便到达赫贾尔城境内。男人把她放在城外附近后便离开，只留下一句话：“三次人情，我将随时讨回。”

接着便消失了。

达伽在城门外徘徊，为了表示对国王的尊重，她没有擅用咒语进城。通常城门只在早晚为了商队和附近的农户而打开，其余时间都处在封锁状态。达伽一时半会儿无法跟侍卫解释清楚自己的身份，而统治者也已就寝，于是她只好待在城外，等待第二天清晨的到来。而就在她等待的时候，她从驻扎在城外的人那里听说之前的统治者已经去世，继承者是他的独子。新任统治者与他那个素来与魔法师交好的父亲正好相反，他极度厌恶魔法师、术士之流。

达伽这才意识到她已经全然失去了与这座城邦唯一的连结，她一旦走进去必将被处决。她与上一任统治者之间的约定也失去了意义。连着两天她都从好心的商贩那里讨要口粮，等着哈米尔使者的到来。与使者约定好的时间到来那天，正当她走近一个刚到达城外的商队准备向其乞讨时，商队的几个成员将她从领队身边拉开，但被领队及时制止。领队盯着达伽，达伽定睛一看才发现他就是哈米尔的使者，于是她雀跃地抱住使者。使者说：“你怎么了，夫人？”

达伽说：“你还记得我们的约定吗？”

使者说：“我正是前来赴约的。”

达伽说：“我们找个别的地方，我将告诉你攻克亚麦麦的方法。”

使者带着达伽朝南往自己的城邦走，一路上达伽把压制扎尔卡的方法以及自己将扎尔卡置于信任危机的过程详尽地告诉了他。此外，她还告诉使者他们应该在夜间行动，同时需要用树木做掩护。一到哈米尔城境内，使者便直接向首领禀报了所有事，而士兵们也开始砍伐城邦附近的树木，为进攻亚麦麦做准备。在最后一批哈米尔士兵出征前，首领对达伽说："我们该如何回报你？"

达伽看着远去的部队回答道："用银盘呈上她的双眼……"

首领不解地问道："谁的双眼？"

达伽说："扎尔卡的双眼。"

首领说："好，一切将如你所愿。"

达伽与哈米尔族人一同住了下来，她被安排了专门的帐篷和佣人。当首领邀请她以大臣的身份留下为他们的部族占卜并许给她所有尊贵特权时，她感到窃喜。再次得到统治者青睐的达伽，开始为自己重塑辉煌作准备。

不出几日，捷报频频传回，哈米尔族首领喜不自胜，并召来达伽对她再次大加赏赐。达伽捧着满钵满盆的金银财宝回到自己的帐篷里，然后吩咐佣人把它们都放到她此前为了这些时不时涌来的奖赏而特意准备的箱子里。暮色临近，达伽差走女佣，并让她早晨再回来。正当她睡意渐浓时，那个在沙漠中帮助过他的男人走进帐篷，笑着对达伽说："你如今的境遇可谓大不相同了啊，瓦西班之女。"

达伽不耐烦地问道："你又想做什么？"

男人笑着说："我想要我的第一个回报。"

达伽说："你面前的这个箱子，里面的东西随便你拿，拿走足够抵消我欠你的所有人情的分量！"

男人放声大笑，说："我要这么多钱来做什么？"

达伽问道："那你想要什么？"

男人递给他一把匕首，说：“我希望今晚这把匕首能刺进首领的心脏里。”

达伽冲男人吼道：“你疯了吗？我绝不会这么做的！”

男人说：“如果你不愿意，休怪我取走你的魂魄并将它置于永无止境的折磨中！”

达伽深知与魔鬼订下契约却食言的人将受到永生永世的惩罚，因此沉吟片刻后她便接过了那把匕首，皱着眉头说：“我会兑现我的承诺的，你这个魔鬼。”

而后她走出自己的帐篷，朝重兵把守的首领的帐篷而去。侍卫们都对达伽很放心，没有掏出武器防备，她抓住机会用咒语杀掉了他们。走进帐篷后，她看到首领已经和三个婢女在床上入睡，于是利落地将匕首刺进首领的心脏。首领的惨叫声惊醒了与他同床的婢女们，她们纷纷惊叫着仓皇而逃。首领在断气前看着达伽说：“你……你为何要背叛我？”

达伽一边从首领身体里抽出匕首一边哽咽道：“那你又为何如此信任我？”

之后她赶在婢女叫来其他侍卫之前快步离开了帐篷。她骑上首领的马一路狂奔，没有目的地，只为逃离哈米尔城。直到破晓时分，当她确定哈米尔的追兵已经无法寻得她的下落后，她才稍微在一刻不停的疾驰中放慢了速度。她就这样走在烈日下，突然看到有个不明物从远处走过来。靠近后她发现那是一个骑着骆驼不紧不慢行进着的男人，她不以为意，继续赶路。可就在他们擦肩而过时，男人突然说：“你的马很漂亮，夫人。”

达伽依旧不理会。

赶了一天的路，达伽发现自己来到一个陌生的城邦。城邦规模很大，高墙耸立，但城门处却没有守卫。于是她走进去，想为自己和马匹觅一些水和补给。她在城里找到了所有需要的东西，但心里却很疑惑。这显然不是一座弃城，因为商铺里的货物都齐全，商品也都没有过期，一切看起来并没有什么不寻常。但奇怪的是，这座城邦里空无一人。

天色渐渐暗下来，达伽决定找间空房子过夜。她把马拴在了一户屋前，然后随意走进了其中一个房间睡觉。但才刚过了一个小时，她就被屋外街上熙熙攘攘的声音吵醒。出门一看，整个城市充满生气，市集里挤满了人，他们就好像是从地底下冒出来的一样。

达伽离开屋子，解开拴马绳，骑着马开始在城里溜达起来。她对这骤然转变的城市景象充满好奇，唯一让她心生顾虑的是，每当人们看到她时，便会停止谈笑，转而死死地盯住她，直到她走出他们的视线。达伽不紧不慢地继续在城里转，对自己所看到的一切都感到费解。突然，城里的氛围开始变得活跃，就好像有一场盛大的庆典即将举行。一个小男孩走近达伽，一把扯住马的缰绳对达伽说："加入或者远离。"

达伽低下头凑近小男孩，问道："你说什么？"

男孩说："你的马归我了。"

达伽禁不住一笑，说："我不明白你的意思，孩子。"

男孩用力拽住马的缰绳，让马摔在地上的同时也让达伽一个趔趄摔下了马背。接着男孩开始扯着嗓子大喊起来："加入或者远离！"达伽不得不捂住耳朵。

短短几分钟，人们纷纷围住了达伽。他们一起朝她喊着同一句话，达伽被这般状况吓得晕厥过去。第二天早上，当她醒来时，她发现自己躺在一间房子的角落里，而马儿则在一旁吃着草。她环顾四周，并没有看到昨夜在城里喧闹的那些人。于是她迅速起身，骑上马朝城门奔去，一心只想逃离那个地方。

就在她到达无人把守的城门处时，她看到一批约有五十人的军队从外往里走来，其中还有她之前在沙漠中遇见的那个人。那人指着达伽说：“看到了吗？我就跟你们说我看见了你们首领的马！”

话音刚落，士兵们便冲达伽围攻上来，达伽见状立马拉紧缰绳掉头往城里跑。

士兵们在城里对达伽围追堵截，还有一队人马守在城门那里以防她逃走。期间他们竟无人发现达伽已经将马遗弃，躲进了某个房子里。追捕持续了数个小时，领队放话喊道：“无论如何我们都一定会把你找出来，你对我们首领的所作所为必将血债血偿！”

达伽就这样一直躲在那间房子里直到晚上。士兵们开始生火做饭，一副不将达伽拿下决不轻易离开的架势。但此时达伽最在意的并不是那些士兵，而是前夜出现的那些人，她心里暗暗想着那些人是否还会再次出现。没过多久，果然那些人的声音又开始从房子附近传出，渐而向市集聚拢。士兵们意图阻拦，但人潮却开始冲着已全副武装的他们大喊，不出几分钟，士兵们无一例外地死掉。

达伽全程闭着眼、捂着耳朵，直到那些喊声彻底结束。她朝窗外看，只见士兵们的尸体碎块在城邦里散落得到处都是。而那些人则继续游逛着，就好像什么也没有发生过。于是她决定继续留在屋里，待到第二天早上那些人再次消失。当清晨第一道阳光照下来，达伽便急忙朝城门跑去，一路上经过那些已经开始招苍蝇的士兵的残肢。来到城门时，她突然意识到没有代步工具自己将无法走远，而目及之处并没有发现任何军队的马匹或是之前跟自己一道的那匹马。她又继续回到城里寻找，直到中午仍没有结果。临近傍晚时，达伽开始担心起来，她无论如何也不想再在这个地方多待一晚。因此她决定先到城外去等第二天天亮。她第二天又回到城里去找马，却依然一无所获。达伽心里的恐惧随着夜幕落下不断加剧，但这次她选择留在城内寻找离开的办法。

日落后，那些人一如往常从房子里走出来，每个夜晚都会发生的事也没有悬念地照常进行着。达伽这次并没有逃跑，而是站在市集中央恐惧地盯着路人。当她发现路人脸上的杀气越来越重，她便意识到自己的决定是多么的错误，但她依然坚持站在那儿。这时，一个老者反常地笑着走近她并对她说：“怎么啦，小姑娘，你怎么这样站在这里？”

达伽没有回答，只是直直地盯着老者，恐惧清晰地浮在她的脸上。于是老者继续说：“你是想在市集上买什么吗？”

达伽磕磕巴巴地低声说：“是的，我想买一匹马。”

老者问道：“你要马匹来做什么？”

达伽说：“我想离开这里。”

老者又问道：“你为何想要离开？”

达伽一时失语，强烈的恐惧让她无法继续直视老者。老者见她那般模样赶紧说：“没关系没关系，跟我来。”

说着他把自己冰凉似雪的手搭在了达伽肩膀上，说：“来，跟我来。”

达伽茫然失措，只能跟着老者走。当他们到了一间屋子前，老者对她说：“今晚你就待在这里，明早醒来后你就会在门前看到一匹马。”

达伽朝房子门廊走去，在老者离开前她终于鼓足勇气问道：“这到底是座什么城？”

老者回答道：“你不属于这里，清晨时分赶紧离开吧，永远也不要再回来。”

随即便消失在人群中。

第二天一早，达伽果真在门前发现了一匹黑马。她飞速上马离开了那座城邦。才刚走到城外，那个逼她杀掉哈米尔首领的男人出现了。男人叫住她，说："你去哪儿？瓦西班之女。"

达伽扯住缰绳后说："走开，我受够了，我遭遇的一切都是因为你，你这个魔鬼！"

男人笑着说："你还欠我两个回报呢。"

达伽说："等我去到离这里最近的城邦，你想要什么都可以！"

男人说："可我现在就想要第二个回报！"

达伽问道："那第二个回报是什么？"

男人依然笑着说："我想要一匹黑色的骏马。"

达伽忍不住大喊道："你疯了吗？马给了你我还怎么离开这里？"

男人说："这就与我无关了。赶紧把马给我，否则我就不客气了！"

达伽咒骂着从马背上下来，而后又返回到了城里。

回到城里后，她再次去到前夜老者带她去的屋子里。晚上她在城里的喧嚣中醒来，看着窗外的人头攒动，低低地哭了起来。而此时老者再次出现，他走到窗边对达伽说："你为什么没有离开？你的马呢？"

达伽将自己与魔鬼之间发生的所有事从头至尾告诉了老者。老者沉吟片刻后笑着说："这是红魔，不把你消耗至死他是不会放过你的。房子后面埋着一个匣子，你去把它拿来。"

达伽将匣子交给老者，老者从里面拿出一块黑色的石头并对达伽说："下次再碰到那个魔鬼的时候，你就用这个石头砸他。"

达伽轻声一笑，说："您是在戏弄我吗？这个小石头能对魔鬼做什么？"

老者说："它能让魔鬼变成你的奴隶，且永世不得翻身。"

达伽讶异地说："真的？"

老者说："拿着它离开这里，永远别再回来。如此一来我们也算报答了你的恩情。"

达伽问道："什么恩情？"

老者却只是说："今晚安静地待在这里，明早你便会发现另一匹马。"

达伽从老者手里接过石头，说："很抱歉打扰了你们。"

老者再次强调道："明天离开后就永远不要再回来了。"

达伽在屋里一直到天亮，同时也如老者所言得到了另一匹马。就在她来到城外时，红魔再次出现，他笑着说："你的马很漂亮啊，达伽。"

达伽问道："你为什么不像往常一样用瓦西班之女来称呼我？"

红魔说："因为今天将是我们之间的最后一次会面，我将得到我的第三个回报。"

达伽说："你是指这匹马吗？"

红魔说："不，第三个回报就是你的性命！"

达伽笑着掏出黑色石头，说："我早该料到魔鬼都是没有信用可言的。"

红魔恼怒地咆哮道："从你接受我帮助的那天起，就已经是在自取灭亡了！"

而就在这时他也从人形变成了魔鬼的模样，身体熊熊燃烧着，嘴里也不断地吐出火焰。达伽趁其不备奋力将石头扔向他，红魔身上的火瞬间熄灭，转而哭得像个婴孩。

达伽下马走到倒地抽泣的魔鬼身边，对他说："怎么了？不准备杀我了吗？"

魔鬼匍匐着挪动到达伽脚边，亲吻着达伽的双脚说："永世为您，永世为您……"

# 第五章

# 爱的束缚

阿兹拉克从被阿格拉巴施咒后的昏迷中醒了过来，发现阿格拉巴正在自己身边数着高价将他卖出而得的钱，于是冲他吼道：“等我解脱后绝不会放过你！”

阿格拉巴把钱放进口袋后笑着说：“你这个落魄的王子，到现在还不放弃你的自由梦？”

阿兹拉克垂下头，深知阿格拉巴说得并没有错。他被强大的魔咒束缚着，除非将他买走的魔法师主动相助，不然他做什么都是徒劳的。阿格拉巴离开数日后，买下他的魔法师走近洞穴，对他说：“是时候了，精灵，来跟你的新主人走吧。”

阿兹拉克万念俱灰地看着他说：“你想做什么都行……”

魔法师用咒语解除了阿兹拉克身上原本的束缚，同时施下新的咒语使他无法远离也无法靠近自己，只能像俘虏一样跟在他身边。离开洞穴后，魔法师走向自己拴在附近的马，骑上马后他对阿兹拉克说：“跟紧了，精灵！”

魔法师在马背上急速前行，阿兹拉克迫不得已紧跟其后。随后他们到达附近的一个城邦。

魔法师在自己家门前下了马，而后对阿兹拉克说：“你就待在外面，看好屋子，明天我再将你的第一个任务告诉你。”

第二天，魔法师走出屋子，唤来低落的阿兹拉克并对他说：“拿着这匹布，立马帮我找出它主人的位置！”

阿兹拉克满脸沉郁地说：“遵命……”

几分钟之内他便找出了那个瞒着家人与心爱之人私奔的女孩。魔法师将女孩的位置告知了女孩的家人，同时得到了相应的酬劳。而后他回到家里笑着对阿兹拉克说：“我将利用你赚很多钱，不出几个月我就能把买你的钱都挣回来了。”

阿兹拉克深深地埋下头，没有回应。

几年的时间里，阿兹拉克一直效力于那个贪得无厌的魔法师。而魔法师也变得富甲一方，准备放弃魔法师职业转而经商。因此他决定将阿兹拉克进行拍卖，消息一出便在整个半岛的魔法师之间传开来。短短几天时间，竞买请求纷至沓来，显然阿兹拉克在魔法师眼里依然价值不减。有一天，一个男人敲响了魔法师家的门。魔法师在将男人请进门之前先使阿兹拉克失去了意识，以防他与有购买意向的人进行交谈，或是对他们大喊大叫。男人与魔法师坐下后，魔法师问道："你有什么需要吗？"

男人说："听说你手上有一个蓝族精灵，我想买他。"

魔法师笑着说："没错，我已经收到了很多条件诱人的竞买条件，我现在很为难该接受哪一个。"

男人说："告诉我你目前收到的最高价格，我可以出这个价格的五倍，但你得答应我现在就把他卖给我。"

魔法师没有多做考虑，他已经决定要去大马士革，而这笔交易将是他离开前最后一件想要完成的事。因此他爽快地说："精灵就在隔壁房间，我去帮你把他叫醒。"

男人说："不必了，你马上就要离开这里了不是吗？"

魔法师略显惊讶地问道："没错，谁告诉你的？"

男人说："这不重要，重要的是你不再需要这间房子了。我会再多加一些钱买下房子，你尽快离开这里吧。"

魔法师拿到钱后便很快离开了房子，甚至没有带走任何曾经用过的魔法书和道具，显然他已决意要永远离开这个行当。魔法师离开后，男人走到昏迷的阿兹拉克身边，他因为被咒语束缚而无法自由行动。男人在他面前坐下来盯着他，随后念起咒语解除了他的束缚并恢复了他的意识。阿兹拉克清醒后发现自己得以解脱，于是他猛地冲向男人，同时扼住他的喉咙想要杀掉他。但在与男人对视后他停下了动作，因为他发现那个男人正是当年在洞穴里承诺要解救他的少年。

阿兹拉克松开手，说："是你？！"

男人笑着把手搭在阿兹拉克宽厚的肩膀上，说："是啊，阿兹拉克……"

阿兹拉克不可置信地问道："怎么会……你什么时候来的？"

男人依然笑着说："这不重要，重要的是你终于得以解脱获得彻底的自由了！"

阿兹拉克回以笑容，说："我该怎么报答你呢，孩子？"

男人不禁笑起来，说："我已经四十岁了，阿兹拉克，你怎么还叫我孩子？"

阿兹拉克随即向后退了一步，将双手交叠于腹前，然后低下头说："主人，抱歉，我并非有意为之。"

男人指着阿兹拉克的鼻子严厉斥责道："永远别再对任何人说'主人'这个词了，阿兹拉克！从今天起你就自由了，你不再是任何人的奴隶！"

阿兹拉克抬起头说："抱歉，为奴多年，我已经忘了自己是谁，也忘了自己应该是谁……"

男人大声说道："你从始至终都是蓝族精灵的王子！走吧，我们离开这里！"

阿兹拉克说："我应该先去除掉那些污蔑我的人！"

男人说："你是指……"

阿兹拉克说："那个摧毁了蓝族精灵王国之后又驱逐和奴役我的家人的魔法师，阿格拉巴！"

男人问道："你如何能找到他呢？"

阿兹拉克笑了笑，说："如果蓝族精灵都无法找到他，那还有谁能找到？"

男人说："但你杀了他又能如何？"

阿兹拉克说："杀了他我就能恢复我们王国的荣耀，我们蓝族精灵王国的荣耀！"

男人却说："过去的事就让它过去吧……别再纠结于已逝的荣耀了，去创造属于你自己的新篇章吧。"

阿兹拉克问道："我该怎么做？"

男人说："我们之后再讨论，现在我得离开了。"

阿兹拉克又问道："你去哪儿？"

男人说："我还有一些未尽之事需要完成，你可以走了。"

阿兹拉克说："是，主人。"

男人吼道："别再说这个词！"

接着便走出屋子，阿兹拉克紧紧跟上。男人看到他依然处在半人形的状态，于是说："你在干什么，阿兹拉克？"

阿兹拉克说："跟着你。"

男人疑惑地问道："你怎么了？"

阿兹拉克说："没事……"

男人又说："我已经将你渴望已久的自由还给了你，到头来你却以这副模样在光天化日下跟着我！"

阿兹拉克问道："你这话是什么意思？"

男人抓住阿兹拉克比自己足足大三倍的手并把他拉到了一个空巷子里，接着对他说："你自由了！自由了！去做你想做的事吧。你忘了精灵必须隐藏起来不能出现在人类面前的规矩了吗？！"

阿兹拉克无言。

男人继续说："看来你还没弄明白如何行使自己的自由权利。赶紧躲起来，跟我进屋。"

男人又回到从魔法师那里买下的房子里，与阿兹拉克一起坐下之后，他说：“你被奴役得太久，已经忘记了自由的真正涵义，你甚至会怀念魔法师的控制。”

阿兹拉克解释道：“不……不是这样的，主人。”

男人说：“你刚刚又把我叫作主人，我是你的朋友，你应该怎么称呼我？”

阿兹拉克沉默地低下头，哭着说：“我已经完全不知道自己是谁了……”

男人说：“听着，阿兹拉克，你还记得你要给我的报答吗？”

阿兹拉克回答说：“记得。”

男人问道：“你想现在就报答我吗？”

阿兹拉克说：“非常愿意。”

男人又问道：“你还记得我们最后一次见面的情形吗？”

阿兹拉克说：“当然。”

男人说：“那你记得当时你指引我去寻找强大的解除咒的方向吗？”

阿兹拉克说：“我记得……我让你往最南边去。”

男人说：“我按你说的去到了那里，也得到了咒文，但代价也无比惨痛。”

阿兹拉克问道：“什么代价？”

男人掀起自己的袍子，阿兹拉克看到一道巨大的伤疤赫然横在男人的腹部，他震惊地问道：“这是什么？！”

男人说：“那条咒文的代价。”

阿兹拉克说：“你需要我去杀了对你做这些的人吗？”

男人说：“不要紧，我现在更关心的是将这条丝带拴在我身上的人。”

说着他将一条红丝带交到阿兹拉克手上，然后说：“这条丝带属于一个女孩，她在我受伤时救了我，不仅用丝带帮我包扎伤口，还带我去寻求医治。她救了我的命，我希望你能帮我找到她。”

阿兹拉克问道：“她是怎么消失的？”

男人说：“在她将我送到医生家里后我便再也没见到过她了。”

阿兹拉克说：“没问题，我现在就去。”

男人阻止了他，说：“别……不要现在去，务必等我让你去你时再行动！”

阿兹拉克却说：“但是，主人……”

男人生气地说：“我不是你的主人！从我解救你的那一刻开始我就放弃了魔法……你忘了我们的约定了吗？”

阿兹拉克反问道：“那我该叫你什么？”

男人说：“就叫我兄弟吧，明白了吗，就叫兄弟就行。”

阿兹拉克说：“是，兄弟……”

男人又说：“我还想让你答应我另一件事。”

阿兹拉克说：“蓝族精灵言出必行。”

男人说：“我希望你保证，在我示意之前，千万别去找那个女孩。”

阿兹拉克说：“好的，主……兄弟。”

男人笑着搂住阿兹拉克，说：“你的块头怎么这么大？这样拥抱你可太吃力了。”

之后的几天里，阿兹拉克与男人形影不离，关系也变得更加紧密。在与男人的交谈中，他得知男人还有一个亲生妹妹。由于父母双亡，他去南部时便将妹妹托付给自己唯一的亲人姑姑照顾。但当他回来后却发现姑姑已经去世，而他再也没有找到妹妹的下落。阿兹拉克问他是否有任何妹妹的贴身之物，男人却说自己没有任何与妹妹相关的东西。阿兹拉克对他说："我一定会替你找到她，只要给我一些时间，兄弟……"

男人问道："没有任何与她相关的东西，你怎么能找到她？"

阿兹拉克说："我们用这些线索只是为了加快寻找的效率罢了，只要时间充足，我们能找到任何人。"

男人说："你需要多少时间都行，在这个世界上，我除了这个妹妹便一无所有了……"

于是阿兹拉克离开了屋子开始去寻找男人的妹妹。他才刚走一会儿，魔法师阿格拉巴便同一群魔法师走进了屋子，说："没想到精灵竟然会和你分开，我们正好向你报解救他之仇。"

阿兹拉克在夜晚时分赶了回来。他往房子里走去，想告诉男人他在相邻的城邦发现了他的妹妹，但却发现男人已经倒在血泊中。阿兹拉克将男人抱在自己怀里，说："是谁对你做了这些，兄弟？！是谁？！"

男人拼尽自己最后的气力对阿兹拉克说："如果你想报答我，就别让我的妹妹受到伤害……"

说罢便咽下了最后一口气。阿兹拉克奋力嘶吼，吵醒了周遭的邻居。他们纷纷前来敲门，房门打开后却只看到已然死去的男人。

## 第六章

# 灰烬之源

达伽在偌大的大马士革城里游逛，此时的她已经四十岁。经过一个有名的奴隶交易市集时，她偶然听到一段争吵。

商贩说："我是不会将这个女奴跟她的孩子分开单独卖给你的！"

买家说："我要那个小女孩来做什么？我只想要她的妈妈！"

商贩又说："我不可能单独售卖这个孩子，就这样，你要不就接受要不就赶紧走开！"

买家妥协道："那我付买下她们两人的钱，但是孩子我不带走！"

商贩说："只要你付钱，其他的我管不着。"

于是男人付了买下女奴和小女孩的钱，女孩看起来差不多有七岁的样子。收钱后，商贩把女孩同那个女奴一道交给了买家。买家朝小女孩的肚子猛踹了一脚，小女孩吃痛地应声倒地，大哭起来。而后买家直接将女孩那意识不清的母亲从她眼前带走。小女孩被人群包围起来，他们摩挲着她的身体，想掳走她让她成为免费的奴隶。但达伽赶在有人伤害她之前走了过去，将这个因难忍疼痛而蜷缩起来的女孩驮在自己的肩上，随后走出了集市。这时，一个魁梧的男人喝止住了她，说："你要把这个小美人带去哪儿？"

达伽说："关你什么事，丑八怪？"

男人恼怒地说："这个孩子是我的，我要把她带走！"

达伽笑了笑，说："她不属于任何人，尤其是你这样的畜生！"

而后男人朝自己的三个同伙喊道："把这个小孩和女人都给我拿下，今晚让我们好好享受一番！"

男人们闻声从人群中走出来袭击达伽。达伽一边用右肩驮着小女孩，一边用左手迅速将三个男人打倒在地。男人们的骨头被打得粉碎，痛苦得哇哇大叫。那个魁梧男人气势汹汹地从身后拿出一块石头扔向达伽，达伽竖起食指将石头挡下后又将它弹回，打破了男人的头。集市里的人开始惊叫着从她和死掉的四个男人身边跑开。而达伽则淡定地离开，回到几天前到达大马士革后租下的房子。她待在房子里对小女孩悉心照料，直到她痊愈。小女孩一醒来便哭着找妈妈，达伽对她说："别哭了，孩子。"

小女孩继续哭着问道："我妈妈在哪儿？"

达伽说："你妈妈走了，再也不回来了。"

女孩哭得更加厉害，一直不停地重复说："我要我的妈妈！我要我的妈妈！"

达伽大声地斥责道："你的妈妈走了，再也不回来了，明白了吗？！你再也见不到她了，从现在起我就是你的妈妈！"

女孩大声哭着说："把我的妈妈还给我！我要我的妈妈！"

达伽沉默了片刻后平静地说："你妈妈现在在哪儿？"

女孩说："我不知道，但是我要我的妈妈！我要我的妈妈！"

达伽沉思起来，直到夜幕降临。看着哭得筋疲力尽后睡过去的小女孩，她决定帮她找回母亲。她念起咒语，而后一个蓝皮肤的精灵出现在她面前，问道："请问有什么指示，达伽夫人？"

达伽说："帮我找到这个孩子的母亲，法尔达克。她的母亲应该离这里不远。"

法尔达克应道："遵命。"

几分钟后他回来禀报说："孩子的母亲就在这附近的一个房子里，她身边还有一个男人。"

达伽说："你发现她时她的状况如何？"

法尔达克回答说："她已经快死了，看起来是被男人残忍地虐待过，我想她很有可能撑不过今天。"

达伽命令道："把我带到她那里去。"

于是法尔达克带着她去到那个买家的房子前。达伽让法尔达克先行离开后便上前敲门。男人半裸着身体打开门后问道："你来干什么？！"

达伽说："你今天从市集买走的那个女奴在哪儿？"

男人说："关你什么事？"

达伽说："我想从你这里把她买走。"

男人讽刺地笑起来，说："我不卖！"

达伽又说："卖给我，或者我直接将她带走，一分钱也不给你！"

男人狂笑着摔上了门。

达伽继续敲门，男人开门后冲她吼道："你到底想做什么？"

达伽没有应声，直接用手指刺穿了男人的眼睛。男人捂着眼睛倒在地上大喊大叫地说："我的眼睛！我的眼睛！你这个贱人对我的眼睛做了什么？"

达伽平静地走进屋里开始四处寻找。终于她在一个房间里找到了已经奄奄一息的小女孩的母亲。达伽对她说："走吧，我带你去找你的女儿。"

女奴说："我可能撑不到去见她了……"

达伽说："站起来，去见你的女儿。"

女奴努力用自己肿胀的眼睛看着达伽，说："我女儿拉布哈和你在一块儿吗？"

达伽说："对，她在等你。"

女奴用自己最后的一口气说："求求你，夫人，把她当作你自己的女儿好好照顾她，求求你不要抛下她一个人……"

而后便死去。

达伽站在房间里，没有多做思考，动身准备离开屋子。但那个男人抓住她的脚对她说："等等，你这个贱人！你对我的眼睛做了什么？"

达伽轻蔑地看着男人，说："撒手，否则你将失去比眼睛更加宝贵的东西。"

男人立马惊恐地松开手。达伽回到自己的房子里，看到小女孩依然在睡梦中，于是决定不叫醒她告诉她母亲的死讯。第二天，她在小女孩的哭声中醒来，她喊着要找自己的妈妈。达伽将她搂在怀里对她说："听我说，拉布哈，你妈妈出远门了，把你托给我照顾。她现在很好，我确定她已经从那个坏人那里逃脱了。"

拉布哈抹了抹眼泪，问道："那她为什么不带上我一起呢？"

达伽说："她也没有办法，但是她向我保证她以后一定会回来带走你的。在那之前你就乖乖待在我身边，好吗？"

拉布哈笑着点了点头。

而后达伽抱住她，说："你现在和达伽婶婶在一起，没有人能伤害你。"

就在同一天，达伽带着拉布哈离开大马士革去到了半岛西部，并与拉布哈在那里住了下来。她逢人便说拉布哈是自己的女儿，直到拉布哈年满二十七岁。那段时间里，拉布哈从达伽那里习得许多魔法技艺，成为达伽的得力助手。

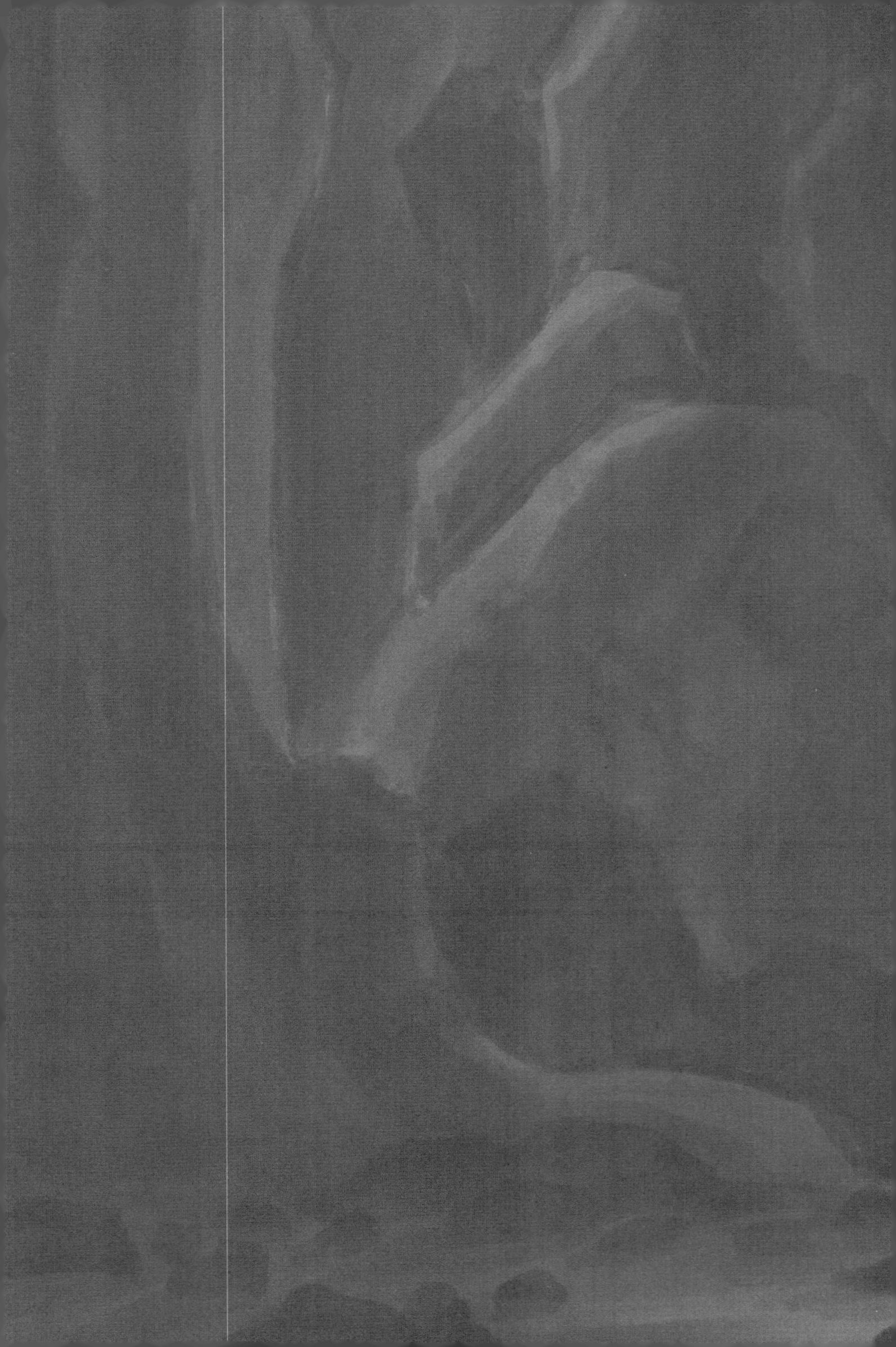

## 第七章

# 消瘦的阿荷拉玛

有一天，达伽走到拉布哈身边，彼时她们居住在希贾兹地区。她对拉布哈说："我想成立一个女魔法师组织，需要你帮我物色一些适合加入这个组织的女孩。你是我唯一信任的人了。"

拉布哈问道："什么是女魔法师组织，婶婶？"

达伽说："就是一群女魔法师聚集起来，将各自力量凝结在一起，一致对外。"

拉布哈又问道："那您为什么想要成立这个组织呢？"

达伽说："因为我打算借助其他女魔法师的力量去亚麦麦，在那里站稳脚跟。要知道那里是现如今最强大的魔法师的聚集地，我可不想让我们的性命葬送在他们之中任何一人的手里，尤其是他们一向不屑于独立的女魔法师，认为我们应该听命臣服于他们。"

拉布哈说："那为何我们不干脆独自前往？我们实力并不弱，完全可以保护好自己。"

达伽说："亚麦麦的魔法师们虽然各自为营，但他们对于女魔法师的看法却出奇一致，不服从便处决。"

拉布哈说："既然如此，那我们为什么还要去那种凶险之地？我们明明在希贾兹生活得很安稳，这里的人也与我们为善，从不刁难我们。"

达伽说："在整个半岛，女魔法师找到容身之处并与男魔法师相安无事并非难事，但亚麦麦例外，那里的男魔法师总是残暴地对女魔法师进行侵扰。这件事一直困扰着我，我想终止这种状况。我们并不比他们低一等，我要去杀杀他们的锐气、击溃他们的傲慢，为我们女魔法师在那里争得一席之地。"

拉布哈说："或许我们可以试着与他们沟通？"

达伽笑了笑，说："亚麦麦的男魔法师素来都是毫无缘故地瞧不起女魔法师。他们不配跟我们沟通，我们也无需听取他们的意见。”

拉布哈问道：“为什么呢？”

达伽说：“不把我们放在眼里的人，我们也不需尊重他们的想法。”

拉布哈又问道：“可别人的事又和我们有什么关系呢？”

达伽说：“亚麦麦的魔法师们已经开始往国家的东部和西部派出人马去进行游说了。他们并不满足于眼下，而是想把他们对女魔法师的仇恨散播到所有地方，让它变成男魔法师之间的默契。很遗憾，还真有些魔法师被他们影响并开始为这种龌龊的想法撑腰。这对我们构成了长远的危害，因此，是时候让我们的声音被听到了。阿拉伯的女魔法师是全世界最强大的，但在自己的国家却处在弱势，这种状况该结束了。”

拉布哈说：“好，无论您做什么我都会一直在您身边。”

达伽问道：“你有认识适合加入我们的人吗？”

拉布哈说：“我知道一个有些古怪的女孩，她在一个魔法师那里做帮佣，我想她应该多多少少也从魔法师那里学了些东西。”

达伽说：“那个女孩怎么个古怪法？”

拉布哈说：“那个女孩非常瘦弱，单眼失明。乍一看她并没有什么过人之处，但那个魔法师却非常依赖并且信任她，总是委派很多重要的事给她。因此我想她应该是个适合的人选。”

达伽不确定地说：“我不想要实力不足的人，我需要的是强大的女魔法师来助我一臂之力，而不是一个累赘。”

拉布哈说：“我也不确定，婶婶，但我总觉得那个女孩有些深藏不露。”

达伽说：“没事，我们大可以去见见她。如果合适，我们就邀请她加入。那个魔法师住在哪儿？”

拉布哈说："他住的地方离这里很近，你想去的时候告诉我一声便可。"

达伽说："没时间给我们浪费了，我们现在就走吧。"

于是两人朝魔法师的住处而去。到了之后，拉布哈敲了敲门。应门的是一个瘦弱的女孩，她满手是汗，看起来瘦骨嶙峋。同时女孩只有一只眼睛，而另一只眼则已经被挖空，也没有了眼睑。女孩不说话，以为她们两人是魔法师的客人，于是做了个手势把她们迎进了屋里。她们进屋坐下几分钟后魔法师便出现了。魔法师看起来年纪不大，也就是四十岁左右的模样。他坐下后对达伽和拉布哈说："有什么我能为你们效劳的？"

达伽问道："开门的那个女孩是谁？"

魔法师听完显得有些狐疑和不悦，回答道："这与你有什么关系？"

达伽说："只是随口问问。"

魔法师说："她的事与你无关。如果你们没有什么事需要我的帮助，那便可以离开了。"

两人就这样被赶出了魔法师的屋子。没走两步，达伽便停下脚步。拉布哈向她凑近，问道："婶婶，您意下如何？"

达伽说："我也看中了这个女孩。"

拉布哈问道："她身上有什么特质吸引您吗？"

达伽说："她身上被施下了许多咒语，但却依然活着，这可非同寻常啊。"

拉布哈又问道："您觉得施下咒语的是那个魔法师吗？"

达伽说："我也不知道，但她的遭遇太让人同情了，哪怕不让她加入我们，我们也应该去解救她。"

拉布哈说："我早就告诉过您她很可怜。"

达伽说："我们应该用不上她，她看起来太孱弱了。"

拉布哈说："没关系，但我们确实应该把她从那个卑鄙的魔法师手里救出来。"

于是两人第二天又去到魔法师的住处，但这次她们没有急着上门，而是远远地等着。直到魔法师出了门，她们才走过去敲门。那个瘦弱的女孩开门后用手比划着告诉她们魔法师不在家。

于是达伽开口对她说："我知道，孩子，我们来是想跟你谈谈。"

女孩指了指自己的嘴，示意自己是个哑巴，无法进行交谈。

达伽又说："没事，总之让我们先进屋吧。"

达伽和拉布哈进屋坐了下来，而女孩站在她们跟前，一脸无措。

达伽对她说："别担心，从今天起魔法师便再也不能伤害你了。"

但此话并没有平息女孩的忧虑。当她听到魔法师进门的声音便飞快跑回了自己的房间。魔法师进屋看到达伽和拉布哈后便走过去，平心静气地说："你们在这里做什么，你们想要……"

达伽打断他的话，说："听着，我不跟你多费口舌，在你这里帮佣的女孩将跟我一起离开这里，而我也不会因此付你一分钱。"

魔法师不动声色地笑了笑，问道："你们是她的家人吗？"

达伽说："不是，但我们绝不允许你再继续折磨她，你凭一己私心对她造成的伤害也该到此为止了。"

魔法师问道："什么伤害？"

达伽说："你自己看看她的样子，你对她实施了多少暴行。我是一个女魔法师，我能看到咒语在她身上留下的印记。"

魔法师笑着说：“但对她做这些的人并不是我。”

达伽说：“别撒谎！”

魔法师问道：“你想听听这个女孩的故事吗？”

达伽说：“说来听听。”

魔法师深吸了一口气，开始讲述女孩的故事——

女孩原名叫阿荷拉玛，但她身边的人常常嘲弄她并叫她拉提卡，只因为她是一个胖女孩。这件事一直困扰着她，她也常常没日没夜地以泪洗面。为了让自己看起来和同龄女孩一样，她尝试用各种方法去减轻自己的重量，但体重却依然只增不减。烦恼于她而言无处不在，于是她决心无论如何也要解决这个问题。不幸的是，她想到要使用魔法。有一天，她找到一位魔法师，说出了自己的困扰，并表示想借助魔法解决自己的肥胖问题。那个魔法师对她说：“方法很简单，我将无偿将它告诉你。”

魔法师给了她一袋药水，叮嘱她每天早晚各服用一剂，同时让她喝完了那一袋再回去找他免费拿即可，直到她瘦到自己的理想体重。阿荷拉玛就这样照做了数周，见到自己的体重真的开始逐渐往下掉，她欣喜若狂，而后便继续定期在喝完药水后又去找魔法师拿。又过了几周时间，她的体重达到了自己的理想水平，于是她不再去找魔法师，因为她不再需要药水了。然而，有一个晚上，她从睡梦中醒来，看到魔法师在她的房间里，并问她说：“你为什么不来找我了？”

她害怕地从床上坐起来，说：“我的体重已经达到我想要的标准，我不再需要那个药水了。很感谢你为我做的一切。”

可是，魔法师却要求阿荷拉玛继续去找他，直到他命令她停止才行。

阿荷拉玛说：“我不会再回去了，我已经不需要你和你的药水了。如果你想要钱，我可以给你，但除此之外我什么也不会做的。”

魔法师说：“好，但如果有一天你再来求我，我绝不会再帮你。”

阿荷拉玛回答道：“别担心，我不会再求你帮我做任何事。”

魔法师离开后她便又继续睡下，脸上满是沾沾自喜的笑容。

然而几天过去，尽管她已经停用了药水，但体重依然在持续往下降，直到整个人变得骨瘦如柴。她开始无法自如地行动，一些因为过度消瘦而导致的疾病也缠上了她。家里人带着她寻访了许多高人，但他们也都束手无策，也无法解释她的病。她凭着自己最后的力气、拖着被疼痛折磨的身体找到了那个魔法师，希望魔法师能够在死亡的边缘拉她一把。她是瞒着家人在某个晚上独自前往的，敲门后没有回应，于是她一直不停地敲，直到气力耗尽倒在了门边。几分钟后，魔法师打开了门，他看着阿荷拉玛，诡异地笑着说：“你这个时候来这里做什么？”

阿荷拉玛说：“求求你……求求你救救我……”

魔法师依然笑着说：“这次的治疗可不是免费的了。”

阿荷拉玛说：“你想要多少钱都可以，只要能把我从这种痛苦和折磨中解救出来！”

魔法师说：“我不要钱，我想要你的右眼。”

阿荷拉玛说：“我的眼睛？！”

魔法师说：“对，你的眼睛，确切地说是右边的那只。”

阿荷拉玛说：“想拿就拿走吧，只要能救我的命……”

魔法师跪坐到地上，从口袋里掏出一把小刀将阿荷拉玛的右眼挖走。随后他说：“在这里等着，我去去就回。”

说罢便进了屋。几分钟后，他拿着一个袋子递向依然躺在地上的阿荷拉玛，她已经精疲力竭，而还在流着血的眼睛使得她更加的虚弱。魔法师对她说：“这个药水你只需喝一次，之后你就会没事了。”

说着，他把口袋扔在了几近失去意识、甚至无力伸出手去接过它的阿荷拉玛身上。过了一个小时，阿荷拉玛醒了过来，她拼命伸手去拿出袋子里的东西并服了下去，而后又在屋外昏睡过去。第二天早晨，她醒来后发现自己恢复了一些力气，眼睛的伤口开始结痂，而她也能站起来行走了。回家后她睡了整整一天。而接下来的第二天，当她再次醒来后，可以说已经几乎痊愈，她感觉到自己之前失去的力量也在慢慢恢复。几天之后，她注意到自己的体重也没有继续减少，而是增加了一些，她能够走动起来去完成一些日常事务。

几个星期后，阿荷拉玛的情况趋于稳定。尽管家里人一直向她施压，让她解释自己为何会失去右眼，但她选择了无视，也不做回应。直到有一天，她的妹妹问道：“阿荷拉玛，你的脸怎么了？”

她吼道：“这件事还有完没完？”

但妹妹却说：“我不是说你的眼睛……”

阿荷拉玛问道：“那你是说什么？”

妹妹说：“去照照镜子你就知道了。”

阿荷拉玛找来一面自己曾用来涂抹脂粉的小镜子，失去右眼后她便没有再用过它。而当她看向镜子里自己的脸时，瞬间愣住。她脸上的毛发开始在长胡须鬓角的地方长了起来，她又检查了自己身体的其他部位，发现自己的胸前、腹部和腿上都长出了毛发。她惊恐万分地跑出屋子，朝魔法师家里走去。她用力地敲门，魔法师开门后说：“这次你又想干嘛？”

阿荷拉玛说：“你对我都做了什么？！”

魔法师说："我什么也没做啊，我帮你治好了病，也拿到了相应的报酬。"

她扯开自己的衣领问道："那这是什么？！"

魔法师大笑起来，对她说："进来说吧。"

阿荷拉玛坐下后哭着对魔法师说："求求你，帮我走出这个困境吧……"

魔法师说："天下没有免费的午餐。"

阿荷拉玛哭着说："但这都是你害的。"

魔法师说："别胡说八道，要么给我报酬，要么就离开这里去找其他人救你。"

阿荷拉玛问道："那现在你又想要什么？我的另一只眼睛吗？"

魔法师说："不，我要你的舌头。"

阿荷拉玛停住哭声后说："不可能！我绝不会任由你每次都从我身上割走一部分！"

魔法师说："好吧，那你现在可以离开了。"

阿荷拉玛哭着走出屋子，决定绝不再回去找魔法师。但同时，如果她身上的毛发继续长下去的话，她也无法再继续与家人和族人一起生活，他们到时候一定会把她当成妖怪。挣扎了几周后，她还是妥协了。她又回去找到魔法师，并且同意了魔法师提出的条件。魔法师用挖出她眼睛的那把小刀割下了她的舌头，然后又给了她另一种药水，并对她说："马上服下这个药水，你舌头的伤便会愈合，你的毛发也将在几天之内脱落。"

阿荷拉玛捂着自己往外渗着血的嘴，无声地哭起来，同时用另一只手把药倒入口中，然后离开了魔法师家。那之后的几天，她逐渐痊愈，周身的毛发也开始脱落。而她的家人都没有发现她失去了舌头，以为她只是不想说话罢了。又过了几周，她开始频频做一些可怕的噩梦，其中大多都关于一个没有五官的人折磨她并企图侵犯她。她时常从梦中惊醒，恐惧让她无法再回到床上继续睡觉。

噩梦让阿荷拉玛极度缺乏睡眠，生活变得如炼狱一般。只要一入睡，那个没有五官的男人就会冒出来折磨她。她无法说话，无法向任何人倾诉，于是决定再次去找魔法师，她意识到魔法师才是那些噩梦的始作俑者。她请求魔法师为她医治，但这次魔法师拒绝了她，并说："我已经没有什么可以给你的了。"

尽管阿荷拉玛哭着苦苦哀求，他依然拒绝道："你永远无法摆脱这些噩梦，除非你自己学习魔法。"

那时候的阿荷拉玛已经因为噩梦的困扰而无法回到家人身边，他们开始对她的状态感到厌烦，也不愿意过多与她接触。所以她决定留在魔法师身边学习魔法。

达伽问道："那之后又发生了什么？"

魔法师接着说道："我是在市场闲逛的时候偶然遇到阿荷拉玛的，她的样貌引起了我的注意。她当时正在试图向一个商贩解释说她想要一些草药。我走过去问她为何想要那些草药，她试着用手势跟我交流，但失败了。于是她让她的同伴向我说明了她的意图。

她的同伴告诉了我她想买的草药，我也替她转告给了商贩。她买到了想要的东西后便离开了。我跟着她到了她家，确切地说是那个魔法师的家。期间她的同伴继续跟我讲阿荷拉玛的故事，他非常同情阿荷拉玛的遭遇，也很憎恶魔法师那样对待她。阿荷拉玛进屋后，我听见魔法师对她大喊大叫。我就站在屋外，他似乎还因为阿荷拉玛耽误了时间而动手打了她。

我在屋外等着，想着那个可怜虫的处境。之后我决定去解救她。我并不想与那个魔法师当面对质，那样会把我卷进与当地魔法师的冲突里。我并非本地人，只是路过那个地方，所以我决定教她一些咒语让她能够自我防卫。

第二天我去到市集那里，等她离开市集后我便跟上她，告诉她我想帮助她。她刚开始犹豫了一下，但很快就同意了。我让她每天都到我家去待一会儿，每次我都用心教给她一些简单的动作咒语。这种咒语通过手部的动作便可以得以实施，不需要用到舌头。”

此时达伽插话说：“我知道这种咒语，但它较为晦涩，鲜有人掌握。”

魔法师接着说：“阿荷拉玛一找到机会便会去找我，有时候甚至一天会找我两次。她刻苦钻研那些关于动作咒语的书，几个月内就变得很厉害，也开始能够操控那些魔法师用以控制和监视她的噩梦。后来魔法师察觉到了她的变化，于是对她说：‘你有些不对劲啊，孩子。’

阿荷拉玛没有理会他的怀疑，继续定期来找我。由于她是哑巴，我教给她的自然也都是用手部动作就能完成的咒语，因此大多数普通魔法师都不会注意到。短短数月，她从我这里学了很多咒语，甚至通过在我那个简陋的书房里潜心研读，掌握了一些连我都没掌握的咒语。

直到有天她突然来访，我才意识到她的能力已经达到了何种境界。当时她满身是血，告诉我那个魔法师企图伤害和侵犯她。就在我站起来走向她之前，她将魔法师的头颅扔在了我的脚边，而后请求我收留她一晚。那以后我再也没有跟她提起过那件事，到现在她已经跟在我身边三年多了。她一直像服侍那个魔法师一样服侍我，尽管我从未提出过这种要求。”

达伽沉默了一会儿，说：“那你允许我们带走她吗？”

魔法师说：“我不否认她对我来说有很特殊的意义，但如果她想走我也绝不强留。她既不是我的俘虏也不是我的奴隶。”

达伽说：“好，你把她叫出来吧，我想单独跟她谈谈。”

魔法师起身去叫阿荷拉玛。他走开之后，拉布哈对达伽说：“您决定要用这个可怜虫了吗，婶婶？”

达伽说：“一会儿我们就知道了。”

阿荷拉玛走出来坐在了她们面前，而魔法师也应达伽的要求离开房间回避一下。达伽跟阿荷拉玛说明了想邀请她加入自己的组织以及组织的宗旨。阿荷拉玛对达伽的目标表示赞同，但自己需要征得魔法师的同意。达伽告诉她魔法师不会干涉她的个人意志。于是她回到自己的房间收拾好行李后便准备同她们离开。离开时，魔法师站在她面前笑着对她说：“希望你离开后能找到自己的幸福，阿荷拉玛。”

阿荷拉玛抱住他，久久没有松手，满眼泪水。与达伽和拉布哈走出屋子后，她用手势告诉她们自己不想再被叫作阿荷拉玛。达伽问道：“那你想要我们叫你什么呢？”

她用手指在地上写道：“拉提卡。”

# 第八章
# 吹长笛的女孩

拉提卡加入组织后，与达伽和拉布哈又一同在希贾兹生活了将近一年时间。在那期间，达伽帮助她精进了魔法技艺，而她与拉布哈也变得情同姐妹。达伽对于拉提卡超凡的学习能力十分满意，尤其是她对连达伽都涉猎不多的动作咒语的掌握。一年后，达伽决定搬往哈米尔人聚居的南部城邦阿尔玛城。拉布哈问起原因，达伽解释道："我想去那里征召我们的第三名女孩，南部的女孩大多具有坚韧的品格，这是我们组织所需要的。"

拉布哈说："但是您之前不是说您与哈米尔人曾经交恶吗？为何还要去他们聚居的城邦？"

达伽说："那已经是二十年前的事了，如今也不是他们想杀我就能杀的。你和拉提卡去准备准备，我们明早就出发。"

她们提前备好马匹，将水和补给绑在它们身上。天刚破晓，三人便朝着隶属于示巴王国的哈德拉毛而去。历经几周的长途跋涉，她们到了目的地哈德拉毛的首府舍卜沃城。进城后几人便租下住处安顿了下来。

第二天，达伽告诉女孩们自己将独自出门，并嘱咐她们待在屋里不要生事。而后她去到市集，一边逛一边观察这个地方和来往的人。偶然间，她注意到一个席地坐在一块破布上的女孩，她正吹着长笛行乞。奇怪的是，几乎所有路过听到她吹奏的人都会慷慨解囊。

达伽远远地坐下来观察。她注意到女孩得到的钱多到非同寻常，就好像人们无法控制自己去给她钱一样。每每那块布被钱堆满，女孩便将它们都倒进自己身旁的一个袋子里。达伽就在那里观察到傍晚，直到人们都逐渐从市集散去。而女孩也收起那块破布扔进装钱的袋子里准备离开。达伽依然远远地尾随着女孩。夜幕降临后，一群男人出现拦下女孩，对她说："你的袋子里装的什么啊，美人？"

女孩说："与你无关，丑八怪。"

达伽听到后会心一笑，因为这正是她自己对每一个把她唤作美人的人的一贯回答。

男人说："我们要把你和你的袋子一并带走。"

女孩问道："在那之前我可以先为你们吹奏一曲吗？"

男人笑着说："当然。"

于是女孩拿出长笛，吹奏起尖锐的曲调。不出几秒，男人们头痛难忍而喊叫起来。他们哀求女孩停止吹奏，但女孩并没有停下。最后，鲜血从男人们的耳朵里流出来，而后他们齐齐抽搐倒地。女孩则背起袋子若无其事地继续往前走。达伽笑了笑，默默在心里说："我找到第三个女孩了。"

她又继续跟着女孩，直到女孩在一个大房子前停下敲门。房子的主人打开门时她又再次吹起长笛，主人将她请进了门。达伽走到窗边往里窥探情况，看到女孩操控着那个男人和他的妻子和孩子。她先是命令女人去给自己做晚饭，同时让孩子们去睡觉，而后又让男人帮自己按摩双脚。达伽看到那般情形后笑着喃喃道："真是个卑鄙的女孩啊。"

女孩在女主人布置好的桌前坐下，并让夫妇二人站在自己身后为自己端茶送水。吃饱喝足后，女孩又去到夫妇的房间，在他们的床上睡下，让夫妇二人整晚睡在地上。达伽回到住处后，看到拉布哈和拉提卡正焦急地等着她。拉布哈守在门边，见她回来后赶忙问道："你去哪儿了，婶婶？我们都担心死了！"

达伽满脸愉悦地走进门，说："我应该将那个女孩招进来！"

拉提卡不明所以地看向拉布哈，于是拉布哈问道："您这话是什么意思？"

达伽说："明早我再告诉你们，这会儿先去睡觉吧。"

女孩们睡下后，达伽开始思考如何将吹长笛的女孩拉进组织。良久之后，她终于想出了一计，脸上露出讳莫如深的笑容。第二天，达伽起得很晚，她大声地唤道："拉布哈，你在哪儿？"

拉提卡走进去，用手朝外面指了指，达伽方才知道拉布哈已经出了门，于是说："她怎么未经我允许就出门了？她难道不知道我们现在身在异乡还没摸清状况吗？"

拉提卡无措地低下头，接着达伽又对她说："我以努拉的情人之名起誓，一定要好好惩罚她的所作所为。走，我们出去找她！"

拉提卡将斗篷披在达伽背上，跟着她出了门，两人朝市集走去。就在她们寻找拉布哈的时候，达伽又看到吹长笛的女孩跟之前一样坐在地上，脸上的愁绪转而变成了微笑。达伽指了指拉提卡说："拉提卡，跟紧我。"

她们走到女孩跟前，女孩开始为她们吹奏。但当女孩发现她们俩都没有表现出想给她钱的意愿时，她显得很惊讶。她开始笑着紧盯着达伽，而拉提卡则一脸不解地盯着她。片刻后，女孩发现刚才面前的两人突然消失了，而自己用来装钱的袋子也跟着一起没了踪影。于是她愤怒地起身，开始在市集里四处寻找她们。

当拉布哈晚上回到住处时，发现没有人在家，于是便坐下一边打点刚买回的食物一边等她们回来。就在那时，她听见有人敲门。她起初犹豫了一下，但最终还是过去应了门。站在门口的是一个比她稍稍矮小一些的女孩，留着一头少年般的红色短发，而她那双指甲出奇长的手中握着一把长笛。

拉布哈问道："姑娘，请问有什么事吗？"

长笛女孩说："我可以进屋吗？"

拉布哈疑惑地问道："你是谁？"

长笛女孩说："让我进屋说吧。"

但是拉布哈拒绝了她的要求，说："不行，我的婶婶现在不在家，她通常是不允许任何人进来的。"

长笛女孩问道："你的婶婶是跟一个很瘦弱的女孩一起出门的吗？"

拉布哈说："没错，那是我的婶婶和我的妹妹，不过你是怎么知道的？"

长笛女孩答非所问地笑着说："我只是想确认自己没找错房子。"

拉布哈不解地问道："你这话什么意思？"

长笛女孩依然笑着说："你的婶婶一时半会儿不会回来了，让我进屋去，我们好好谈谈让你婶婶回来的问题。"

女孩的话让拉布哈很是诧异，而还没等她反应过来，女孩便淡定地推了她一把，径直走进了屋。坐下来后，女孩说："你的婶婶和那个跟她一起的瘦女孩被我抓起来了。除非你把我的钱还给我，不然我不会放她们走的。"

拉布哈问道："什么钱？"

长笛女孩鄙夷地看着她，同时用自己修长的手指敲了敲木椅的扶手，说："别耍滑头，你的婶婶已经告诉我她把钱藏在你这里了。你自己也承认了她是你的婶婶，而那个女孩是你的妹妹！"

拉布哈说："我没时间跟你在这里耗，你赶紧出去吧！"

说着她便拽着女孩的手臂想把她赶出去，但女孩赤脚狠狠踢了她一下反过来将她钳制住，同时将指甲刺进她的脖子，又用牙齿咬住她的肩膀。两人开始在地上厮打起来。拉布哈用力将女孩推到一旁，然后念起咒语将女孩从地上举到空中、摔向墙壁。

女孩踉跄地抓住长笛吹奏起来，鲜血从她的前额渗出。拉布哈的双耳感到剧烈的疼痛，她起身用脑袋撞向女孩并拼命地击打女孩的肚子。长笛从女孩手里掉落，她们再次缠斗在一起。直到双双精疲力竭，她们才停手瘫倒在地，但眼睛却一刻也没有从对方身上移开。就在女孩试着伸手去拿长笛时，拉布哈又念起咒语将女孩的手臂拧住。女孩疼得大喊起来，随即扑向倒在地上的拉布哈，将锋利的指甲刺进拉布哈的大腿。

拉布哈的体力逐渐变得虚弱，觉得自己马上就要死在那个毒辣的女孩手里，于是默念起另一个咒语。还没待她念完，长笛女孩的身体被悬到了空中，上气不接下气地抽搐。而后她落回到地上，好像被束缚起来了一般。遍体鳞伤、满身是血的拉布哈环顾了一下周围，看到正在拨动指节的拉提卡和在她身后微笑着的达伽。达伽走过去，坐到被拉提卡的咒语束缚起来的长笛女孩前，并让其他女孩先离开。拉布哈气愤地说："这个贱人是谁？"

达伽说："你先出去清理伤口，我们晚点再说。"

于是拉布哈和拉提卡走出房去，只剩达伽和被绑在地上的长笛女孩。达伽笑着向女孩问道："你真的以为你是靠自己找到这里来的吗？你竟然把我们想得如此幼稚。这不过都只是我的计策而已，只为了把你引到这里来，顺道惩罚一下不经我允许就擅自出门的拉布哈。看来你着实好好地把她收拾了一顿。"

长笛女孩说："放了我，不然我让你好看！"

达伽大笑起来，而女孩也怒气冲冲地大声问道："我的钱呢？你这个小偷！"

达伽说："你的钱在你背后的袋子里，我们压根没动，我们的目的也不是你的钱。"

长笛女孩说："那你们想要什么？"

达伽说：“我们想要的是你。”

长笛女孩震惊地问道：“我？你们要我来做什么？”

于是达伽跟女孩说明了自己的意图，包括组织的事，同时还说在她身上看到了组织急需的能力。随后达伽又问道：“你是从哪里获得的这种能力？”

长笛女孩说：“我只是读了一些书……”

达伽说：“我不是三岁小孩，亲爱的。你所掌握的技艺是绝不可能只通过看书就能习得的，它还需要得到高手的指点。”

女孩却突然撇过头，泪流不止。

达伽问道：“你怎么了？”

女孩依然沉默不语，哭了起来。

达伽动了动手指解开了女孩身上的束缚，然后靠近到她身旁，说：“跟我说说吧，孩子，你的过去都发生了什么，让你现在这般伤心？”

于是女孩开始跟她诉说起来——

“我叫哈娜，曾经和家人一起住在麦因城。我们家是一个大家族，经营着香料和乳香生意，有钱有势。而我则是一个被家人和部族宠坏了的小姑娘。直到在我十四岁那年的一天，我看到了他。”

达伽问道：“你看到了谁？”

哈娜说：“我跟两个专门保护我的侍卫在市集里闲逛时，我看到了一个少年。他的面庞熠熠生辉，笑着同跟他介绍商品的小贩打着趣。我的心就这样被他俘获，连呼吸似乎都停止了，甚至无法开口说话。都说爱会让人变得盲目，但迷恋会让人失语。两个侍卫还以为我生病了，想把我送回家。但我拒绝了，我就那样待在那儿盯着他英俊的脸，直到他离开。我跟在他身后，想知道他的住处。得知他住在城外一个出租的房子里后，我回到家开始盘算着晚上再去找他。”

达伽问道：“你去找他的目的是什么？”

哈娜说：“我当时没有想太多，单纯只是想再见到他，跟他说说话。遇见他之后患上的那种病，我宁愿它没有解药。”

达伽说：“你继续……”

哈娜又接着说：“那天晚上我背着家人悄悄跑到他住的地方。他满脸微笑地为我打开门时，我竟一句话也说不出来，而后便晕了过去。当我醒来时，发现自己在他房间里的床上。他就坐在我跟前，见我醒来后无比忧虑地问我：‘你还好吗？你是遇到了什么困难吗？’”

她继续说道：“我不知如何作答，他的双眼让我羞怯得无法直视，于是我只能在被自己的说辞出卖之前垂下眼睛。他的魅力让我手足无措，我深陷其中无法自拔。”

达伽半信半疑地问道：“真有这么美好的事？”

哈娜说：“他与我说话时所散发出来的魅力是我见过的最美好的事物，但我的矜持始终控制着我。”

达伽又问道：“那一整晚你就只顾着害羞了？”

哈娜说：“不，他对我十分和善有礼，我们一起聊天，他跟我说起了他的故事。他还告诉了我一种我此前从未听过也完全无法理解的语言。他说他是一个初级魔法师，之所以到半岛南部来是为了寻找一种解除咒，让他能够解救被囚禁在山洞中的蓝族精灵。说实话，我完全听不懂他在说什么，我也不在乎，因为我已经沉沦在他的双眼里，他说什么都无所谓。在我心里，与他聊天的时间里最美好的是那些沉默无言的片刻。”

达伽说：“这世界上没有什么比眼神更强大的魔法了，孩子。”

哈娜说：“是啊，无需指节的动作或是只言片语他便能触碰到我。”

达伽无言。

哈娜又说：“我多么盼望能得到他的吻，但他只是拥抱了我。”

达伽说：“拥抱是肢体间的亲吻，那才是最深刻的。”

哈娜继续说：“那晚我满心雀跃地回到家里，想着以后每天都去找他。第二天夜里我又去到他的屋子里，与他共度了一整个晚上。”

达伽坏笑着问道：“这一次你们也只是在聊天中过了一整晚吗？”

哈娜说：“我不否认我也近距离地诱惑过他，但他的心思不在我这里，一心只想着救那个蓝族精灵。但我并不觉得委屈，能待在他身边我就已经很满足了。”

达伽追问道：“那之后发生了什么？”

哈娜说：“我与他每晚的会面持续了一个月。直到有一天，我像往常一样去敲他家的门，但他没有回应。我打开门后发现他并不在里面，心里一阵发紧，害怕他已经不告而别。但就在我思绪万千的时候，他走了进来，腹部受了很严重的伤。他重重地摔在床上，血流不止。我害怕极了，不知该如何是好。我用自己绑头发的红丝带包扎了他的伤口，而后将他扛在肩上去找我们的家族医生。我们去到医生家，医生为我们打开门后问道：‘哈娜你好，你这么晚到这里来做什么？和你一起的这个人是谁？’

我告诉他那是我们家族的一位友人，他生病了，于是我父亲便主动要求帮他进行医治。医生让他进到家里，还安抚我说他会照看好他。于是我便回家了。第二天我和侍卫一起去到医生家，到门口时我吩咐他们在屋外候着，而我则独自走进去确认心上人的情况。医生告诉我他伤势过重，同时还在他身上发现了魔法造成的伤痕。想要让他的筋骨痊愈不难，但是他身上的咒语只有那个施咒的人才能解开。我走到卧在床上的他身边，问道：‘是谁对你做了这些？’

他无法张口回答我，我只能一遍一遍地问，直到他艰难地说出：‘山……’

我不明白他的意思，但从医生家里出去后，我命令侍卫们探明城里魔法师的情况。几小时后，他们回来告诉我城里有五位魔法师，两个住在城区，两个住在山上，而另一个则到国外游历去了。我决定去见住在山上的那两个魔法师，但侍卫们阻止了我，并威胁要告诉我父亲。于是我只好佯装放弃，直到日落后他们离开。

到了晚上，我换了身低调的装扮出了家门朝山上走去。几个小时后，我走到一个岔口，我不知道该往哪边走。而就在那时，我听见一阵笑声，这让我害怕起来。就在我四下探查的时候，我看到在一个山洞口有一堆火，于是我朝它走过去。走近后我看到一个男人坐在火堆旁，一看到我他便仰了仰头，让我坐到他身旁，然后问我说：‘你从哪儿来？’

我说：‘从麦因。’

男人又问道：‘你到这偏远的地方来做什么？’

我回答道：‘我来找那个用咒语伤害了我朋友的人，我想请他为我朋友解开咒语。’

男人说：‘你的朋友是谁？’

我跟他描述了我的心上人，然后他说：‘我知道了，几天前有个人来我这里询问一个咒语，我告诉他我不知道。或许他在住在这山上的另一个魔法师那里找到了他想要的咒语了吧。’

我问他说：‘那个魔法师住在哪里？’

男人问道：‘我为何要告诉你？’

我说：‘求求你，我时间不多了，我的朋友现在命悬一线，很需要帮助。’

男人说：‘那你拿什么回报我？’

我说：‘你想要多少……你想要多少钱我都可以给你！’

男人说：‘钱对我来说并没有用，我是一个脱离了物质需求的男人，但是我很怀念身体的需求。’

我惊恐地站起来，环抱着自己的胸口对他说：‘你什么意思？’

男人说：‘我想你在我的床上陪我一夜，明早我就带你去找那个魔法师。’

我喊道：‘不可能！我不想要你的帮助，我会自己找到他的！’

男人说：‘他擅于隐藏，你是找不到他的。没有人能在没有指引的情况下找到他。而你的朋友需要我的帮助，时间一分一秒地流走，你的朋友时日无多了。’

我祈求道：‘求求你……只要你能救他，任何要求都可以！’

男人说：‘我的要求就只有刚刚那个。’

我想着自己爱人备受煎熬的处境，于是决定为了他牺牲自己。

那个耻辱的夜晚之后，魔法师在早上告诉了我另一个住在山上的魔法师的藏身之处。他说：‘你往南走，然后你就会看到一个像脑袋一样的大石头。在那里停下后你要说——我远道而来向您求知，而后魔法师就会出现了。’

我按照魔法师所说的做了之后，魔法师果真出现了。我尽量简短地跟他说了我的请求之后，他说：‘从我这里取走知识的人，也将取走诅咒。’

虽然不明白他话里的意思，但我还是同意了。

魔法师告诉了我解救心上人的咒语，感谢之后我便准备离开。转身时我听到他说‘别忘了把诅咒也拿走’，之后他就消失了。

我想赶在第二天清晨之前回到城里，但却失败了。那座山变得跟迷宫一般，每每我努力想走出去，都会回到原点。就在我到处摸索的时候，我路过了那个掳走我童贞的魔法师的山洞。但我没有进去，也没有试图与他再有任何联系。我一直努力想走出那座山，但却是徒劳。后来我便身心俱疲地倒在地上，陷入昏睡。醒来后我发现自己在那个魔法师的山洞里，他就像我第一次发现他时那样坐在洞口的火堆前。我诧异地从地上站起身来往外走，他却对我说：‘别费劲想走出这座山了，我的头领已经判处你留在这里五年。’

我难以相信地问道：‘为什么？他为什么这么做？’

魔法师说：‘没有什么东西是不需要付出代价的，小姑娘，你最好待在我身边，这一片山脉危险重重，你独自一人是活不下来的。’

听完他的话，我瘫坐在地，为自己遭遇的一切哭了起来。而后我与那个把我当奴隶一样使唤的魔法师在一起待了五年时间。他教给我一些魔法秘诀，尽管我无心学，但是也实在无事可做。那些年我在魔法师身边就如行尸走肉一般，我的心全在心上人那里，每天都在幻想自己回到他身旁，想象他拥我入怀的瞬间。但是冰冷的现实却每次都把这幻想撕得粉碎。就在五年期满的前一天，魔法师对我说：‘你决定好要离开了吗，哈娜？’

我告诉他我一直在数着逃离这个炼狱的时日。

他笑着说：‘你走之前别忘了为我做最后一餐。’而后便走进洞里睡觉了。

那一夜我兴奋得无法入睡，不敢相信自己就要回到家人和那个也许已经一去不回的爱人身边。才刚破晓时分，我便一刻不停地朝城里而去，行囊里背着那个下流的魔法师教我魔法时给我的木笛。我不知疲惫地走着，连一口水都没有来得及喝，一心只想着尽快回去。我在下午的时候到了城里，而后便直奔医生的家。敲门之后，为我开门的是一个我素未谋面的陌生女人，她并不是医生的妻子，于是我问道：'请问医生在哪儿？'

女人问道：'什么医生？'

我说：'住在这里的医生。'

女人说：'我不知道，我和我的家人三年前搬来这里的时候，这里是闲置的。'

我问她说：'那是谁把房子卖给你们的？'

女人说：'我也不清楚，你应该问问我的丈夫。'

我请求她让我进屋去等她的丈夫，但她显得有些犹豫。我一时还不知道她犹豫的原因，没有意识到自己的外貌看起来有些让人害怕。我的指甲出奇的长，魔法师还出于自己的喜好把我的头发剪得像男孩一般，只因为他讨厌女孩留长发。同时我衣衫褴褛，惹人生疑。于是我向她表示抱歉，之后便在屋外等她的丈夫回来。夜晚时分，她的丈夫回到家，看到我后他的脸上露出不安的表情，而他看向屋子的眼神就好像在说'我的妻子和孩子发生了什么'。我对他说：'别担心，我来这里只是想问你一个问题，是谁把这房子卖给你的？'"

此时，达伽打断了哈娜的话，问道："你为什么不先去找你的家人再去找医生？"

哈娜说："我的心上人生死未卜，我没有心思去想我的家人。"

于是达伽说："那你继续说……"

哈娜接着说："那个男人回答我说房子是他的主人卖给他的，于是我冲他吼道：'那你的主人是谁？'

男人害怕地迅速回屋关上门，无论我怎么敲门也没有再得到回应，于是我灰心丧气地准备回家。回到家后，却发现那里已经空无一人。我越发觉得疑惑，却也无计可施，于是溜进家里在自己曾经的房间里睡了下来。

第二天早上，我出门想找到任何一个能让我找到家人，或者告诉我他们下落的人。我想到的第一个人是一个商人，他曾是我父亲的好友。我知道他家的位置，于是便朝他家走去。但后来我被他家的侍卫拦住，我让他们告诉商人我的来意，但他们说那天不是布施的日子。我又告诉他们我不是为了乞讨，我是商人的朋友。他们大笑起来，想把我强行拉走。于是我拿出长笛开始吹奏，直到让他们丧失了行动能力后，我走进了屋里。不一会儿我就看到了商人和他的家人围坐在早餐桌上。我走过去对他说：'叔叔，我想跟您谈谈。'

男人平静地站起身，似乎有些疑惑，而孩子们也都害怕地躲进了母亲的怀里。我们去到一个大会客厅里，坐下后我跟他表明了身份，也告诉了他我的父亲是谁。他问道：'这几年你都去哪里了，哈娜？'

我说：'叔叔，我简直去到了另一个世界。'

商人说：'你不在的这些日子，这个世界已经换了一个模样。所有人都以为你已经死了。'

我激动地说：'我没死，我现在就在这里，我想见我的家人！'

商人说：'先让我告诉你，你消失的时间里都发生了什么……'

然后他告诉我，在我失踪了几天后，我的父亲开始找我。

有一个侍卫告诉他我消失之前去的最后一个地方就是医生家，而那时候我在打听城里的魔法师的事。于是他们到医生家里去，发现他正在医治一个受伤的魔法师。医生说他也不知道你的去向，而正是你以魔法师是你父亲的朋友为由把魔法师送到他那里去的。然而谁也不相信他的话，大家都认为是他和魔法师一起劫持了你，于是把他们两个抓进监狱严刑拷打，可也没有任何结果。一个月后，尽管没有任何证据，他们两人却被冠以绑架和谋杀的罪名。行刑那天，他们被送去刑场。正当医生被处决，要轮到魔法师的时候……'

我几乎是大喊着地问道：'他们把他杀了吗？！'

商人说：'没有……发生了一件怪事，震惊了在场所有人。'

我赶忙说：'发生了什么？快告诉我啊叔叔！'

商人说：'那个男人变成了一只白色的鸟，在众人的惊恐中盘旋……'

我问道：'那这意味着他没有受伤？'

商人说：'我也不知道，孩子……我也不知道……那也是我第一次看到那样的情形。'

我又问道：'那我的家人呢？他们在哪里？我的家为什么空了？'

商人说：'你的母亲无法承受你的死讯，想忘记发生在你身上的事，于是便要求你父亲搬家。不出几日，你的父亲就变卖了所有家当和他的生意，而后跟你的母亲和兄弟姐妹们离开了麦因，音信全无。'

说罢他沉默了一会儿，我也恍然意识到发生了什么，而后哭了起来。

商人试图安慰我，并提出让我和他的家人一起住在他的房子里，直到我重新规划好自己的人生。同时他还承诺帮我找到我的家人。但他妻子的眼神告诉我，她希望我拒绝她丈夫的慷慨并离开。商人追上来把一些钱放到我手里，并跟我说我可以在任何有需要的时候去投奔他。但我将钱退回到他手上，说：‘您不用对我负责。’

从他家出来后，我便离开了麦因，出发去首都舍卜沃城。从那以后我就再也没有回去过。”

达伽说：“你太决绝了，孩子。”

哈娜说：“我们在各自的生活中都各有各的决绝。”

达伽问道：“那就把过去忘掉吧，跟我们一起开始新的人生旅程，如何？”

哈娜说：“我没办法忘记他，婶婶，跟他分开之后我的心就一直在燃烧着。”

达伽说：“生活教会了我，永远不要为了别人而燃烧，因为遗忘的风永远在那里等着我的灰烬。”

哈娜笑着说：“就算我同意了，婶婶，但是在我今天试图杀死你的女儿之后，恐怕她很难接受我。”

说罢两人笑作一团，拥抱在一起。自那以后，哈娜便成为了组织的第三位成员。

达伽在召集到自己的第三个女魔法师之后便决定离开舍卜沃城。尽管哈娜和另外两个姐妹之间的气氛有些紧张，但达伽相信，随着时间过去，一切都会好起来。在离开前的一天，达伽和三个女儿一起去了市集。她嘱咐拉布哈落实代步的牲口，拉提卡则负责买路途中所需的水和补给，以确保她们顺利离开哈德拉毛的疆界到达下一个最近的城市。

两个女孩离开后，达伽抓住哈娜的手，说：“我想让你去做一件事，孩子。”

哈娜说："您让我做什么都可以，婶婶。"

达伽问道："你去的那座有两个魔法师居住的山在哪里？"

哈娜一脸惊慌无措地说："您为什么要问这个？"

达伽说："因为我再也不想在你脸上看到此时这种恐惧的表情。"

哈娜说："我不明白……"

达伽说："告诉我他们的位置，之后你就会明白了。"

于是哈娜告诉了她那个与自己在一起待了五年的第一个魔法师的位置，但她已经不记得另一个魔法师的位置了。达伽说："没关系，孩子，我们这就去找他。"

哈娜紧紧握住达伽的手，哭着打断她说："去哪儿？"

达伽说："去找那个住在山洞里、把你当奴隶五年的魔法师。"

哈娜跪在地上，亲吻着达伽的手说："不，不……求求您，我再也不想去那里了！"

达伽说："在你看到我想让你看的东西之前，你是无法变得如我期许的那般强大的。"

在达伽强硬的态度下，哈娜和她一起去了那个山洞。才刚到洞口，她们便发现魔法师站在那里盯着她们。当他认出哈娜之后，便向她张开双臂笑着说："我就知道你舍不得离开我！"

哈娜躲在达伽身后，害怕得止不住颤抖。达伽却对她说："看着他！"

哈娜从达伽身后探出头，看到魔法师依然张着双臂笑着喊她。达伽说："接下来发生的事，你看好了。"话音刚落她便将魔法师的手臂与身体分开，接着又是他的双腿。他的身体悬在空中，就像一个牲口，奄奄一息。达伽平静地走近他，将嘴贴在他的耳边问道：“你的头领在哪儿？”

魔法师用尽自己最后的气息却也说不出一句话来，于是达伽笑着说：“罢了，也不需要你，我会自己找到他的。”

魔法师在她说完后便咽了气。哈娜厌恶地看着那魔法师，心里的恐惧也随之烟消云散，她说：“我想变得跟您一样，婶婶。”

达伽笑了笑，说：“你会变得比我更加强大，但你得有耐心。”

说着她双手合十，嘴里开始念起一些咒语。随后红魔出现，他亲吻着达伽的手，说：“永世为您，永世为您……”

达伽说：“帮我找到藏在这山上的那个魔法师。”

红魔像动物那样四肢并用地飞速奔跑起来，消失在山间。几分钟后他返回来，在达伽耳边低语了几句。

达伽对他说：“现在退下吧。”

而后又冲哈娜指了指，说：“走吧，别让你的姐妹们等太久。”

不一会儿，两人便去到了那个脑袋形状的石头的地方。哈娜说：“这就是那个石头，婶婶！”

于是达伽开始念起咒语。只见那个石头裂成了两半，藏在里面的便是那个头领魔法师。头领魔法师不耐烦地吼道：“你想做什么？”

达伽说：“你应该知道我想做什么。”

头领魔法师说：“你这个女人，你到底想干什么？”

达伽微笑着把手伸进口袋里，说：“我将要离开，但你别忘了拿走你的诅咒。”

说着她从口袋里拿出一个小袋子，扔在他们之间的空地上。不出几秒，几百条黑白相间的蛇从袋子里涌了出来，齐齐朝头领魔法师而去，并开始咬他。在把头领魔法师吃掉后，那些蛇回到袋子里。达伽拾起袋子装回自己的口袋里，而后说：“走吧，孩子，从今往后再没有什么能让你害怕的了。”

哈娜冲过去抱住她，泪流满面地说：“谢谢……谢谢您，婶婶！”

两人回到舍卜沃城，看到在房子门前带着马和必需品等着她们的两个女孩。她们一到，拉布哈便挖苦地说：“我们过去可不习惯您迟到这么久啊，婶婶。”

达伽骑在马上，说：“那就从现在开始习惯吧。”

而后踹了踹马匹，朝着城外疾驰而去，女孩们紧跟其后。拉布哈和拉提卡不悦的目光将哈娜紧紧锁住。

# 第九章 羊血

达伽和三个女孩穿越在灼热的阿拉伯沙漠中。随着时间一天天流逝，水和补给也在慢慢减少。几日之后，水都耗尽了，她们面临着死亡的威胁。拉布哈疲惫地说："按理说，我们现在不是应该到了吗？"

达伽说："对啊……但是这次的路好像不太一样。"

拉布哈说："沙漠里的幻象一路上都在迷惑我们，有时候我明明看到前面有水，但实际上什么也没有。"

达伽说："我们抱怨沙漠里的幻象欺骗我们，但其实它从未说过那里有水源。别用我们自己的愚见去评判事物。"

拉布哈问道："婶婶，我曾经看到过你借助妖魔鬼怪在城市间穿梭。那这次您为何不这么做，救我们自己一命呢？"

达伽说："你们都听好了，在自己能量不足的时候千万不要求助于魔鬼。"

哈娜问道："为什么呀？"

达伽解释道："因为魔鬼一旦察觉到你的虚弱，便会抵抗不住自己的欲望去利用你。当你在他面前失去防备，他就会伺机伤害你。"

拉布哈问道："那我们现在该怎么办？"

达伽说："只能把红魔召唤出来了。无论我变得多虚弱，他都会永远臣服于我。"

于是她念起咒语。红魔出现后，亲吻着她的双脚说："永世为您，永世为您……"

达伽笑着对他说："去帮我找到最近的绿洲或者有水源的地方。"

红魔听命后便四肢并用地迅速动身，很快便消失在茫茫沙漠里。达伽让女孩们都先下马，等红魔回来。

哈娜问道："婶婶，红魔大概要多久回来？"

拉布哈暗暗地嘟囔道：“蠢货。”

达伽生气地看了看拉布哈，而后对哈娜说：“很快的，孩子，应该不会耗费太长时间。不过这会儿你们先把帐篷搭起来，然后生好火等他回来。”

女孩们按婶婶的吩咐行动起来。达伽独自走进帐篷，留几个女孩围坐在她们收集来的干柴旁。见拉布哈和拉提卡点不着火，哈娜在柴堆上方击了击掌，很快便将火生了起来。拉提卡笑着把手搭在哈娜肩膀上晃了晃她，而拉布哈说：“我们可没有要你帮忙，小男孩！”

哈娜回应道：“我不是男孩！”

拉布哈说：“我在你身上看不到一点儿女孩的影子。”

拉提卡把手指放在拉布哈脸上，示意她不要再奚落哈娜。但拉布哈继续说：“没事儿，拉提卡，我不会伤害婶婶最爱的小男孩的。”

哈娜大声吼道：“我不是男孩！你这个贱人！”

说罢拉布哈冲向她，跟她在沙堆上扭打起来。拉提卡试图劝架无果后，只好动了动手指将两人绑在一起，并告诉她们，今晚她们将一起睡在外面，之后自己便朝另一个帐篷走去。走进帐篷之前，她听到从达伽的帐篷里传出的声音——“谢谢你，拉提卡”。

夜深人静，只有背靠背被紧紧绑在一起的拉布哈和哈娜没有入睡。她们互相看不到对方的脸，于是发生了以下的对话——

拉布哈说：“小男孩，你睡了吗？”

哈娜没有回应。

拉布哈问道：“你怎么了，为什么不说话？”

哈娜依然沉默。

拉布哈接着说：“你不会获得婶婶的全然信任，也不会成为最被她看重的那个人，你不如我了解她。”

哈娜说：“谁说我想成为她心里最看重的人了？”

拉布哈说：“你的所作所为都证明了这一点！”

哈娜大声说：“不要用这种语气跟我说话！你这个疯子！”

拉布哈也不甘示弱地说：“你还是个男孩呢！”

哈娜低声说：“小女孩……”

拉布哈问道：“你说什么？”

哈娜说：“小女孩……我左边的方向有个小女孩。”

拉布哈赶忙问道：“哪儿？在哪儿呢？”

哈娜试着挪动方向，好让拉布哈看到她眼前的那个小女孩。但拉布哈还是什么都没看到。

哈娜说：“如果不是你胖得跟一头牛一样，我就能转向让你看到她了。”

拉布哈说：“我什么都不想看，你这个瘦小子！”

哈娜说：“她现在离开了。”

拉布哈说：“压根什么都没有。睡吧，天亮之前别再跟我说话。”

哈娜把脑袋搁在冰冷的沙地上，看着天空自言自语道：“我发誓我真的看到了一个小女孩在那里玩沙子。”

红魔在黎明到来之前赶了回去。他快步走进达伽的帐篷，在她身边耳语了一阵。随后达伽走出帐篷大声说道：“孩子们，快，红魔找到近处的绿洲了！”

女孩们都闻声醒来。拉提卡走出帐篷，伸展着手臂。拉布哈见状便说：“一夜好眠啊，现在可以把我们松开了吗？”

拉提卡笑着动了动手指，将她和哈娜松开来。一行人上马后，跟在达伽身后，朝红魔所说的方向而去。经过半日的路程，她们果真发现一片绿洲。在那里，繁茂的枣椰树围着一汪澄澈的湖水。女孩们奔向湖边，脱掉衣服后纷纷跳入湖中沐浴，喝起水来。达伽走到湖边，将女孩们留在岸边的马都拴好，而后一边喝水一边满脸笑容地看着在湖里开心嬉戏的孩子们。

从水里出来后，女孩们吃了些附近的椰枣，便又继续回到湖里。达伽坐在岸边吃着椰枣，同时观察着那个地方的情况。她看到似乎有什么东西远远朝她们而来，于是让女孩们赶紧从湖里出来穿好衣服，并做好防范准备。

拉布哈一边穿着衣服一边问道："怎么了，有什么动静吗？"

达伽依然紧紧盯着朝她们走来的那团不明物，回答道："我也不知道，好像有一大群物体冲我们过来了，我也看不出来是什么。"

哈娜从口袋里拿出长笛，而后骑上马说："需要我前去探探情况吗？"

达伽示意哈娜下马，说："不，先静观其变。"

她们在原地等了好几分钟，那一团不断靠近的不明物的轮廓逐渐清晰起来。那是一个牧羊人和一群大约由五十只羊组成的羊群，他的身旁还有一个十多岁、与她们年纪相仿的女孩。牧羊人走到水边，督促羊群喝水。陪在牧羊人身边的女孩跟他耳语，手指向达伽和女孩们的方向。于是牧羊人冲她们招手问好。正当大家犹豫着要不要回应时，达伽说："放轻松，孩子们，他只是个牧羊人。"

除了死死盯着牧羊人和那个女孩的拉布哈，其余人都席地而坐。

拉布哈说："那个女孩真古怪，长相让我觉得不舒服。"

哈娜讥讽道："任何人都入不了你的眼，你对什么都是不屑的。”

拉布哈正色道：“我并没有奚落那个女孩，她的眼神很犀利，看起来不太放心我们。”

达伽问道：“那你建议我们怎么做？”

拉布哈说：“你们在这里别动，我来处理。”

而后她独自走向牧羊人和那个女孩。待她稍微走远后，哈娜对达伽说：“您就任由她这样过去打扰别人吗，婶婶？”

达伽说：“拉布哈身上有许多技能，包括骑术和读心术。”

哈娜继续问道：“那她为什么不能好好地解读我，了解我并没有对她怀恨在心，也没有任何恶意呢？”

达伽的眼神依然跟着拉布哈，同时回答道：“恰恰相反，她跟你作对、挑衅你正是因为她仔细解读了你，却发现你无心取代她作为我助手的位置，这让她在你这里失了准头……不过是愚蠢的嫉妒罢了。”

哈娜说：“但她显然很讨厌我。”

达伽说：“爱的对立面并非憎恶，而是无视。她其实很在意你……就像我说的，那只不过是出于爱的嫉妒，其中还夹杂着一时的不理智。”

哈娜笑着说：“真的吗？谢谢您告诉我这些，婶婶。”

达伽问道：“你想做什么？”

哈娜笑着把一颗枣子扔进嘴里，说：“没什么，只是到时候跟她闹着玩儿一下而已。”

达伽说：“随你开心吧，但是别做得太过了。要记得她是你在这个组织里的姐妹。”

哈娜说：“别担心，我不会做让您不高兴的事的。”

拉布哈走到牧羊人和他女儿跟前，男人手里握着一根木棍。拉布哈一边与女孩对视一边对牧羊人说："您好吗，叔叔？"

牧羊人回答道："一切都好，孩子。"

拉布哈问他说："您常来这里吗？"

牧羊人说："是啊，孩子，我们牧羊人经常需要为羊群寻找水源。"

拉布哈继续问道："那您住在哪儿？"

牧羊人说："在离这不远处的一个小草屋里。"

对话的同时，拉布哈与女孩四目交锋。

拉布哈对牧羊人道别："祝好，叔叔！"

牧羊人叫住她说："等等，孩子，你是独自一人在这里吗？"

拉布哈回答说："不，我是和我的婶婶和姐妹们一道的，她们就在那边。"

牧羊人又问道："你们是旅人吗？"

拉布哈说："是的。"

牧羊人说："那我一定得在家设宴款待你们才行。"

拉布哈笑了笑，说："不必了，叔叔。"

牧羊人说："不行，帮她们拿行李，胡德，然后带她们到家里去。"

胡德说："不用这样吧，父亲，她们似乎还有事赶着去做。"

男人打了女孩一耳光，说："这就是我教给你的吗？胡德！"

胡德沉默片刻后说："遵命，父亲。"

拉布哈一脸得瑟地回到组织那里。哈娜问道："你做了什么让那男人扇了那个可怜的女孩一耳光？"

拉布哈讥讽地说："我什么也没做，是她自己违逆了她的父亲，活该。"

达伽站起身来，说："走吧，让我们继续赶路。"

拉布哈说："不行，婶婶，那个牧羊人坚持邀请我们做客，我们总不能让他尴尬吧。"

达伽说："我们没时间做客了，必须赶在傍晚前离开。你去跟他好好道个歉吧。"

拉布哈说："来不及了……就一晚，可以吗？"

达伽问道："跟不跟他去对你来说有什么重要的？"

哈娜说："她想对那个女孩幸灾乐祸一整天。"

拉布哈没好气地说："这件事没你插话的份，小男孩！"

达伽对拉提卡问道："你怎么想，拉提卡？"

拉提卡用手势表明自己对于在牧羊人家待一晚没有意见。

于是达伽说："好吧，我们答应他的邀请。"

在她们谈话的间隙，牧羊人的女儿胡德走过去对她们说："父亲吩咐我帮你们拿行李。"

达伽问道："你要一个人背四个牲口背的东西吗？"

胡德说："没错。"

达伽又问道："那我们的牲口怎么办？"

胡德笑着说："就把它们留在这里吧，不会有人伤害它们的。"

达伽说："你疯了吗？"

胡德反问道："为什么这么说？"

达伽说："我们把牲口留在这沙漠之中，和一群陌生人去一个不知名的地方，同时还把我们的行李都交给他们，这样合理吗？"

胡德问道："有什么问题吗？"

这时拉布哈忍不住大笑起来，拉提卡也微笑着。只有哈娜看不惯婶婶和女孩说话的方式，在她看来，那个女孩心思单纯、涉世未深，还保持着她那个年纪应有的天性。同时她认为那个女孩根本不明白欺骗的意义，或许就是那种过分的单纯引起了拉布哈的疑心，可能她一辈子都没有见过这么单纯的人。达伽让女孩先跟她的父亲离开，她们跟在后面就行。于是女孩吆喝着羊群准备离开。拉布哈看到后笑着说："我从来没有见过这么蠢的人！"

哈娜鄙夷地回应道："不是每个女孩都跟你一样坏。"

拉布哈愤怒地朝哈娜走过去打她，而达伽呵斥道："我们没时间了！走吧，跟上他们！"

她们跟在牧羊人和他女儿还有羊群的身后，达伽默默观察着那个开心笑着与羊群玩耍的女孩，就好像那些羊儿都是她的兄弟一般。当他们走到牧羊人的茅草屋时，牧羊人执意让达伽和女孩们睡在屋里，而自己和女儿睡在屋外的地上。达伽拒绝了他的好意，但年长的牧羊人激动地与她争执起来，表示没有商量的余地。于是达伽只好同意，并对牧羊人表达谢意，说："来自阿拉伯之子的盛情，你的慷慨是我的荣耀。"

夜幕降临，胡德在茅草屋前生起火，大家聚在火堆旁。男人吩咐女儿去宰杀一只羊来招待客人。女儿却怒气冲冲地说："不行，不能杀我的兄弟！"

男人举起木棍想打她，但达伽抓住木棍，说："你已经对我们很慷慨了，无需宰羊，我们不饿。"

男人却认为宰羊是基本的待客之道，而后拔出小刀亲自走向羊群。拉布哈说："这个男人可真固执。"

达伽提醒道："住嘴！你这个奴隶的女儿怎么会明白阿拉伯人的慷慨？"

拉布哈垂下头，不再说话。

男人拿着小刀走到羊群里，准备宰杀四只羊。胡德抓着他的衣角想阻止他，希望他不要宰杀那些羊儿，她哀求道："求求你，父亲……求求你不要杀我的兄弟们！"

哈娜凑到达伽耳边说："我了解阿拉伯人的慷慨，但那个女孩的行为有些奇怪。"

达伽说："她是这个沙漠里唯一如此依恋羊群的人，宰杀掉其中任何一只对她来说都并非易事。"

哈娜问道："你想让我去阻止那个男人吗，婶婶？"

达伽说："不，我们无权干涉他所做的事。他的女儿哭一会儿便会平静下来。"

男人宰掉了四只羊，然后命令女儿将它们剥皮、切块，并尽快烹熟呈给客人们。他说："照我说的去做，不然你的下场将跟它们一样！"

于是胡德开始哭着执行父亲的吩咐。男人回到火堆旁，破损的衣服上还沾着血。他坐下来后说："抱歉，我的女儿年纪尚小，太愚笨，不懂得礼数。"

达伽回应道："没关系，我这儿可有三个比你女儿还蠢的姑娘呢。"

三个女孩诧异地看向婶婶，但达伽并不理会，也没有抬头看牧羊人。

胡德哭着将准备好的食物拿到客人面前。牧羊人对大家说："请吧，招待不周请见谅。"

达伽则说："慷慨怎会有不足一说，我们已置身于慷慨之人的家里。"

男人满意地笑了笑，随后便带着女儿去清理屠宰的地方和厨房。

达伽开始吃起来，女孩们也都跟着开动起来。吃饱喝足后，哈娜说：“那个男人去哪里了？”

达伽说：“应该是在掩埋那些羊剩下的杂碎吧，以免气味把野兽给招来。”

拉布哈问道：“你想让我去帮忙吗？”

达伽说：“不用了，他会认为我们看不起他，我们去睡觉吧。”

于是大家便进屋睡下了。第二天，达伽最先醒来。她走出屋子去打点马匹，为继续赶路做准备。但就在那时，她在沙地上发现了一个血点。她走过去，以为那是前一晚男人宰杀的羊的血。但是那个血点距离男人宰羊的地方很远。在发现第二滴、第三滴和第四滴血后，她开始循着它们的轨迹走，她离茅草屋越来越远，直到看到一个让她汗毛直立的画面。她看到牧羊人像羊一样被宰杀剥皮，尸体也被切成了像等着被烹煮的羊肉块那样。她立马左右环顾了一圈，想找到凶手，或者等待着相同命运的牧羊人的女儿。但她什么也没有发现。

达伽赶紧回到茅草屋，叫醒女儿们后告诉了她们所发生的事。大家一致决定即刻离开，但哈娜却说：“我们怎么能在确认那个女孩的下落之前就离开呢？”

达伽说：“我们对她没有任何责任。看起来这件事是匪徒所为，他们杀掉男人、侮辱女人。因此我们找她也是枉然。”

这时拉布哈说：“我同意哈娜的意见，婶婶，我们至少应该试着去找找她。”

达伽回头看向拉提卡，问道：“那你怎么想呢，拉提卡？”

拉提卡用手比划道：“我同意两个姐妹的想法。”

于是达伽说：“我给你们一个小时的时间去找她，那之后我们无论如何都必须离开。”

三个女孩迅速走出屋子。她们各自分头行动，唯独北方无人去。

达伽留在屋里等女孩们返回。尽管她内心坚信她们会无功而返，但又实在不想听她们在往后的路途上对此事发牢骚。就在她坐在沙堆上等待时，她发现了一件怪事。她注意到羊群安然无恙，这并不符合匪徒的一贯作风。疑惑在她心里慢慢升腾起来，同时也开始担心起独自外出在沙漠里的孩子们，害怕那个杀害了牧羊人的威胁也会伤害自己的孩子们。她站起身，决定去找女孩们。那时候她突然意识到自己让女孩们到沙漠里去是多么错误的决定，而且她其实可以借助红魔就轻易找到那个女孩的位置，只是之前的恐惧让她没有想起这个方法。于是她当即念起咒语将红魔召唤出来。红魔亲吻着她的双脚，说：“永世为您，永世为您……”

达伽命令它去找牧羊人的女儿。但红魔没有行动，而是用手指朝羊群指了指，达伽问道：“你什么意思，蠢货？”

红魔说：“你要找的女孩就在那儿。”

达伽说：“退下吧。”

说罢她便朝着羊群那里走去，而后在羊群中找到了躺在地上的女孩。女孩看起来没有受伤，达伽将她带回茅草屋后试图叫醒她。

女孩醒来后，达伽问道：“发生了什么？你父亲发生了什么？”

胡德平静地说：“我都警告过他别杀我的兄弟了。”

达伽震惊地问道：“就因为他杀了羊，所以你就杀了他？”

胡德高声说：“我？我杀了我父亲？”

达伽说："那不然呢？"

胡德说："是精灵宰杀了他。"

达伽不解地问道："精灵？"

胡德说："对……他们在很多年前就和我们住在一起了。他们常常出来和我玩，当父亲打我或是不让我跟他们一起玩的时候他们就会很讨厌父亲。"

达伽又问道："那你父亲知道他们的存在，所以不让你跟他们在一起吗？"

胡德说："不，他们会幻化成羊的样子靠近我。"

达伽说："你父亲怎么会没有注意到羊的数量增加了呢？"

胡德说："他们总是随便杀掉羊，然后替代它们的位置。"

达伽说："那些羊之中有多少是精灵伪装的？"

胡德说："已经没有羊了，几个月前羊群里就全部都是精灵而没有真的羊了。"

达伽沉吟片刻，不安地看着羊群，说："你的意思是你父亲昨晚宰杀了四个精灵？"

胡德说："没错。"

达伽说："但我们吃了他们……"

胡德说："被宰杀之后，他们的模样就会定格在那里，和真正的羊并无二致。"

达伽说："那他们看到第一只羊被杀之后为什么不反抗呢？"

胡德说："并不是所有精灵都很聪明，尤其是聚集在这一带的精灵。他们大多像孩子一样，对自己的行为没有什么认知。"

达伽问道：“如果他们对自己的行为没有认知，那又是怎么把你父亲像羊一样宰杀的呢？”

胡德说：“是他们的头领做的，不是他们。”

达伽说：“他们的头领是谁？”

胡德回答说：“他叫达理木。”

达伽问道：“他也伪装在羊群中间吗？”

胡德说：“没错。”

达伽说：“是哪一只？”

胡德说：“羊角残缺的那只。”

说完用手指了指那只羊。但达伽立马将她的手拉下来，说：“听着，那些精灵都很邪恶，他们杀了你的父亲，你不能再相信他们了 。”

胡德说：“但是他们会和我玩耍，他们憎恶的是我父亲。”

达伽压抑着怒气说：“你的脑子里都装了些什么？”

胡德说：“我只认识他们，没有他们我无法活下去。他们就是我的亲人。”

达伽说：“那我们到时候就直接离开，把你留在这里和他们做伴。”

胡德说：“谁说他们允许你们离开了？”

达伽紧张地问：“你这话是什么意思？”

胡德说：“他们现在就等着夜晚到来以后把你们全都杀掉，因为他们看到是你们吃掉了他们的兄弟。”

达伽站起来，心里满是恐惧。哪怕她是个能力超凡的魔法师，也难以与决意要杀她的一整个部落的精灵相抗衡。而与此同时，她又开始担心起迟迟未归的女孩们。她决定提醒她们，于是用咒语再次将红魔召唤出来。红魔说：“永世为您，永世为您……”

达伽对他说：“我希望你去告诉拉布哈、拉提卡和哈娜她们不要回茅草屋，让她们去绿洲，我会在那里跟她们会合。快去！”

红魔听完便飞速带着任务离开。几小时后，夜晚如期到来，黑暗笼罩大地。达伽生火坐下来，留胡德独自在屋里。她观察着看起来并无异样的羊群，特别是那个头领。她等着他们有所行动，然而什么也没有发生。大概在火堆前等了一个多小时后，她的眼皮开始变得沉重起来。但过了一会儿，由于心里的紧张，她又清醒过来。这时在她眼前出现了惊悚的一幕，那些羊全部站着将她团团围住，盯着她看。火种熄灭，空气里一片死寂，只有远处虫子的嗡鸣声。

达伽也盯着一声不吭围住她的羊群，恐惧浮现在她的脸上，她明白自己的死期将近。几分钟后，那个胡德说是头领的羊向前走到达伽跟前，说：“你觉得我兄弟的肉味道怎么样，魔法师？”

达伽沉默，一句话也说不出来。

达理木继续说道：“不重要了，反正我们现在也要把你剁碎，就像你们对我的兄弟做的那样。”

就在他走近达伽准备杀了她时，羊群开始像野兽般嚎叫。突然，胡德跳出来站在他们俩之间，大声说道：“达理木，你在干什么？”

达理木说：“躲远点，妹妹，这件事与你无关！”

胡德说：“还真是与我有关。这个女人是我父亲的客人，我不允许你伤害她！”

达理木说：“但是她杀了我的兄弟，还吃了他们！”

胡德说：“她当时并不了解实情，是我父亲自己杀的。而且你们昨天已经在我失去意识的时候杀掉了我父亲。我今天哪怕

赔上自己的性命也要阻止你们！”

达伽说：“离这里远点，你这个单纯的孩子。赶紧躲开，别伤到自己。”

胡德说：“我的父亲虽然为人冷酷，但他曾教导我无论如何都不能抛下自己守护的人，尤其是客人！”

达理木怒吼道：“那我就把你跟她一起杀了！”

胡德说：“来吧，达理木，杀了我吧……杀了你的姐妹，为你的兄弟们报仇！”

看着这个自己与之相伴多年的小女孩如此坚决地站在自己眼前，达理木犹豫了一下，说：“我满足你的请求，胡德，但从此以后你和我们之间再无任何瓜葛。”

胡德脸上的表情从决绝变成了忧伤，她问道：“什么？你什么意思？”

达理木说：“从今天起，你不再是我们的妹妹。如果明天我再在这里看到你，我们将会像对待陌生人那样杀掉你。”

说罢，他便和羊群一起准备离开。但胡德哭着抓住他，说：“哥哥，你为什么这么对我！”

达理木又变回了羊的模样，说：“我不再是你的哥哥了，胡德，你今晚选择了回到你的族类那里。”

而后羊群慢慢走远，消失在地平线。

胡德在原地大哭。随着黎明时分的到来，达伽准备离开。在马背上放好物品后，她骑上去，对胡德说：“你现在准备怎么办？”

胡德说：“等着晚上哥哥来杀了我。”

达伽微笑着说：“看来拉布哈说得没错，你还真是蠢。”

胡德疑惑地问道：“拉布哈是谁？”

达伽大笑起来，说：“你的新姐姐，傻孩子。”

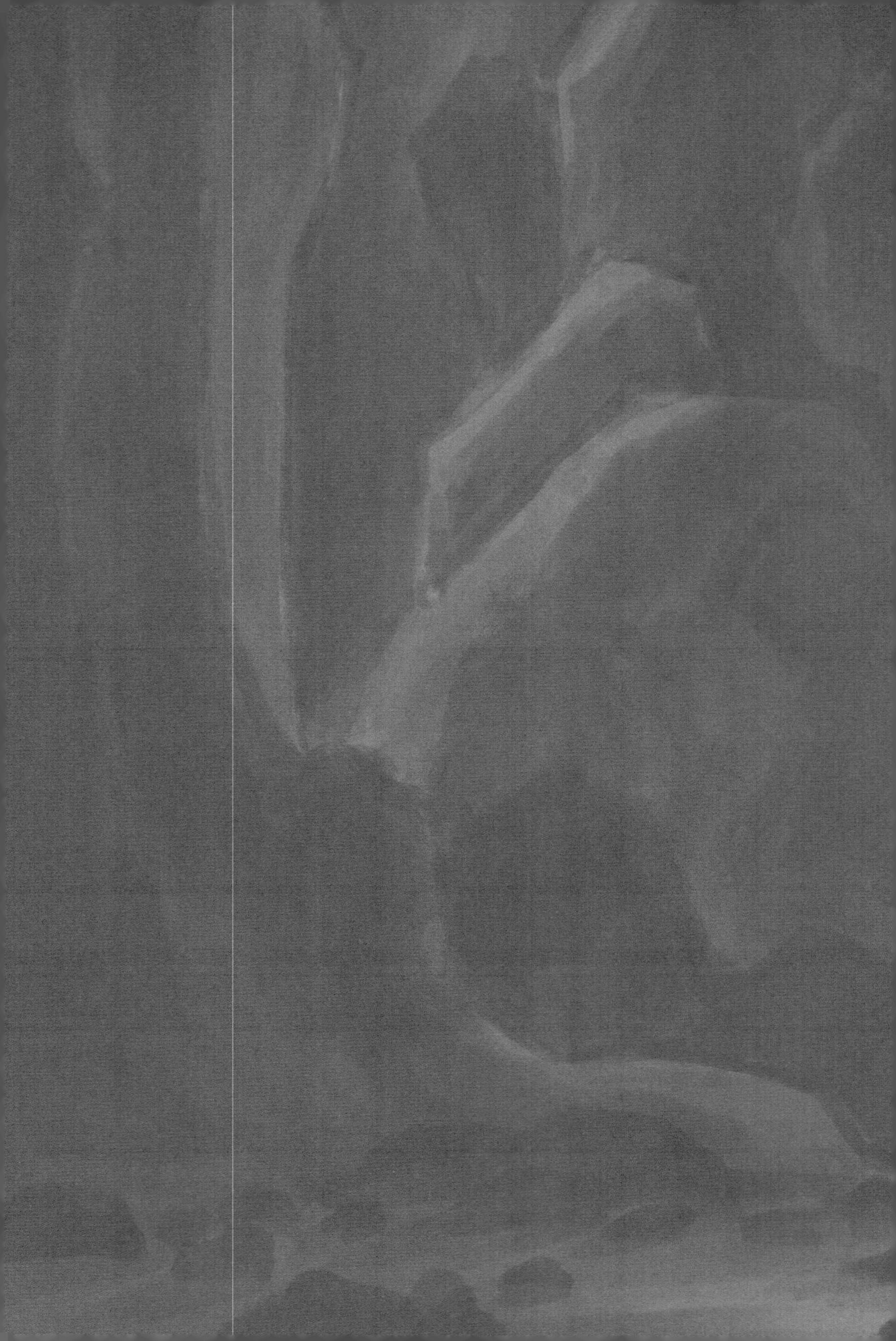

阿拉伯的果园

## 第十章

# 和平之城亚麦麦

经过数周的漫长跋涉，达伽和四个女孩们终于到达亚麦麦。她远远看着那座城邦，深吸了一口气，说：“我终究还是为了你又回到了这里。”

胡德对那座城感到很好奇，她之前一直生活在沙漠里，从未见过茅草屋和绿洲以外的事物。她目不转睛地盯着那里看，瞠目结舌，引来其他几个女孩笑话她。一行人走到城门外，达伽塞了些钱给侍卫通融让她们进去。女孩们跟在婶婶身后，尽管已经过去了很多年，但达伽依然对这个地方了如指掌。

达伽带着女孩们去到扎尔卡的住处，却发现房子已经空置，有些地方也已经破损。她向路人打听房子的主人，他们都告诉她说：“这间房子没有主人，根本没有人愿意买它。”

于是达伽决定在自己曾经的主人的房子里住下来。女孩们都拒绝，除了胡德，她觉得那房子很漂亮。女孩们试图劝说婶婶放弃住在那幢老旧的房子里的念头，但达伽却很坚持。她把行李从马匹上卸下来，并吩咐胡德把它们拿进屋里。胡德满心欢喜地照做。而拉布哈对剩下的女孩们说：“看那个呆头呆脑的姑娘，还以为自己是要住进王宫呢。”

哈娜也从马背上下来，说：“跟婶婶较劲是没用的，看来我们目前只能住在这里了。”

达伽走进屋里，徘徊在各个房间之间，微笑着用指尖抚摸墙壁。女孩们卸下了行李后都奇怪地看着她，只有胡德在完成了任务后便兴奋地到处转悠起来。屋里的大多数房间都已经没办法住人，它们的墙体都有不同程度的坍塌，路过的人轻易就能看到房间里的情况。只有两间房还保存得较为完好，一间是楼上的主卧，还有一间是底层的小房间，那也是扎尔卡曾经的房间。哈娜对达伽说：“我们现在该睡在哪里？”

达伽说：“你们都去楼上的大房间睡，我睡在楼下。”

胡德冲过去笑着抱住达伽，说："我今晚能跟您一起睡吗？"

女孩们对胡德的举动感到讶异，都笑着等待她得到无情的回应。但达伽却把手放在胡德的脑袋上，说："好吧，就一晚。"

女孩们不可置信地盯着达伽，那是她们此前从未得到过的温柔待遇。与此同时，达伽冲她们吼道："你们还在等什么？赶紧去你们的房间睡觉！"

于是三人走到楼上，对达伽的状态很费解。

拉布哈说："婶婶这是怎么了？"

拉提卡用手指了指自己的脑袋，表达自己觉得婶婶疯了。

哈娜则说："这房子勾起了她心里的某些东西，这就是为什么她会在胡德的要求面前变得柔软。"

拉布哈说："这女孩还真是会利用婶婶。"

哈娜说："她加入我们真是老天保佑。"

拉布哈问道："为什么？"

哈娜说："因为自从她来了以后，你就把目标从我身上转移了。"

拉提卡听到后笑了起来，而拉布哈则愁眉苦脸。

三人走进房间，发现里面布满灰尘。拉布哈丧气地说："我实在没有力气清扫了。"

哈娜附和道："我也是。"

于是拉提卡示意她们稍微站远一些，接着动了动手指。一阵旋风出现在房间中央，将所有尘沙集中在一起后扔到了窗外。而后她微笑着让两个姐妹进到房间里。两个女孩进去后，哈娜笑着说："我每天都能在你身上发现新的东西。"

拉布哈问道："那我们现在可以睡觉了吗？"

三人收拾了一下房间，将行李放在房间角落里，然后便入睡了。半夜时分，哈娜和拉提卡被拉布哈的惊叫声吵醒。哈娜说：“怎么了，你疯了吗？”

拉布哈僵在床上，说：“床上有个东西抱住了我！”

拉提卡迅速起身掀开拉布哈身上的毯子，随即和哈娜一起笑了起来。拉布哈喊道：“你们两个贱人笑什么呢！”

哈娜大笑着用手指着拉布哈，说：“你自己看看是什么抱着你！”

于是她慢慢看向抱着她的东西，发现那是抓着她正睡得香甜的胡德。她恼怒地吼道：“你这个蠢货在干什么？”

睡在她肚子上的胡德迷蒙着双眼说：“婶婶的鼾声太大，我受不了。”

女孩们大笑，只有拉布哈依然生气地说：“把床给你！婶婶也给你！什么都给你！只要你离我远点！”

胡德没有接话，又再次睡了过去。其他女孩也回到各自的床上继续睡觉。

拉布哈走到另一张床边，说：“我要睡到随便一间房里去，只要不和你们这帮蠢货待在一起！”

说着她便气冲冲地去到隔壁的另一间房里。而那间房里临街的那面墙已经有一部分坍塌。她到床上开始睡下后，却隐隐听到一些含糊的声音从街上传来。为了听得更加清楚，她抬起头从破损的墙洞里往外看。她听到有两个离她很近的人在对话。

第一个人说：“我们现在怎么对付她们？”

第二个人说：“我们应该态度果断。”

第一个人说：“但是头领只是让我们监视这栋房子而已。”

第二个人说：“头领明天要召集一帮亚麦麦的大魔法师开

会，针对这些女魔法师的事进行商议。”

第一个人说：“我有些迷糊了。”

第二个人说：“为什么？”

第一个人说：“大魔法师是怎么知道那些女人是魔法师的？又是怎么知道她们来到这里了的？”

第二个人说：“你好像还不清楚我们头领有多强的能力。”

第一个人说：“确实不知道。”

第二个人说：“其实我也不知道，但我唯一知道的是他对于女魔法师们的到来感到很困扰，只想尽快处理掉她们。”

第一个人问道：“那他怎么不这么对待源源不断涌来亚麦麦的男魔法师呢？”

第二个人说：“不知道，我也不想知道。在轮到我监视之前我可以先睡一会儿吗？”

第一个人说：“好吧，随便你。”

听完那番对话，拉布哈迅速起身下楼去敲开婶婶的房门。她焦急地走进去，说：“婶婶，快醒醒！”

达伽半梦半醒地问道：“怎么了，拉布哈？”

拉布哈说：“我要告诉你一件重要的事！”

达伽坐在床的一边，说：“你怎么了？又和哈娜吵架了？”

拉布哈说：“不，比这严重得多！”

达伽担心地问道：“什么……发生什么了？”

听完拉布哈听到的事情后，达伽立马从床上起来，问道：“你确定你听清楚了吗？”

拉布哈说：“是的。”

达伽说：“看来亚麦麦的术士们先我一步了，但是没关系。”

拉布哈问道：“现在该怎么办？婶婶。”

达伽说：“别告诉其他几个姑娘你听到的。”

拉布哈说：“好。”

达伽问道：“那两个男人在哪儿？”

拉布哈回答道：“他们就站在屋外，一个人睡了，另一个在监视着房子。”

达伽说：“把哈娜叫醒，让她到我这儿来。”

拉布哈说：“是。”

于是她去叫醒了哈娜。哈娜走到达伽房间里，问道：“婶婶，怎么了？”

达伽说：“你的长笛能把普通人控制到什么程度？”

哈娜笑着说：“我能把他变成套在我手指上的戒指，直到我想脱掉为止。”

达伽又问她说：“屋外有两个男人，我想让他们替我做事，同时又不被他们的头领发觉。你能做到吗？”

哈娜说：“可以。但是这种控制是能够被破除的……”

达伽问道：“怎么破除？”

哈娜说：“教我吹笛子的魔法师告诉我，笛子的影响会在那个人挨一耳光之后消失。”

达伽说：“无论如何我也要赌一把。拉布哈，你带她到那两个男人那里去。”

几分钟后，两个男人在类似于醉酒的状态下走到达伽跟前。达伽问道：“是谁派你们来的？”

第一个人说：“亚麦麦的大魔法师。”

达伽又问道：“他是怎么知道我们来这里了的？”

第二个人说：“我们不知道。”

达伽继续问道："那你们具体的任务是什么？"

第一个人说："你们一旦有人走出屋子就立马禀报他。"

达伽说："这些大魔法师要在哪里集会？"

第二个人说："在亚麦麦魔法师头领的家里。"

达伽说："什么时候？"

第二个人说："明天下午。"

达伽说："哈娜，你把他们送回到发现他们的地方去。我希望他们不记得我们的对话，同时你要让他们去监视另一间他们以为是我们的屋子的空房子。"

哈娜应道："是。"

达伽又唤道："拉布哈！"

拉布哈说："到！"

达伽说："明天我有一个特殊任务给你。"

拉布哈说："我明白，这不是我第一次杀魔法师了。"

达伽说："但我们需要杀的魔法师不止一个。"

拉布哈笑着问道："我何时让您失望过，婶婶？"

达伽说："没有，也永远不要。"

第二天，大家醒来后，发现达伽和拉布哈不在屋子里。胡德问哈娜是否知道她们去了哪里，哈娜说："她们俩今早出门了，并让我告诉你们无需担心，也不要出门。"

胡德笑着说："谁会想离开这个美好的地方啊？"

拉提卡把哈娜拉到一旁，想打探更多细节。尽管没有被禁止告知其他姐妹，但哈娜生怕惹婶婶不高兴，于是选择了缄口不言。女孩们醒来一小时后，达伽搀着靠在她肩膀上的拉布哈走进了屋子。拉布哈的背部受了重伤，血从背后浸透了她的长袍。女孩们都为眼前的情景感到痛心，在她们开口之前，达伽先一步说道："哈娜，拉提卡，你们跟我来，我们一起去把事情了结！"

看两个女孩愣在原地，她又喊道：“别犯傻了！赶紧行动起来！”

胡德见状也跟了上去，但达伽制止了她，说：“你留在这里照顾你的姐姐。”

说完三人便走出了屋子。女孩们跟在达伽身后，不明所以。不一会儿，她们来到一栋房子前。达伽命令道：“拉提卡，你立马进去杀掉住在里面的魔法师！”

拉提卡对婶婶此时的焦躁感到疑惑，但也没有多犹豫便进了屋。之后达伽又命令哈娜跟自己走。哈娜一边跟她走一边回头看拉提卡进去的那栋房子，于是达伽催促她道：“快！我们没时间了！”

于是哈娜赶忙跟上了她。两人去到了另一栋房子前，达伽同样命令她进去杀掉住在里面的魔法师。哈娜也二话不说地迅速进了屋。而后达伽自己朝大魔法师的住处而去。她从前门走进房子后，走到躺在血泊里的魔法师身边，魔法师说：“都是你干的好事！”

达伽嘲弄地说：“你如此愤怒是因为我杀了你，还是因为杀掉你的是一个女人？”

鲜血不断从大魔法师嘴里往外冒，使得他已经无力再回应达伽。在他临死之前，达伽凑到他耳边轻声说：“亚麦麦将变成阿拉伯最大的女魔法师聚集地，任何一个试图进来的男魔法师都将被我斩下头颅！”

魔法师断气后，达伽取下他十根手指上面所有的戒指，而后便离开了。她去到哈娜所在的那栋房子，刚走到门口就看到哈娜正在和一群孩子嬉闹。哈娜在看到达伽后便和孩子们道别，她走到达伽身边笑着说：“那个魔法师可真厉害。”

达伽也笑着把手放到她脑袋上晃了晃，说：“但他再厉害也还是没有打过你啊。”

接着两人又走到拉提卡之前进去的那间屋子。她们没有在门口看到拉提卡，于是达伽打开门和哈娜一起小心地往里走。哈娜听到有声音从厨房传出来，达伽让她悄悄过去看看。当她迅速摸进厨房时，听到声音是从躺在地上的魔法师嘴里发出来的。而拉提卡则正在用魔法师家的厨房做着饭。哈娜忍不住笑起来，问道：“拉提卡，现在是吃饭的时间吗？”

达伽也跟着进了厨房，看到哈娜正在品尝拉提卡刚刚做好的食物，于是笑着说：“拉提卡，你是把魔法师给煮了吗？”

那之后，三人往自己的住处走去，为了确认拉布哈的情况，为了在那艰难的一天之后歇口气，也为了庆祝他们打败了亚麦麦男魔法师们的伟大胜利。回到房子里后，她们发现拉布哈在小房间里睡着了，而胡德也已经为她包扎好了伤口。达伽说：“做得好，胡德。”

胡德笑着跑过去抱住她。哈娜说：“胡德，你真的相信自己已经二十岁了吗？”

达伽大笑，说：“就由着她吧，哈娜。”

到了晚上，哈娜在屋子中央生起火堆。除了依然还在小房间里睡得昏沉的拉布哈，大家都聚在火堆旁。

胡德问道：“我们什么时候吃饭？”

拉提卡微笑着用手捂住胡德的嘴。

达伽笑着说：“别欺负她，拉提卡，她没说错什么。”

哈娜也问道：“婶婶，你们今天都发生了什么？”

达伽说：“先把我们的小可怜虫喂饱再说吧。”

拉提卡表示她从那个魔法师家里带了些食物回来。于是达伽让她带胡德到楼上去吃饭。等拉提卡和胡德走后，哈娜又重复了一遍问题，达伽回答她说：“我和拉布哈清早就出门去确定魔法师们会面的地点，也顺道了解到了亚麦麦最重要的魔法师都有谁。然后我们回来制定了计划，不说杀掉他们所有人，但起码要解决掉大部分，以便我们能在这里拥有一席之地。我们去到大魔法师家，偷偷从窗户进了屋，躲在我们以为将举行集会的那房间隔壁。”

哈娜问道：“那之后发生了什么？”

达伽接着说道：“我们等了几个小时，一直到中午时分，魔法师们才开始陆陆续续聚到房子里。我们悄悄从门缝观察他们的样貌，为之后杀掉他们做准备。但在听了会议上魔法师们的谈话后，我们的计划改变了。大魔法师对他们说：‘今天我把你们召集过来是为了一件重要的事。有一群女魔法师昨天进入了城邦，看起来是准备成立一个组织。如你们所知，我们是不允许女魔法师在亚麦麦修炼魔法的。如果能如我们所愿的话，她们也将被禁止在任何地方修炼魔法。’”

但就在那时，在座九位魔法师中的一位打断了他的话，说：“为什么要这样去迫害女魔法师呢？她们肩负着跟我们同样的使命，况且她们之中也不乏具有超高魔法能力的人，甚至比今天在座一些魔法师更强。我觉得我们可以受益于她们，把她们当作我们的动力，而不是互相残杀的仇敌。我们终究来自同一片土地，真正对我们虎视眈眈的敌人在国家的外部，他们只认我们都是阿拉伯人，不分男女。我们应该意识到，变化就如潮水来袭，我们只能选择在抵抗中被淹没，或是顺应它以保全自己。”

哈娜说：“这话说得极富智慧，我想大魔法师应该会尊重他的想法。”

达伽说：“尊重是以认真倾听为基础的。”

哈娜问道：“那之后发生了什么？”

达伽说：“那位魔法师话音才刚落，大魔法师就抬手把他劈成了两半。然后他问道：‘还有谁与他意见一致的？’其余的魔法师都无动于衷，就好像他们对此事根本无所谓一样。”

这时候拉提卡走过来，示意自己已经喂饱了胡德，而胡德在吃完东西后就直接睡下了。

达伽接着自己之前的话说：“那时候我意识到自己必须立即行动，因为一旦他们解散后，那个魔法师被杀的消息就会传出去。等到那时候，其他所有魔法师都会提高警惕，想要接近他们就更难了。”

哈娜问道：“所以您都做了什么？”

达伽说：“我决定主攻大魔法师，而拉布哈则趁其他魔法师不备的时候将他们逐个击杀。”

哈娜说：“但这个计划是绝不可能成功的。”

达伽说：“我当时没有考虑太多，只想着抓住当下不可多得的机会。尤其是他们已经开始制定全歼我们的计划，所以我不得不冒险。”

哈娜继续追问到：“那然后又发生了什么？”

达伽说：“趁大魔法师不注意时，我用我最强的咒语给了他致命一击。就在他倒地的时候，拉布哈也杀掉了两个魔法师。但很快她就招来剩下六个魔法师的围攻，这也是她会受伤的原因。我杀掉了其中两人，还有两人见状逃走，我命令红魔去追踪他们的下落。就在我召唤红魔的空当，此前受到我重创的一个魔法师将我击倒在地，跌在已经失去意识的拉布哈身边。那时我别无选择，只能使出最后一个咒语，将剩下的两个魔法师一个杀掉、一个打伤。之后我又用尽所有力气起身解决了那个受伤的魔法师。但我很担心那两个逃走的魔法师会去找亚麦麦城外的同党求援，那样的话我们所有的努力就付之一炬了。”

哈娜说：“所以你才让我和拉提卡赶紧把他们杀掉。”

达伽说："没错……红魔告诉我他们的位置后，我就先把拉布哈送回来，然后让你和拉提卡去解决他们。而我则回到大魔法那里去确认他是否已经死了，以便取走他的十枚戒指。"

哈娜问道："他的戒指？"

达伽说："对，他的戒指是他的力量源泉，今后也将成为我们力量的来源。"

说着达伽把十枚戒指拿出来给哈娜和拉提卡看，说："等我们的组织成型后，我就分给你们每人一枚，助你们成为魔法世界里的佼佼者。"

两个女孩开心地看了看对方，哈娜说："那我们的组织何时能成型呢？"

达伽说："明天起，我就开始寻找你们的第五个姐妹。"

# 第十一章

# 孤 女

铲除了亚麦麦大魔法师的第二天，达伽和女孩们一起去市集，只留尚未痊愈的拉布哈一人在家。一行人在市集里采购生活必需品，期间达伽吩咐胡德去附近的面饼商贩那里买一些大饼。过了一阵子，胡德带着大饼又唱又跳地回到她们身边。哈娜问道："为什么回来得这么晚？你笑得这么开心这么夸张又是为什么？"

胡德笑着说："没事儿。"

回到屋里后，达伽让拉提卡去给大家准备食物，而后走到自己的房间里查看拉布哈的情况。

哈娜坐在胡德身边，不解地问道："你为什么还在这儿又笑又唱的？"

胡德依然笑着回答道："没事儿。"

哈娜有些恼怒，说："你这牧羊人之女，赶紧告诉我，不然我可就要让你大声说出来了。"

胡德慌张地问道："你这个人是怎么回事？我高兴都不行吗？"

哈娜说："不是，但是自打你从面饼贩子那里回来后就怪怪的，这里面一定有什么原因吧。"

胡德说："没错，是有原因，但与你无关！"

哈娜说："好吧，那我就去告诉婶婶，让她评一评这件事到底和我有没有关系。"

胡德赶紧说："不不，求你别告诉婶婶。"

哈娜说："那你就告诉我！"

胡德只好说："好吧，但是你别告诉其他人，行吗？"

哈娜说："再看吧，你先说。"

于是胡德说："在我到面饼贩子那里去买饼的时候，他让一个在他那里帮忙的女孩去拿面粉。女孩扛着一个袋子回来时，我在她的肩膀上看到了一个印记。”

哈娜说：“印记？什么印记？”

胡德说：“那是精灵会在他们喜欢的人类身上烙下的印记。你看我的这个。”

说着她将腿上的印记露出来给哈娜看。那是一个星星形状、像黑痣一般的符号。

哈娜说：“这只不过是一颗黑痣罢了，说明不了什么。”

胡德反驳道：“你根本没有我了解精灵，我确信这就是印记！”

哈娜说：“那就当它是印记吧，但这跟你这么开心有什么关系？”

胡德说：“我开心是因为我想起了我的兄弟们。”

哈娜半信半疑地问道：“你确定？”

胡德说：“还有……”

哈娜不耐烦地说：“快说！牧羊人之女！”

胡德说：“我还跟她聊了一会儿。”

哈娜说：“然后呢？”

胡德笑着说：“我邀请她今晚到我们屋里来做客。”

哈娜吼道：“什么？你疯了吗？你怎么能邀请陌生人来这里？！”

胡德有些惶恐地说：“我也不知道，我当时没有多想……”

哈娜说：“你得马上把这祸事告诉婶婶。”

胡德问道：“这为什么是祸事？”

哈娜生气地把手放在她的脑袋上，说：“快去告诉她。”

胡德说：“我不会告诉她的。”

哈娜在胡德面前站起身，说：“那你告诉我，谁来接待你的新朋友？”

哈娜走开后，胡德独自坐在那里陷入沉思。过了一会儿，拉提卡把桌子收拾好后，把食物端到胡德坐着的地方。而后，她去叫婶婶时看到拉布哈已经醒来，而且看起来状态不错。拉提卡高兴地抱住拉布哈，并让她跟大家一起吃饭。达伽说：“你先去吧，拉提卡，我们一会儿就来。”

在拉提卡去楼上叫哈娜的时候，胡德依然在那里思考着。之后大家坐在一起吃饭，达伽手把手地喂拉布哈。只有胡德没有伸手去拿食物，于是达伽问道：“胡德，你怎么了？怎么不吃？”

胡德说：“我没有胃口，婶婶。”

达伽说：“这可不像你啊，你怎么了？”

胡德不说话，而哈娜则边吃边盯着胡德。

达伽不耐烦地说：“我以努拉的情人之名起誓，你再不说话我就把你扔到街上去，你这个牧羊人之女！”

胡德赶忙说：“别别，我说。”

于是她把之前告诉哈娜的事说了出来。达伽说：“先吃饭，吃完我们再说这件事。”

用餐完毕，拉提卡和哈娜开始打扫，而拉布哈也因为疲劳先回了房间。达伽坐到胡德身边，对她说：“你为什么不在我们回来前把在市集发生的事告诉我？”

胡德说：“我当时觉得这件事不值一提。”

达伽说：“那你后来又在思考什么？”

胡德说：“没事，我只是怕您会因为我邀请了那个女孩而生气。”

达伽问道：“你和我们在一起不开心吗？”

胡德说：“绝对没有，婶婶。但当我看到那个女孩的笑容时，我就很想跟她待在一起。”

达伽说：“我们走。”

胡德问道：“去哪儿？”

达伽说：“我们去瞧瞧跟你说话的那个女孩。”

胡德激动地抱住达伽，说：“谢谢！谢谢！”

两人出门向市集走去。当她们走到面饼摊时，却发现它已经关门了，胡德显得很失落。达伽问她说：“你没有告诉她我们家的位置吗？”

胡德说：“我说了。”

达伽说：“那就让我们回屋去准备迎接她吧。”

胡德开心地搂住达伽，达伽笑着说：“别再这么突然地抱我啦，尤其是在别人面前。”

回到屋里后，她们发现其他女孩们都在等着她们，就像在等待某件事或者某个消息一般。达伽严厉地问道：“你们怎么了？怎么这样盯着我们看？”

三个女孩迅速沉默地散开。达伽对胡德说：“去准备今晚跟你朋友的会面吧。”

胡德立马开心地朝楼上的房间而去。

到了晚上，女孩们都按照婶婶的指示整理好了屋子、备好了食物，在屋子中间生好火，准备迎接客人的到来。同时她还让拉提卡到门口去迎接客人。胡德兴奋得在屋里到处打转，无法平静地坐下。拉布哈对她说：“坐好，牧羊人之女！”

达伽笑着说：“由着她吧，拉布哈。”

拉布哈一脸不悦地说：“但她这样满屋子晃来晃去让我很烦躁！”

正在此时，拉提卡走了进来，微笑着用手指向身后，示意客人已经到来。所有人都激动地坐在火堆边上，围在婶婶四周。

不一会儿，一个小个子的大眼睛女孩走了进来。胡德拽了拽达伽的衣角，说："就是她！就是她！"

达伽满脸笑容地回应道："知道啦，知道啦，胡德。"

她让女孩坐到她们跟前。女孩坐下后，双手交叠，看上去有些局促。拉布哈对她说："别害怕，我们很高兴你能来，你叫什么？"

女孩回答道："多纳。"

达伽说："你好啊，多纳。"

胡德问道："你喜欢羊吗？"

多纳说："我不知道。"

哈娜说："胡德，什么羊啊？除了羊你就什么也不知道了吗？"

拉布哈接过话茬，说："她还知道在大半夜把人从床上吵醒。"

胡德对达伽说："让她们俩别说了，婶婶。"

多纳只是沉默。

达伽问道："告诉我，多纳，你是和你的家人住在一起吗？"

多纳说："在我哥哥出了远门、我的婶婶又去世了之后，我就独自一人生活了。"

达伽说："独自一人？"

多纳说："对。"

达伽问道："你多大了？"

多纳说："二十三岁。"

达伽说："对于独自生活来说，这个岁数是不是太小了？"

多纳说："可我别无选择。婶婶在家中去世后，我便开始在面饼商那里打工谋生。”

达伽又问道：“那你婶婶去世后，你有遇到什么麻烦吗？”

多纳说：“没有，大家都对我很好。”

多纳和婶婶对话的时候，女孩们都在一旁听着，眼睛也都落在多纳身上，尤其是哈娜。随着时间过去了一会儿，哈娜一直在观察着多纳的样貌，心里越发觉得疑惑。这个女孩让她想起了自己在麦因城爱上的那个男人，他们两人的长相极为相似。聊天的间隙，达伽让女孩们去准备晚餐，大家一起共进了晚餐。客人离开前，女孩们都站起身送别。轮到胡德时，她向前抱住女孩。但这时奇怪的事情发生了。胡德被推到了房间的另一头，撞到了墙上，而后哭了起来。

所有人都无比诧异。拉提卡和哈娜走过去帮助胡德，而达伽和拉布哈则不解地盯着多纳。多纳看着胡德，对发生的一切感到很愧疚。而在确认胡德受伤了之后，她冲到胡德身边请求原谅，就好像自己犯了大错一样。向所有人道了歉之后，她便忍着眼泪匆匆离开。达伽命令哈娜跟上多纳，同时一路观察，等多纳到家后便立即返回。胡德只是脑袋受了轻伤，达伽吩咐女孩们为她处理伤口后便回房休息了。等哈娜回去后，达伽问道：“那个女孩到家了吗？”

哈娜说：“到了。”

达伽说：“你观察她的时候发现什么异常的事吗？”

哈娜说：“没有，但是……”

达伽问道：“但是什么？”

哈娜说：“她一路上都在大声地自言自语，就好像在和一个走在她身旁的人说话一样。”

达伽继续问道：“她都说了什么？”

哈娜说："我没有听清细节，但她看起来很生气，像是在责备某个人。"

达伽说："看来这个女孩藏得很深啊。"

哈娜愁眉苦脸地问道："您还有其他吩咐吗？"

达伽说："哈娜，你怎么了？你好像不太舒服。"

哈娜说："没事，我可以离开了吗？"

达伽说："不行，你到底怎么了？"

哈娜沉默不语。

达伽又说："跟我说说，孩子，你怎么了？"

哈娜说："那个女孩，我是说多纳……"

达伽说："她怎么了？"

哈娜说："她长得很像我认识的一个人。"

哈娜问道："谁？"

哈娜却哭了起来，说："婶婶，求您让我回到自己的床上去吧！"

达伽困惑地应道："去吧。"

哈娜回到自己的床上大哭了起来。而达伽则在自己的房间里想道："这个一晚上伤害了我两个女儿的女孩到底是谁？"

第二天清早，达伽被屋外急促的敲门声吵醒。她下床朝门口走去，却看到哈娜已经先自己一步。哈娜看起来很憔悴，似乎一夜都没有合眼。开门后，是多纳站在门外，她手里捧着一摞馅饼微笑着说："很抱歉在这个时间点来打扰你们，但是我想确认胡德是否安好。"

哈娜没有理她，而是径直回到了楼上。达伽见状赶紧走到门口，说："多纳，请进。我替她向你道歉，她不喜欢有人看到她清早的模样，活像一只母驼。"

多纳大笑起来，将馅饼递给达伽，说："没关系，我希望您能把馅饼转交给胡德。等下午我的工作结束后我再过来。”

达伽接过馅饼，笑着说：“那我们等你。”

之后达伽把馅饼放到一边，上了楼。她看到女孩们都睡得很沉，只有哈娜自己坐在房间的角落里哭。她走到哈娜身边，说：“你真的不打算告诉我发生了什么吗？”

哈娜说：“我昨天已经都告诉您了。”

达伽说：“你只告诉我那个女孩长得很像你认识的一个人。”

哈娜说：“没错。”

达伽问道：“你指的是谁？”

哈娜说：“我不想再说这件事了，求求您。”

达伽不悦地说：“如果你不想再谈论这件事，那就打起精神来，别再在我们面前摆出这副丧气的样子。”

哈娜回应道：“是……”

达伽叫醒胡德以外的其他女孩们，让她们和哈娜一起下楼去商议一件重要的事。待所有人都聚在她的房间里后，她说：“目前来看，亚麦麦很快就会成为我们的囊中之物，而这里的大魔法师们也都已经死了。但在我们彻底掌握这座城邦之前，我不希望消息传出去。因此我决定搬到大魔法师家里去，那里很宽敞，符合我们未来的目标。同时亚麦麦的居民通常都很回避那里，甚至至今都没有人发现魔法师们的尸体在那里。但现在我们面临着一个难题。”

拉布哈问道：“什么难题？”

达伽说：“钱，我们需要很多钱。”

哈娜表态说：“我可以到街上去吹笛卖艺。”

拉提卡用手比划着说：“我可以在市集里找一份工作。”

而拉布哈却说：“女魔法师不是用这种方式挣钱的，对吗，婶婶？”

达伽说：“没错，拉布哈。”

哈娜问道：“那应该用什么方式？”

这时，胡德从楼上走下来进了房间。她摸着自己的脑袋问道：“昨晚发生了什么？”

达伽让她坐过去，并吩咐其他女孩先离开，说：“我们之后再谈这件事。”

女孩们走后，只剩下达伽和胡德在房间里。出了房间，哈娜问拉布哈说：“拉布哈，我们应该用什么方法赚钱？”

拉布哈说：“等时机成熟，婶婶便会告诉你们。”

拉提卡用手比划道：“可是我们现在就想知道！”

拉布哈没好气地说：“等婶婶决定告诉你们时她自然会说，别再来问我了，都走开！”

下午时分，面饼摊关门后，多纳便去到她们的屋子那里。她敲了敲门，拉提卡开门后便把她请进了屋。在那以后多纳便成了她们屋子的常客，也和女孩们成了朋友。有时候她甚至会留宿，第二天早晨直接去工作。直到有一天，在她出门工作后，拉布哈走到达伽面前问道：“婶婶，您是想招募多纳吗？”

达伽反问道：“为什么这么问？”

拉布哈说：“这个女孩已经开始习惯我们的存在了，很多时候都和我们待在一块儿。我怕有一天她会发现我们的真实身份。”

达伽说：“我没有任何理由招募她，她太弱了，也没有明确的技能。”

拉布哈问道：“那您为什么要让她来我们家？”

达伽说：“因为她是你妹妹胡德的朋友。”

拉布哈笑着说：“别骗我了，婶婶，您才没有这么单纯。”

达伽没有接话。

拉布哈继续问道：“发生了什么？”

达伽说：“那个女孩有一样天赋，但是我还没有摸透。”

拉布哈说：“您错了。”

达伽说：“我永远不会错的。”

拉布哈说：“在胡德这件事上您就错了。”

达伽问道：“什么意思？”

拉布哈说：“胡德根本毫无用处，她的思维局限，没有任何技能。尽管如此，您还是出于同情和怜悯招募了她，就因为她救过您的命。原谅我把话说得如此直白，婶婶。”

达伽却笑着问道：“你认为这就是我招募她的原因？”

拉布哈说：“是的，她明明一无是处，凭什么能加入我们？”

达伽说：“好吧，你把她叫过来。”

拉布哈问道：“您是说胡德？”

达伽说：“是的。”

于是拉布哈把胡德带到婶婶那里。胡德又是一把抱住婶婶，拉布哈嘲讽地笑着说：“所以在您眼里，她对您突然的拥抱就是她的才能？”

达伽向胡德问道：“告诉我，胡德，这房间里有几个精灵？”

胡德说：“一共大概有十个。”

拉布哈挖苦道：“想象力还真是丰富。”

胡德笑着说：“那当然！”

达伽又说：“让这些精灵把拉布哈悬到空中去。”

胡德说：“什么？”

拉布哈大笑道：“婶婶，您是神志不清了吗？”

达伽听完继续对胡德说："快让他们这么做，这只是个游戏。"

胡德说："我喜欢游戏！那好吧！"

于是她转身面向一脸讥笑的拉布哈，然后说："把她悬挂起来！"

顷刻间，拉布哈便发现自己贴到了屋顶上，无论怎么挣扎都无法动弹。于是她大喊道："放我下来，你这个疯子！放我下来！"

胡德转向达伽，问道："我要放她下来吗？"

达伽笑着说："是的，这样就差不多了。"

于是胡德说："兄弟们，把她轻轻放下来，别伤着她。"

拉布哈慢慢落回到地上，惊恐万分。达伽对胡德说："出去吧，和你的兄弟们去外面玩儿。"

胡德开心地说："遵命！"

她离开房间后，拉布哈抱住达伽，说："发生了什么？"

达伽说："你也看到了，她的能力在你们所有人之上。"

拉布哈惊魂未定，问道："什么能力？"

达伽说："操控精灵。"

拉布哈深吸了一口气，说："她一个普通的小女孩，从哪儿来的这种能力？"

达伽说："你不了解精灵的思维，他们不相信任何人，因此你会发现大多数的魔法师都只和魔鬼打交道。尽管魔鬼也属于精灵里的乱党，但是没有变成魔鬼的精灵是不会与人类相交的。"

拉布哈一边调整着自己的呼吸一边问道："那他们为什么会跟她打成一片呢？"

达伽说："因为她身上有印记，他们视她为自己的一员。"

拉布哈说："什么印记？"

达伽说：“精灵会在他们视为兄弟姐妹的人身上留下印记，以告知自己的族类不得伤害他们，而是应该像对待自己的一员一样去帮助他们。尽管有很多魔法师试图靠近精灵想获取这种印记，但精灵并不愚蠢，尤其是有权赋予印记的精灵。达理木应该是在与胡德相处的时候把印记给她的，让她一直受到庇护。当她站在我和达理木之间的时候，我看到了这个印记，我想这也是达理木在她为我求情时没有杀掉她的一个原因吧。”

拉布哈说：“那胡德知道自己的这种能力吗？”

达伽说：“她对那些精灵就像兄弟一样，因此他们才信任她。而如果她信任我们，那我们就能从中受益。”

拉布哈问道：“那这些精灵现在不会听到你说的话然后告诉她吗？”

达伽说：“在没有命令的情况下，精灵绝不偷听，也不传话。他们大多都跟着胡德一起行动，但是哪怕听到我们的话他们也察觉不出危险，除非是王子或是贵族，他们的智力往往发展得更加成熟。”

拉布哈说：“我明白了，很抱歉之前怀疑您的决定。”

达伽说：“没事，目前最要紧的是多纳。”

拉布哈问道：“她怎么了？”

达伽说：“我们必须搞清楚她的能力到底是什么。”

拉布哈说：“我不明白您为何如此笃定她具有某种能力。”

达伽问道：“你还记得那天晚上，当胡德拥抱她之后被推到了房间另一头的墙上吗？”

拉布哈说：“记得。”

达伽说：“那为什么那些精灵没有出来保护胡德呢？”

拉布哈说：“看起来是因为胡德没有发出命令。”

达伽说：“确实，我也比较倾向于这种可能性，就如她之前所说的那样，那些精灵大多都像小孩子一般，认知有限。但同时也有另一种可能……”

拉布哈问道：“什么可能？”

达伽说：“她有着比胡德更加强大的能力。”

拉布哈说：“比如呢？”

达伽说：“我也不知道，但我们必须弄明白。”

拉布哈说：“那我们怎么才能知道？”

达伽说：“从看到她的那天起我就在想办法了。”

拉布哈说：“我有一个建议。”

达伽问道：“什么建议？”

拉布哈说：“如果您坚持认为她确实天赋异禀、值得招募的话，何不先直接将她招募进来。您可以先教给她一些魔法技艺，之后我们再看她到底有什么能力。”

达伽赞许地说：“好点子，拉布哈。等她今天过来后，我们就邀请她加入。”

多纳如常在结束了工作后回到屋子里。她看到大家正在将自己的行李放到马背上，于是问道：“你们是准备离开这里吗？”

胡德笑着说：“不，我们准备搬去新家！”

拉布哈也跟着对多纳说：“对，我想到时候她应该会开心到心脏都跳出来吧，毕竟她觉得这里已经是王宫了。”

达伽说：“多纳，你想跟我一起住吗？我们的新家很宽敞，你可以拥有自己的房间。”

哈娜沉默。

多纳说：“我不想打扰你们……”

胡德赶紧说：“求求你啦……求求你和我们一起吧。如果晚上你一个人害怕的话，你可以和我一起睡。”

多纳笑着说："好吧！"

于是大家动身前往亚麦麦大魔法师的家。在达伽和女孩们把他和他同党杀掉后，那里就一直空着。到了门口，达伽吩咐除了多纳和胡德以外的几个女孩先进屋去打扫。几个魔法师的尸体都还在地上，毫无疑问已经腐烂了，然而却没有人发现。女孩们将尸体烧毁填埋。一小时后，哈娜走出屋子，发现婶婶坐在庭院里，胡德在她的怀里，而多纳坐在旁边跟她说着话。于是她走过去说："屋子已经收拾干净了。"

胡德从达伽怀里跳出来以后，达伽起身朝屋里走去。多纳跟在达伽身后，哈娜则眉头紧蹙地看着她。达伽进屋时回头对哈娜说："在我让你哭之前，笑一笑吧。"

哈娜勉强地笑着说："遵命……"

几个女孩在偌大的房子里分配好了各自的房间后，便都回房收拾。到了晚上，达伽把大家召集到大魔法师曾经的集会厅里。人都到齐后，达伽说："我为你们所做的一切以及未来将达成的一切而感到高兴。今天是半岛女魔法师值得纪念的一天，不久后我们就将站在金字塔的顶端。"

多纳不确定地说："女……女魔法师？"

达伽说："是啊，多纳，我们是一个女魔法师的组织。我们希望你能成为我们的一员，如何？"

多纳没有回答。

胡德笑着说："加入我们吧，多纳，很有意思的！"

拉布哈说："天啊，这种事对你来说很有意思？"

胡德说："当然，我是说和你在一起很有意思，拉布哈。"

所有人都笑起来，包括多纳。而达伽又再一次问道："你怎么想，多纳？"

多纳回答说："我也不知道，婶婶……我并不擅长魔法，我不知道成为一个女魔法师需要什么条件。我可能会成为你们的累赘。”

达伽说：“这个你不用担心。如果你决定加入，我们会把你需要会的都教给你。”

多纳笑着说：“那我还有什么理由说不呢？”

达伽也笑着说：“那就这么定了。接下来的日子里你们都花些时间来教她魔法的基本技能，直到我们能够往计划的下一步推进为止。”

哈娜问道：“下一步是什么？”

达伽说：“筹钱。”

拉提卡用手比划道：“我们要怎么筹到钱呢？”

达伽看着拉布哈，笑着说：“劫路。”

胡德重复道：“劫路？”

达伽说：“没错。”

多纳问道：“我们要偷东西吗？”

达伽又说：“没错。”

多纳沉默。

这时拉布哈说：“劫路是我们筹到所需的钱最简单的方式，这样我们才能尽快在这里建立起我们的王国。”

哈娜说：“那我们需要好几年去劫路才能凑到足够的钱吧？”

达伽说：“除非我们慎重选择目标。”

多纳问道：“什么意思？”

达伽解释道：“现在先别考虑这件事。眼下最重要的是训练多纳，之后我们再来处理大魔法师的战利品。”

拉布哈问道：“什么战利品？”

达伽说：“明天再说吧，现在都各回各的房间去。”

## 第十二章

# 牧羊人与被圈养的人

就在阿芙萨尔对大魔法师发出致命一击并准备将他杀死时，大魔法师掀开了自己的斗篷。看到他的真面目后，阿芙萨尔僵在原地。眼前这个身披黑袍的人正是她的牧羊人丈夫，也是那个魔法师们在山顶等着与之会面的魔法师。阿芙萨尔迅速深吸一口气，怔怔地盯着他。此前自己分明亲眼看到他尸首分离，又亲手将他埋葬，同时还为了替他报仇牺牲了自己女儿。她说："你……你怎么还活着？"

大魔法师喘着粗气，说："阿芙萨尔，你听我说……"

阿芙萨尔吼道："听你说什么？！你欺骗了我，让我活在不属于自己的错误里，还逼得我为了你舍弃掉我的女儿！"

大魔法说："我们一起去把她夺回来，相信我……我只求你给我一个解释的机会……"

阿芙萨尔说："没什么好解释的，对于我来说，你已经死了。现在我就要坐实你的死！"

大魔法师说："但是我爱你啊，阿芙萨尔……"

阿芙萨尔背过身去痛哭起来，说："你去死！你去死吧！"

大魔法师走过去，从身后抱住了她，在她耳边轻声说："我会弥补一切的，相信我……"

阿芙萨尔依然哭泣着，没有转身。这时大魔法师掏出匕首刺进她的背部，说："同你计较过去的人，不配与你共度未来。"

阿芙萨尔恍惚之中踉跄了一下，看到鲜血从自己的双腿间涌出。大魔法师在她身后笑着说："我不止一次告诉过你，我们的世界里是容不下女人的！"

阿芙萨尔趔趄着走到山崖边上，一只脚踩空后便整个人坠了下去。她没有感受到来自地面的猛烈撞击，事实上她并没有撞向地面。在坠落的过程中，她用尽最后的气力念出了咒语，让自己在空中稍微盘旋缓冲了一下。尽管如此，她依然受到了重创。鲜血不断地流着，她躺在地上，想起自己与牧羊人，或者说是大魔法师的过往种种，眼泪不住往外流，就这样等着自己流尽最后一滴血，然后死去。

就在她奄奄一息的时候，她感觉到有个东西试图将她举起来，但却没有成功。于是那个东西开始拖着她走。在她搞清楚它的身份之前，她便失去了意识。此前她以为那或许是一只来猎捕她的野兽。再次睁开眼时，她发现自己在一个小茅草屋里，身上的伤口已经被包扎好，她仿佛已经晕厥了好几天。她试图起身，但背部传来的剧痛让她不得不作罢。同时她也感觉不到自己的双腿，四肢无法移动。于是她大声呼救道："有人吗？我需要帮助！"然而却没有得到任何回应。

待夜幕落下，困意向她袭来。

第二天，当她再次醒来时，屋里依然空无一人，但床边却多了一些吃的喝的，还有一桶用来沐浴和满足日常需要的水。饥饿难耐的她赶紧吃了一些东西，而后又用那桶水洗了个澡。在她发现自己失去了行走能力之后，这样的状态持续了几天。然而，随着时间一点点过去，她的伤口逐渐愈合，也慢慢能够重新站立、坐下。在对屋子进行了一番观察后，她没有发现任何能打探茅草屋主人身份的东西，或是每天在自己入睡后给自己带来食物的人。尽管她多次尝试抵抗睡意，想看看那个给她送食物的人到底是谁，但是接连两天都没有碰到他。每当她从困倦中清醒过来，都只是看到水和食物如常摆在那里。

几周之后，阿芙萨尔的伤口已经痊愈。于是她决定出门，扩大搜寻那个帮助她并且为她疗伤的人的范围。但她才刚踏出门槛，胸口便感到猛地一紧。她发现自己身处被白雪覆盖的高耸的山顶上，茅草屋几乎占据了整个山顶，根本无人能往来，她甚至无法在那里走动。她愤懑地大喊了一声后，也只能失望地回到屋里。

那时候的阿芙萨尔处在三十出头的年纪，她不知道自己会在那里停留多久。当然了，尽管屡次想搞清楚把她带到那里的人是谁，却一直一无所获。又过了几个月，她突然在自己的床边发现了一样新东西。不同于早已习以为常的食物、水和水桶，她发现了一本书，一本皮革封面的厚厚的书。她赶忙过去抓起它，还不慎将水桶打翻在地。拿起书后，她自言自语道："无论你的内容是什么，你都是我唯一的窗口了。"

说完她打开书兴致盎然地读起来。但随着一页一页地翻过去，她脸上的笑容逐渐收起。她眉头紧蹙，因为那本书全是用她看不懂的语言写成的，让她一头雾水。于是她生气地将书扔到墙角，大哭起来。但类似写满奇怪语言的书却日复一日地出现，直到屋子空间变得越来越小，使得阿芙萨尔不得不着手清理，为自己腾出喘息的空间。就在那些书的数量达到将近一百本时，她开始考虑将其中一部分从山顶上扔下去。

又是寒冷的一天，当她如往常一般醒来时，又看到一本书放在食物旁。而她也一如既往冷漠地将它挪开，开始吃起东西来。当她准备将第一口食物放到嘴里时，目光落在了那本书的封面上，发现书的标题竟然是用自己熟悉的语言写的。于是她把食物扔到一边，抓起书读起它的书名——《迦南语入门、海塞提石刻和南阿拉伯字母图解》。

这让她有些摸不着头脑。但是在翻阅之后，她发现那是一本专门教授语言读写的书，由阿拉伯东部、南部和希贾兹局部地区的居民编撰。她这才意识到，那些堆在屋里的书都是由当下流通在阿拉伯的几种语言写成的。在那之后的几个月里，阿芙萨尔埋头苦读，努力记住那本书中的内容。终于在掌握了基础知识后，她开始研究其余的书。之后她发现那些书多半都是关于那些地区的魔法和奇谈的。

五年过去了，阿芙萨尔对所有书中的咒语已经掌握到了炉火纯青的境界。她不再需要借助自己的双脚在屋里移动，同时也能够召唤一些魔鬼带她去其他地方。于是她决定离开茅草屋。她飞到屋外，在离开前，她念起咒语将那间屋子和里面的书一并点燃。看着浓烟中跳动的火焰，她笑着说：“书的灰烬也终将只是灰烬。”

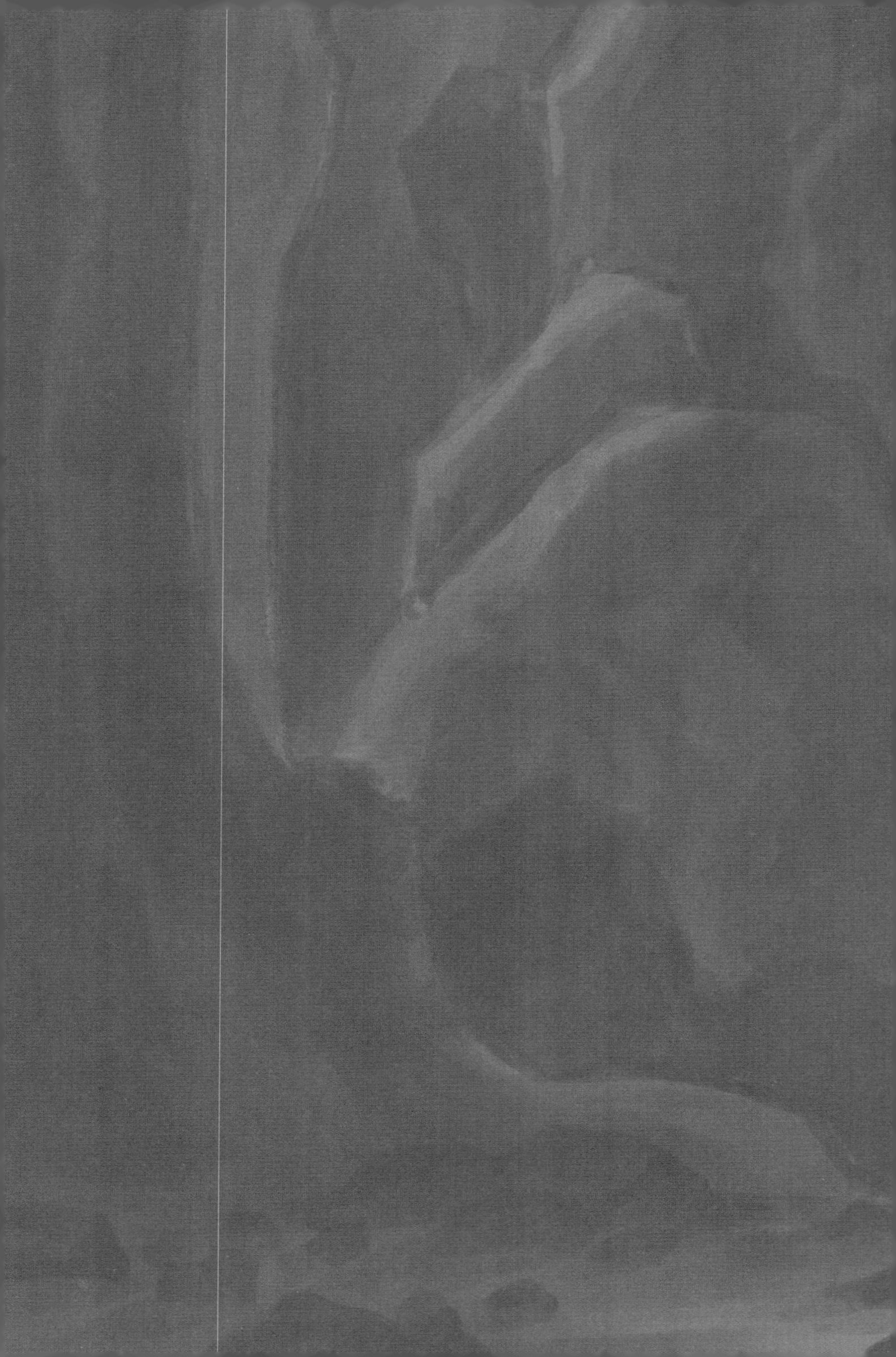

# 第十三章
# 连心眉女孩

阿芙萨尔一直低低地盘旋在空中，直到看到了一些建筑。那是一个小村庄，坐落于此前自己居住多年的那座山的山脚。她悄然降落在村庄的外围，触地后便直接用双脚行走，丝毫没有任何的不适应。于是她就这样走进村里。对于村民来说，阿芙萨尔的外貌显得有些可怖，披头散发的模样看起来像是流浪者、疯子或者遭到匪徒侵害的人。

人们纷纷盯着她看，她也回以同样的目光。直到一个老妇人从扎堆的人群中走出来，对她说："孩子，你在找什么？"

阿芙萨尔默默地看向老妇人，说："我这是在哪儿？"

老妇人说："你与家人走散了吗？你迷路了？"

阿芙萨尔瞥了一眼人群中一个在母亲肩上大哭的小孩，低声回答道："我没有家人……"

老妇人抱住她，说："从今以后，我们就是你的家人了。"

尽管在进村的第一天阿芙萨尔就已经想要离开，但却一待就待了很多年。她在那个冰山山脚的村落里感受到了来自亲人般的温暖，那种温暖让她犹豫不决，而后逐渐放弃了离开的念头。那期间她一直和之前拥抱她的老妇人生活在一起。后来她才知道，老妇人之所以会靠近她，是因为她长得很像自己的女儿。她的女儿因难产去世，留下了小孙女娜宰尼。

阿芙萨尔开始同老妇人和娜宰尼一起生活的那一年，娜宰尼刚满十岁。那是一个长相清秀的女孩，宽宽的眉毛连在一起，这在她的村落被视为美丽的标志。她唤阿芙萨尔为婶婶，阿芙萨尔也帮助老妇人照顾和教育她。

村里的人，包括老妇人和娜宰尼，都对阿芙萨尔强大的魔法能力一无所知。她从来没有提起过这件事，也未曾使用过魔法。像普通人一样的劳作收获让她感到无比快乐。

因为视力衰退，一直从事缝纫工作的老妇人开始变得力不从心。于是阿芙萨尔劝她放下工作多休息，将工作交给自己和娜宰尼。娜宰尼也一样做着这行工作，并且很是擅长。两人就这样一边做着缝纫工作，一边共同照顾逐渐失明的老妇人。

在娜宰尼二十岁那年，她爱上了村里的一个少年。少年的父亲是一个牲畜交易的商贩，在当地算是身份显赫的人。娜宰尼与少年非常相爱，而少年也想娶她为妻。但由于娜宰尼出身低微，这件事遭到少年家里的极力反对。然而娜宰尼一直保持着与少年的会面，每次见面回家后，她都会有所保留地将自己与少年的对话告诉婶婶和外婆。阿芙萨尔笑着问道："连心眉，你为什么不把你们对话的所有内容都告诉我们呢？"

娜宰尼一脸羞涩地离开，留下阿芙萨尔和外婆。而外婆依然跟往常一样问道："阿芙萨尔，你们在说什么？"

阿芙萨尔笑着说："没事，婶婶，没事……"

那阵子，娜宰尼总会在半夜溜进婶婶的房间，用大把时间跟她聊关于那个少年的事情，直到自己睡过去。但是在某个晚上，阿芙萨尔面对娜宰尼的絮叨显得兴味索然。于是娜宰尼问道："婶婶，您曾经爱过别人吗？"

阿芙萨尔愣了一下，随后叹息一声，说："很遗憾，我爱过。"

娜宰尼不解地说："为什么会遗憾呢？"

阿芙萨尔说："那份爱留给我的只有伤痛。"

娜宰尼追问道："为什么这么说？"

阿芙萨尔说："因为我得到了惨痛的教训。"

娜宰尼说："什么教训？"

阿芙萨尔说："当你为自己而呼吸时，你是实在地活着的。但如果你为了另一个人而呼吸，你就永远徘徊在死亡的边缘。”

娜宰尼说：“我不明白您的意思，婶婶。”

阿芙萨尔摸了摸娜宰尼的脑袋，说：“你不需要明白，和我说说你和那个少年的事吧。”

娜宰尼笑着说：“我们决定私奔，在远离他家人的地方结婚。”

阿芙萨尔皱着眉头说：“那你的家人怎么办？”

娜宰尼反问道：“您会照顾好外婆的，不是吗？”

阿芙萨尔说：“我不光指照顾你外婆的事，而是你就这么轻易地抛下我们了吗？”

娜宰尼说：“这是唯一能让我和他结婚的办法。况且我原本就一直想离开这个严寒的村庄，到一个更温暖的地方去。”

阿芙萨尔说：“我不阻拦你，连心眉……尽管去做能让你自己开心的事吧，但是一定要小心。”

娜宰尼问道：“谢谢婶婶，但是您要我小心提防什么？”

阿芙萨尔说：“坚信他对你的感情，不要成为让他窒息的束缚。一旦你成为束缚，就是在逼迫对方毁掉你。我不希望任何人伤害你，连心眉。”

娜宰尼应道：“明白了，婶婶。”

阿芙萨尔问道：“你们准备什么时候离开？”

娜宰尼说：“三天后，我们将在晚上动身。”

阿芙萨尔说：“拿着这个。”

说着便将一枚红宝石戒指放在娜宰尼手中，然后说：“这是给你的新婚礼物。”

娜宰尼开心得抱住阿芙萨尔，说：“我一定会想您的，阿芙萨尔婶婶。”

三天之后，少年来到娜宰尼家敲门。阿芙萨尔为他开门后，说："娜宰尼就在里面为离开做准备呢，但是你能告诉我你们准备去哪里吗？"

少年笑着说："我们准备往南方去，娜宰尼想远离这里的寒冷气候。"

阿芙萨尔说："可是你怎么没带行李？"

少年有些慌乱地笑着说："我不需要行李，所有东西我都会在路上买。"

阿芙萨尔对此不以为意。就在她决定问少年更多细节时，娜宰尼走出了屋。她用力抱住阿芙萨尔，说："我准备好离开了！"

而在拥抱的间隙，少年的眼睛对上了阿芙萨尔看向他的尖锐眼神。少年扶住娜宰尼的背，说："我们走吧，时间已经迟了。"

他们正准备离开时，阿芙萨尔叫住他们。她一边盯着少年一边对娜宰尼说："你不跟外婆告别吗？"

娜宰尼下意识捂了捂嘴，说："我给忘了！"

于是她赶紧进屋亲吻并拥抱了外婆。而那期间，阿芙萨尔依然死死地一言不发地盯着少年。最后她平静地对他说："不要伤害她。"

少年笑着说："您在说什么呢？"

娜宰尼再次走出屋，亲了亲阿芙萨尔的脸颊后便朝少年走去。少年带着为他们离开而准备的马匹，她骑上马跟在少年身后，冲婶婶挥手告别，还给了她很多飞吻。娜宰尼离开几天后，毫不知情的外婆开始问起她的情况。阿芙萨尔告诉她真相后，她说："如果这样能让她快乐，那我没有意见。"

阿芙萨尔说："我明白，婶婶，所以我没有阻挠她。"

两人沉默片刻后，外婆再次打破了安静的空气，说：“奇怪了，阿芙萨尔。”

阿芙萨尔问道：“什么奇怪，婶婶？”

老妇人说：“昨天少年的母亲还邀请我去参加她儿子的婚礼……她还有其他儿子吗？”

阿芙萨尔说：“没有了……您确定您所说的吗，婶婶？”

老妇人说：“对，我跟她很熟的。”

阿芙萨尔起身说：“那这是什么意思？他怎么可能在结婚的同时又跟娜宰尼远行呢？！”

老妇人问道：“难道我的孙女发生了什么不测？”

阿芙萨尔说：“别担心，婶婶，我这就去找他们聊聊。”

说罢便出门朝那个少年的家走去，想验证老妇人的话。快要走到少年家时，阿芙萨尔看到少年正和一群朋友在一起嬉闹。看到这一幕，让她浑身战栗。于是她径直冲向少年，愤怒地掐住他的脖子问道：“她在哪儿？你对她做了什么？！”

少年的朋友们试图将他们分开，但都在刚碰到阿芙萨尔的瞬间就飞到了半空中。阿芙萨尔的瞳孔变成了白色，她冲少年吼道：“娜宰尼在哪里？！”

少年惊恐地看着阿芙萨尔，说不出一句话来。而后他的一个朋友上前对她说：“你放开他我们就告诉你！”

阿芙萨尔将少年摔到地上，又举起少年的朋友，问道：“在哪儿？！”

少年用手指了指村落附近的山谷，说：“在那个谷底。”

阿芙萨尔将他摔在地上后，便朝着他所指的地方走去。起先是用双脚，而后直接盘旋到了空中，朝谷底飞去。当她去到谷底时，她看到娜宰尼衣不蔽体地躺在地上。她艰难地呼吸着，浑身是伤，牙齿也掉了几颗。

阿芙萨尔将她搂在怀里，眼睛的状态恢复了正常。她哭着说：“连心眉，到底发生了什么？”

娜宰尼拖着沉重的呼吸说：“看来我不过只是他和他朋友的消遣。”

随后便失去了意识。

阿芙萨尔站起身，十指交扣念起咒语，将自己和娜宰尼带回到了外婆家门前。她抱着娜宰尼走进屋，将她放到床上，为她清洗身体、喂她吃药，而后又为她包扎伤口。这时老妇人走进来，问道：“发生了什么？！”

阿芙萨尔说：“没事，婶婶。娜宰尼从高处摔下受了伤，不过现在没事了。”

老妇人赶紧问道：“高处？！什么高处？！她没有和那个男孩在一起吗？”

阿芙萨尔说：“没有，他们当时分手了。看起来娜宰尼是想自杀……”

老妇人摸索着往前，摸到昏迷中的娜宰尼的脑袋后，便一把拥住她亲吻，说：“我们今后再也不待在这个村子里了，孩子。”

阿芙萨尔说：“真是明智的决定，婶婶，我们现在就离开。但是在离开前我要去做一件事。”

老妇人说：“这都晚上了，何不等到明早呢？至少得等到她恢复意识吧，现在她还经不起路途上的折腾。”

阿芙萨尔说：“别担心，婶婶，她不会感觉到折腾的。我去去就来……在我回来之前，您把想带在身边的东西收拾一下。”

说完她走到门外，十指交扣念起咒语。而后一个身形纤瘦、长着触角的红色魔鬼出现在她面前。她问魔鬼说：“情人魔鬼，你的专长只针对女人吗？”

情人魔鬼说：“我们迷恋所有的肉体。”

阿芙萨尔说：“你们的目标只有一人。我想要你们在他的新婚之夜跟上他、废掉他，让他再也无法与自己的妻子和任何其他女人发生关系。”

情人魔鬼说：“那我们可以碰他吗？”

阿芙萨尔说：“你们想做什么都行。”

情人魔鬼又说：“没问题，我将派两个最暴虐的情人魔鬼去找他。他们会让他再也不能和任何女人发生关系。”

阿芙萨尔说：“才两个？”

情人魔鬼说：“这已经够他受了，更多的话他可能会死。”

阿芙萨尔说：“谁跟你说我想让他活着了？派十个去！”

情人魔鬼说：“遵命。”

阿芙萨尔准备回到屋里，但魔鬼叫住她，说：“主人，我能问一个问题吗？”

阿芙萨尔回过身说：“问吧。”

情人魔鬼笑着说：“情人魔鬼谷位于阿拉伯南部的胡而努里。通常我们只效力于半岛居民，但现在我却身在波斯国。”

阿芙萨尔问道：“你想说什么？”

情人魔鬼说：“我想知道你是从哪里得到召唤我们的咒语的？涉及这种咒语的书从来不会流到阿拉伯半岛之外。”

阿芙萨尔说：“别浪费时间了，魔鬼，去吧，派十个情人魔鬼去，让那个无耻之徒的生活坠入地狱！快！”

情人魔鬼低下头，说：“遵命。”

魔鬼走后，阿芙萨尔回到屋里，看到老妇人已经收好了几包行李，坐到依然还在昏迷的娜宰尼身边。她问老妇人说：“婶婶，您想我们去哪里？”

老妇人说：“我无所谓，孩子，最重要的就是离开这里。”

阿芙萨尔笑着把手搭在老妇人肩膀上，说：“那我们就往南边温暖的地方去，如娜宰尼所愿。”

几分钟后，她们来到波斯南部的巴斯塔克城附近。

在城外缓缓落地后，阿芙萨尔回头看向老妇人。老妇人问道：“阿芙萨尔，我们什么时候动身？”

阿芙萨尔笑着说：“睡一会儿吧，婶婶。出发的事交给我就行。”

老妇人倚靠着行李睡下后，阿芙萨尔凝望着巴斯塔克城的边界，喃喃自语道：“这座城会给我们带来怎样的命运？”

她坐到娜宰尼身边，在她耳边轻声说：“请原谅我将要做的事，但这都是为了你们好。”

接着她在娜宰尼和老妇人耳边分别念出了咒语，让她们忘掉了发生在那个寒冷村落里的所有过往，同时也抹去了与自己一同生活过的记忆。她泪眼蒙胧地抱住昏迷的娜宰尼，说：“我已然消失在了你的记忆里，但是你的心可以感觉到我。”

而后她也沉沉睡去。

在太阳开始晃眼睛时，阿芙萨尔醒了过来，看到娜宰尼已经比她先起来，独自坐在那里看着远处。而老妇人依然还在睡梦中。娜宰尼转过头问道：“你是谁？”

阿芙萨尔笑着说：“我是你的阿芙萨尔婶婶，连心眉。”

娜宰尼沉默了一会儿，又看向外婆，问道：“那这个老人家又是谁？”

阿芙萨尔说：“娜宰尼，她是你的外婆。”

娜宰尼说：“我叫娜宰尼？”

阿芙萨尔依然笑着说："没错，你的名字叫娜宰尼。"

这时老妇人醒了过来，说："你们是谁？"

娜宰尼回答说："我是您的孙女娜宰尼，她是我的婶婶阿芙萨尔。"

老妇人问道："我们现在在哪里？"

阿芙萨尔说："我们刚经历了长途旅行，到了我们将要重新落脚的地方巴斯塔克城。我们现在就在城外。"

老妇人又问道："那我们为什么要在荒郊野外？为什么不进城去呢？我们的代步牲口呢？"

阿芙萨尔说："婶婶，魔法师还需要代步牲口吗？"

老妇人疑惑地说："魔法师？我们是魔法师？"

阿芙萨尔说："没错，我就是从您那里学习的魔法呢。而且我们现在才刚开始教导娜宰尼。"

娜宰尼说："我？"

阿芙萨尔笑起来，说："对啊，你们这是怎么了？就好像什么都不记得了一样？"

老妇人说："说实话，孩子，我真的不记得你所说的这些了。"

娜宰尼也说："我也是，婶婶。"

阿芙萨尔笑着说："没事的，有我在呢。过一阵子你们就会想起来的。"

老妇人说："没关系，遗忘是厄运后的福报。我可不想记起那些苦难。"

于是三人向着巴斯塔克走去。

她们在巴斯塔克城一住就是很多年，明面上做着缝纫工作，暗地里则修炼魔法。那几年里，她们用曾经在小村落里做缝纫工作攒下来的钱买了一个小房子。阿芙萨尔教给娜宰尼魔法技艺，而老妇人则心满意足地同她们住在一起。在娜宰尼三十岁、阿芙萨尔年近六十的时候，老妇人去世了，留下娜宰尼与婶婶相依为命。阿芙萨尔对娜宰尼视如己出。将老妇人下葬后，两人回到小屋子里。在娜宰尼生火准备做饭时，阿芙萨尔对她说："娜宰尼，我想跟你说件事。这件事此前我没有跟你和你外婆提过。"

娜宰尼问道："婶婶，什么事？"

阿芙萨尔说："我身上有仇未报，而且不止一份仇。但最主要的目标是杀了我的杀父仇人。"

娜宰尼问道："您的杀父仇人是谁？"

阿芙萨尔说："一个住在阿拉伯的魔法师。"

娜宰尼说："阿拉伯？"

阿芙萨尔说："对，阿拉伯。"

娜宰尼问道："那您准备什么时候去复仇？"

阿芙萨尔说："等我准备好的时候。"

娜宰尼又问道："那您什么时候才能准备好呢？"

阿芙萨尔说："等我拥有自己组织时。"

娜宰尼重复道："组织？"

阿芙萨尔解释说："对，组织，女魔法师的组织。仅凭我一己之力的话，我是无法在阿拉伯活下来的。"

娜宰尼说："那您准备怎么组建这个组织？"

阿芙萨尔说："我需要五个女魔法师同我一起，并听命于我。这才能构成一个完整的组织。"

娜宰尼说："您现在只需要再找四个了，婶婶。我会一直在您身边的。"

阿芙萨尔说："连心眉，你可是我组织里的第一环。"

娜宰尼问道："那我们该怎么找到其他四个人呢？"

阿芙萨尔说："我们将在整个波斯国内寻觅，就从这里开始，巴斯塔克城。"

娜宰尼说："巴斯塔克？这座城里除了我们还有别的女魔法师吗？"

阿芙萨尔说："没有，但是我注意到了一个女孩。"

娜宰尼问道："哪个女孩？"

阿芙萨尔说："那个每天在市集里乞讨的女孩。"

娜宰尼说："您是说那个破衣烂衫、整天在市集里捡垃圾果腹的小孩？"

阿芙萨尔说："她已经十五岁了，我不认为她还是个小孩。"

娜宰尼说："当然还是个小孩啦，婶婶。她年纪太小，心智应该也不太健全。"

阿芙萨尔说："谁说年纪小就一定幼稚？"

娜宰尼说："抱歉，婶婶……"

阿芙萨尔说："那个女孩并非凡人。"

娜宰尼问道："她有什么特别的？"

阿芙萨尔说："你明天去把她从市集那里带回来，到时候我会告诉你。"

# 第十四章
# 无根之树

娜宰尼去到位于巴斯塔克城中心的市集，寻找那个乞讨女孩。没费多少工夫，她就发现女孩正在一个商铺前乞讨。女孩想讨要一些吃的，但却遭到了商贩的呵斥和驱赶。于是娜宰尼走到她身边，笑着问道：“小姑娘，你想吃东西吗？”

女孩看了娜宰尼几秒后便迅速走开了。娜宰尼跟上去笑着说：“你要去哪里？快回来，我不会伤害你的！”

在市集的巷子里追赶了一会儿后，娜宰尼决定使用咒语将女孩困住带走。但她惊讶地发现自己的咒语对女孩竟然毫无作用。于是她又用了另一个咒语，却看到女孩依然绕过市集里的各种障碍跑掉，直到消失在了她的视线里。娜宰尼停在原地，看着自己的手，不解地说：“发生了什么……为什么咒语对她不起作用？”

而后她回到屋里，看到婶婶坐在火堆前。婶婶笑着问道：“娜宰尼，那个女孩呢？你没有把她带来吗？”

娜宰尼自觉没有完成如此简单的任务，一时羞愧得哽住喉咙。接着说：“我今天在市集里没有找到她，婶婶，但我明天会把她带到您跟前的。”

阿芙萨尔依然笑着，目光转向燃烧着的火焰，说：“再看吧。”

第二天，娜宰尼又去到市集寻找那个乞讨女孩。她看到近处的一个苹果商人好心地给了女孩一个苹果。就在女孩吃着苹果的时候，娜宰尼悄悄走到她身后抱住她，并说：“我抓到你啦！”

然而只是一转眼的时间，女孩就从娜宰尼的手中溜走，并跑到了市集之外，娜宰尼在原地呆呆地站着，满脸不可思议。又一次没有抓住女孩的她回到屋里，看到婶婶正埋头专注地缝补着一块布，于是问道：“婶婶，您在补什么？”

阿芙萨尔轻轻地笑了笑，依然看着手中的针线活儿，说：“我正在给那个你今天会带回来的女孩准备新衣服，但我怎么没看到她同你一起呢？”

娜宰尼低下头，沉默地在阿芙萨尔面前坐下。阿芙萨尔将手里的东西放到一边，坐到了娜宰尼身旁，说：“连心眉，怎么了？”

娜宰尼长长地呼了一口气，说：“婶婶，我没能抓住那个女孩……我试了不止一次，但那个女孩很奇怪，她很擅长逃跑，甚至在我的咒语面前也一样。”

阿芙萨尔笑着说：“我知道，这也是我选择她的原因。”

娜宰尼说：“她是怎么做到的？”

阿芙萨尔说：“她并不知道自己拥有抵御大多数咒语的强大潜力。”

娜宰尼问道：“那她是怎么获得这种能力的呢？”

阿芙萨尔说：“我也不清楚……可能是与生俱来的天赋吧。”

娜宰尼说：“她怎么会这么幸运？”

阿芙萨尔说：“我也不知道啊，孩子。但是生活教会了我一件事，那就是这个世界并不在意追逐和试图逃离它的人，它只尊重忽视它的人。这个女孩看起来就像是放弃了整个世界一样。”

娜宰尼问道：“那我们该怎么抓住她？”

阿芙萨尔说：“明天我跟你一起去市集，让你看看我们要如何抓住她。”

到了第二天，两人去市集寻找那个女孩。不出片刻，她们便发现女孩站在一个烤饼贩子跟前等待施舍，或是等着他一时疏忽漏掉一小块饼。她站在一众等着买饼的人之中，而阿芙萨尔走到她身边，问道：“小姑娘，你怎么站在这儿？”

女孩回头疑惑地看了看她，没有回答。

阿芙萨尔继续笑着说：“饼固然很好吃，但是会降低你身上拥有的巨大能量。如果你想大吃一顿的话，那就跟我来吧。”

这时女孩显得更加疑惑，站远了一些，将自己藏在排队买饼的人中间。阿芙萨尔没有继续跟上去，娜宰尼走过去笑着说：“婶婶，您都跟她说了什么？她看起来好像很害怕。”

阿芙萨尔继续看着女孩，回答道：“走吧，她会跟上我们的。”

娜宰尼说：“我不这么认为。小女孩一直紧张地盯着您看呢。”

阿芙萨尔说：“听我的，走吧，我们回家。”

回家路上，娜宰尼跟在阿芙萨尔身后，时不时回头找那个小女孩。快到家时，娜宰尼说：“婶婶，我觉得她并没有跟着我们。”

阿芙萨尔说：“她就在我们身后呢。”

娜宰尼立马回过身看了看，说：“在哪儿？”

阿芙萨尔说：“小声点，连心眉。看你左边的大石头后面。”

娜宰尼看向阿芙萨尔所说的地方，说：“真的，婶婶……您说得果然没错，我看到了她从石头后面露出的一点脑袋。”

阿芙萨尔说：“别盯着她，继续走。”

两人继续走到了家门口。进门前，阿芙萨尔吩咐娜宰尼拿出餐桌摆在门外。而后她们就坐在屋子里安静地等待着。几分钟后，娜宰尼听到屋外有翻动盘子的声音，于是准备出门。但阿芙萨尔抓住了她的手，说：“别出去……让她吃完离开。”

娜宰尼说：“婶婶，如果让她走了我们就抓不到她了！”

阿芙萨尔问道：“谁说我们今天就要抓到她了？”

娜宰尼反问道：“那给她东西吃的意义何在呢？”

阿芙萨尔说：“之后你就知道了。”

过了一会儿，阿芙萨尔才让娜宰尼出门，并对娜宰尼说：

“出去把盘子收拾一下，然后确保在明天的同一时间把桌子再次准备好。”

娜宰尼说：“是，婶婶。”

娜宰尼每天都在同一时间布置好桌子，女孩也每天如期而至，吃完东西后便又离开。这样的状态持续了大概一个月，直到某一天夜里，阿芙萨尔和娜宰尼听到了敲门声。娜宰尼开门后，看到那个乞讨女孩站在门外，于是她看着女孩问道：“你想做什么？”

坐在炉火前的婶婶说：“让她进来吧，连心眉。”

娜宰尼侧了侧身，让女孩进了屋。她打着赤脚、衣衫褴褛，眼睛转动谨慎地观察着屋子，直到目光落在拿着新衣服的阿芙萨尔身上。阿芙萨尔对她说：“拿着，孩子，穿上它。”

女孩毫不迟疑地脱掉所有衣服，伸手接过了阿芙萨尔为她缝制的衣服。娜宰尼赶紧重重地关上门，说：“你这个疯子在做什么？！”

女孩一边穿着新衣服一边回头看了看娜宰尼，说：“你怎么回事？没看过别人换衣服吗？”

阿芙萨尔大笑，又将一根木柴扔进了炉子里。

女孩跟她们在一起待了几天，也逐渐适应了那个地方。于是阿芙萨尔跟她说了关于组织的事，她回答说：“只要还能有住处和食物，那我就没有任何意见。”

看婶婶对女孩的回答报以微笑，娜宰尼心里却颇有微词。待女孩出门去市集替婶婶办事时，娜宰尼对婶婶说：“婶婶，您为什么会注意到她呢？我并没有在她身上发现任何可取之处足以让她加入我们的组织啊。”

阿芙萨尔问道：“你看不到我所看到的吗？”

娜宰尼说：“是的，我看不到。”

阿芙萨尔说：“过去的几天里，我一直试图对她施咒语，但她始终没有受到影响。她对咒语具有奇特的抵御能力。”

娜宰尼说：“不可能……没有人能完全抵御住咒语，尤其是您的咒语，婶婶。”

阿芙萨尔说：“相信我，我在她身上试了我所掌握的大多数强大的咒语，但没有一个能动她一根毫毛。”

娜宰尼不解地说：“怎么会这样？”

阿芙萨尔说：“我曾经读到过，有一部分人确实会有这种特质，但却从没亲眼见过。这个女孩天赋异禀，我们必须招募她。”

娜宰尼问道：“但是婶婶，您不觉得她会变成我们的威胁吗？”

阿芙萨尔说：“这话什么意思？”

娜宰尼说：“如果她从我们这里学到了魔法，就会变得比我们强。哪怕她对我们不义，我们也奈何不了她。”

阿芙萨尔说：“她只是能够抵御咒语罢了，而不是所有事物。”

娜宰尼问道：“比如说？”

阿芙萨尔说：“别担心，她是不会背叛我们的。就算她真的那么做了，我也知道该怎么阻止她。”

娜宰尼说：“我只是希望您知道自己在做什么，婶婶。”

女孩赶在日落前回到了屋子。将婶婶吩咐自己采购的东西放在门边后，她进屋坐在地上，盯着炉火看。坐在木椅上的阿芙萨尔让她到自己的跟前去，于是女孩用膝盖挪到了她身旁。阿芙萨尔把手放到她的脑袋上，问道：“你叫什么名字？”

女孩面无表情地说：“麦哈尔娜。”

阿芙萨尔转而用手捧住女孩的左脸，说：“是谁给你取的这个好名字？”

麦哈尔娜说：“我的父亲。”

阿芙萨尔又问道："你的父亲在哪儿？"

麦哈尔娜说："和我的母亲在一起。"

而这时，在屋子一角双手环胸站着的娜宰尼打断了她们的对话，说："看来她的内在能力和智力并不成正比啊。"

麦哈尔娜转过头，目光犀利地说："我不是傻子！"

阿芙萨尔用手引回麦哈尔娜的目光，继续说："那他们现在在哪里？"

麦哈尔娜说："在卡沙伊城的地下。"

娜宰尼问道："你意思是说他们已经死了？"

麦哈尔娜看向阿芙萨尔，问道："婶婶，所以现在我们谁才是傻子？"

阿芙萨尔大笑起来，拿开了放在麦哈尔娜脸上的手。

仅仅三年的相处时光，麦哈尔娜就学到了许多魔法技艺。每一次进步都让她欢欣鼓舞，短短的时间里她就学会了娜宰尼用了很多年才学会的东西。尽管如此，她还是没能达到超越娜宰尼的程度。于是她在某天对阿芙萨尔说："婶婶，您为什么区别对待我和娜宰尼？"

阿芙萨尔说："为什么这么说？"

麦哈尔娜说："我拼尽全力学会了所有她掌握的东西，但是她总会有我没见过的新技巧！"

阿芙萨尔说："连心眉从二十岁起就开始学习魔法，现如今她已经三十五岁了，而你还有几天才满十八岁。你现在就想着要同她一样了？"

麦哈尔娜不服气地说："为什么不可以？"

说完便准备冲出房间，阿芙萨尔喝止她，但她并没有转身，而是继续往外走。阿芙萨尔想用咒语去绑住她，但又想起来这并不会奏效。于是她起身从背后猛地抓住麦哈尔娜的肩膀，将她的身体转过去后重重地打了她一耳光，接着对她说：“如果你再敢违逆我，你就会看到我不和善的一面！”

麦哈尔娜不作声，哭着走出了门。

阿芙萨尔站在门口喘着气，而后听到娜宰尼在她身边说：“我之前没有告诉过您吗，婶婶？她会给我们制造麻烦。”

阿芙萨尔怒火中烧，用手指着娜宰尼的脸说：“你也给我小心点！别再质疑我的决定！”

娜宰尼也沉默地走开了。

娜宰尼跟着麦哈尔娜，看到她一个人躲在大石头后面哭。于是她走过去，将手放在麦哈尔娜肩膀上，说：“怎么啦？你很少会给婶婶惹麻烦的。”

麦哈尔娜带着哭腔大声说：“我已经厌倦了等待！”

娜宰尼问道：“等待什么？”

麦哈尔娜说：“变成一个强大的女魔法师的那天！”

娜宰尼说：“你年纪轻轻，又学得这么快，有什么好着急的？”

麦哈尔娜说：“你不会明白……”

娜宰尼说：“那就让我明白。”

麦哈尔娜坐在石头边的地上，娜宰尼也默默坐在她身边。片刻后，麦哈尔娜开口说道：“我本来在十二岁之前都一直住在卡沙伊城，和父亲、母亲以及三个兄弟姐妹生活在一起，非常幸福。”

娜宰尼问道：“那是什么让你来到巴斯塔克以乞讨为生呢？”

麦哈尔娜讽刺地笑了笑，说：“路什。”

娜宰尼说：“谁？”

麦哈尔娜解释道：“路什……毁了我整个人生的人。”

娜宰尼沉默，而麦哈尔娜接着说道："那一天，我正坐在家门前唱歌，有个我此生见过最英俊的少年从我面前路过。我被他深深地吸引，痴痴地张着嘴盯着他。他带着充满魅力的笑容走到我面前，摸了摸我的脑袋，说：'你的声音真美妙。'

那一刻我几乎就要晕过去，害羞得跑回屋里躲进自己的房间。"

娜宰尼问道："那之后又发生了什么？"

麦哈尔娜接着说道："他敲门进屋见了我的父母，说服他们让他教我唱歌，并加入他的表演队工作。我父亲起初并不同意，但路什说他第二天会再回去听他们的最终决定，他好像笃定我哪怕与家人闹得翻天覆地也一定会让他们点头同意一样。而我也确实这么做了。"

娜宰尼又问："然后呢？"

麦哈尔娜说："那以后，我就每天跟着他一起去他在城中心的一个屋子，那地方像个酒馆，但是比酒馆大一些。他让我站在屋子中央为他唱歌。当时的我是那么的傻，我用尽自己所有的爱与赤诚去唱。但时间一点点过去，我开始在唱歌时观察那个地方。我发现那只不过是一个肮脏的妓院。他经营着那里，而我的加入只不过是给那些去那里和女孩们寻欢作乐的客人增加了一种消遣罢了。"

娜宰尼问道："你是什么时候意识到的？"

麦哈尔娜说："在我产生疑惑的一周之后吧。我总是很晚才能回家，而有一次他喝得烂醉如泥，无法送我回家，于是他让在那里工作的一个女孩送我。那时候我就决定我再也不会回到那里了。"

娜宰尼问道："那你的麻烦就这么结束了吗？"

麦哈尔娜说："那才只是开始。"

娜宰尼说："为什么？"

麦哈尔娜说："当他第二天去我家接我时，我的父亲告诉他我不想再跟他走了，同时还斥责他之前没有说明妓院的事。他当时只是平静地离开，但是晚上他和一伙男人强行进了我家，砸烂了我房间的门，把我掳去了妓院。"

娜宰尼说："那你的父母呢？没有阻止他吗？"

麦哈尔娜说："他带去的那些人拦住了他们，在离开前，他对我的父母说：'等我想把她送回来时我再送回来。'"

娜宰尼问道："那他真的把你带到妓院去了？"

麦哈尔娜说："是的……他让我上台去，在那些醉鬼的掌声和笑声中唱歌。唱完歌后，他让一个手下把我带回了家。我回到家里，替父亲解了绑。父亲帮我母亲解开绳索后，便气冲冲地朝妓院而去，母亲多次阻拦都没用。"

娜宰尼问道："那你父亲回去后说了什么？"

麦哈尔娜说："那一晚他没有回去……那之后我也再没有见过他……"

娜宰尼说："那个男人把他杀了？"

麦哈尔娜说："毫无疑问。但我去他那里找我父亲时，他矢口否认，还说自己没见过我父亲。"

娜宰尼又问道："那你的母亲呢？"

麦哈尔娜说："我母亲决定离开卡沙伊，带着我和兄弟姐妹们远离路什和他的妓院。"

娜宰尼没有接话。

麦哈尔娜哭起来，继续说道："我们才刚到城外，路什和他的同伙就追上了我们。他们在我面前杀死了我的母亲和兄弟姐妹，还大喊着说：'你现在就是我的附属品了！'"

娜宰尼依然沉默不语。

麦哈尔娜接着说："我又回到了妓院。在至少两年的时间里，他逼我为娼，取悦他的客人。一个很有钱的常客很喜欢我，高价将我买下，就当我是牲口一般。后来我便跟那个将我买走的男人离开了，一起离开了卡沙伊。"

娜宰尼问道："那你是怎么到巴斯塔克的？"

麦哈尔娜说："是因为贾莉拉……"

娜宰尼说："谁？"

麦哈尔娜说："贾莉拉……一个在那个妓院工作的舞女。我在那里唱歌的那段时间，路什雇了她去为我伴舞，给客人助兴。她是那时候唯一跟我说话并安慰我的人。"

娜宰尼问道："那她是怎么帮你到巴斯塔克城的？"

麦哈尔娜说："那个有钱人买下我之后，想将我同其他几个女孩一起关进一个专门的车厢里。我不知道他买下我们的原因，但似乎他也拥有一家妓院，或者准备在他的城邦开设一家。"

娜宰尼问道："他住在哪个城邦？"

麦哈尔娜说："我也不知道，我没有到过那里。"

娜宰尼说："为什么？"

麦哈尔娜说："在我走近车厢之前，贾莉拉帮我松了绑，并在我身边悄悄说：'等远离了这座城后，你就从车厢里逃出去，永远别再回来。'"

娜宰尼问道："那你按她说的做了吗？"

麦哈尔娜说："是的。几天之后，我趁着商队停下休息的时候在半夜逃走了。我漫无目的地走啊走，来到了巴斯塔克城。我在这里待了整整一年，以乞讨为生，直到遇到婶婶。"

娜宰尼问道："那你这么迫切地学习魔法跟你刚刚说的这些有什么关系？"

麦哈尔娜说："贾莉拉依然还在那个妓院里水深火热，路什很可能也像对我那样让她去供客人消遣了。”

娜宰尼说：“那你想做什么？”

麦哈尔娜说：“像她救我一样去救她。”

娜宰尼沉默了一会儿，说：“如果这就是你的心结，那让我们一起去解开它吧。”

麦哈尔娜没有明白她的意思，说：“那婶婶呢？”

娜宰尼说：“婶婶是不可能允许的。她需要我们组建她的组织，绝不会让我们冒险的。”

麦哈尔娜说：“那你为什么还要冒险呢？”

娜宰尼笑着搂住麦哈尔娜，说：“因为我是你的姐姐。”

麦哈尔娜笑了笑，没有说话。

经过与阿芙萨尔的一番商量，娜宰尼最终说服婶婶让自己和麦哈尔娜去卡沙伊城。尽管一开始严词拒绝，但在娜宰尼的坚持下，阿芙萨尔只好同意，只是让她们快去快回。同时阿芙萨尔还给了娜宰尼一枚戒指，确保她们能在当天返回。娜宰尼说：“只有一枚戒指的话，麦哈尔娜怎么跟我一起移动？”

阿芙萨尔说：“抓着她的手带她跟你移动就行。任何在你念瞬移咒语时抓着你的人都会跟你一起回来。”

娜宰尼吻了吻婶婶的手，说：“谢谢婶婶！我们一定会准时回来的！”

麦哈尔娜跟娜宰尼一般向婶婶辞行，而后便跟着娜宰尼往外走。走出家门前，阿芙萨尔对她说：“别让连心眉受伤，不然我就让你变成奴隶。”

麦哈尔娜笑着说：“连心眉是我的姐姐，我会用自己的性命保护她的，放心吧婶婶！”

阿芙萨尔笑着摆了摆手，让她赶紧跟上娜宰尼。

娜宰尼念出从婶婶那里学来的咒语时，麦哈尔娜抓住了她的手。而后两人瞬间移动到了卡沙伊城外。

## 第十五章

# 长剑舞女

两个女孩一到卡沙伊城外便径直往里走去。期间麦哈尔娜开始跑起来，娜宰尼紧紧跟在她身后，问道："等等，你跑这么快做什么？！"

因为速度悬殊，娜宰尼实在跟不上麦哈尔娜，只能茫然地独自站在城中心。一小时的晃荡和等待后，麦哈尔娜出现了，她抓住娜宰尼的手说："走，我找到她了！"

娜宰尼用力抽开自己的手，说："你为什么自己跑开了？"

麦哈尔娜说："没时间了，快走吧！"

娜宰尼问道："去哪儿？去妓院？"

麦哈尔娜说："不，去贾莉拉家！"

娜宰尼心里一连串疑问，问道："贾莉拉家？为什么？她还有房子？我还以为她被困在妓院里了……这是怎么回事？"

麦哈尔娜着急地说："跟我来就是了！"

麦哈尔娜再次抓起娜宰尼的手腕，让她跟自己走。但娜宰尼挣开了她，说："没搞清楚到底发生了什么之前我是不会走的！"

而后麦哈尔娜打了一下她的脑袋，让她失去了意识。

娜宰尼醒来后，发现自己躺在地上，被关在了一间没有窗户的房间里。几分钟后，麦哈尔娜和一男一女一同进了屋，并笑着说："姐姐，你还好吗？"

娜宰尼愤怒地看着麦哈尔娜，说："你做了什么？我在哪儿？！"

那个男人狠狠地扯住娜宰尼的头发，说："美人，你可是我这简陋妓院的客人，路什妓院。"

娜宰尼震惊地说："路什？！这不是你要复仇的对象吗？"

三人听到这话后大笑起来，那个同他们一道的女人说："她怎么可能报复她的情人呢？"

娜宰尼说："她的情人？！到底怎么回事？我怎么完全听不明白了！"

路什说："这里的女孩只需要干活，不需要思考。"

说罢将娜宰尼的脑袋摔在地上，向房间外走去，说："贾莉拉，让这个女孩为晚上准备准备。"

贾莉拉说："是。"

麦哈尔娜说："我要出去一下，今晚不回来了。"

贾莉拉笑着说："别担心，我们会照顾好你朋友的。"

娜宰尼问道："麦哈尔娜，为什么？你为什么这么做？"

麦哈尔娜笑着说："我做了什么？"

接着便和贾莉拉一起走出了房间。

娜宰尼就这样被绑在原地几个小时，一边哭一边想为何麦哈尔娜会如此背信弃义。夜幕降临后，贾莉拉走进屋子，说："是时候准备了……"

娜宰尼问道："准备什么？"

贾莉拉笑着说："当然是逃跑啦。"

娜宰尼疑惑地问道："逃去哪儿？"

贾莉拉说："没时间解释了，麦哈尔娜在城外等我们呢，我们得赶紧过去会合。"

说着她帮娜宰尼解开了束缚，说："走，我们快出去吧，不然就没机会了。"

而后两人往外走时，娜宰尼在门口停下了脚步。贾莉拉问道："为什么停下？！在路什回来前我们必须出去！"

娜宰尼说："我们为什么要怕他？我和麦哈尔娜都是不俗的魔法师，轻易就能杀了他。为什么要这么费力地逃走呢？为什么麦哈尔娜要把我打晕带来这里？"

贾莉拉慌乱地说："没时间想这些问题了！快走，之后我再跟你解释！”

但娜宰尼并没有行动，继续说道：“别再骗我了！路什区区一个妓院老板，我们为什么要怕他？不给我解释清楚我是不会走的！”

这时她们身后传来一个声音，说：“因为我不仅仅是一个妓院老板。”

娜宰尼闻声转过头，看到路什微笑着同一群男人在一起。于是她念着咒语迅速朝路什冲过去，企图杀死他，但却遭到路什更强大的咒语的反击。她被固定在原地，除了眼睛之外浑身丝毫无法动弹。她看向一脸惶恐又悲戚的贾莉拉。路什命令那些男人将她和贾莉拉一起带到了妓院的后院，同时还让他们尽快将麦哈尔娜找出来带过去。路什的手下将两个女孩的衣服扒光后，将她们放进两个装满牛奶和蜂蜜的桶里，足足浸了几天。路什一直没能找到麦哈尔娜，但他敦促手下盯好那两个桶，因为他相信麦哈尔娜一定会回来救她们。几天过去后，两个女孩不得不吃桶里的东西来维持生命。过了几天，桶里的物质开始腐败，她们的皮肤也开始溃烂。在第四天的早晨，贾莉拉对娜宰尼说：“看来我们要死在这个地方了。”

娜宰尼说：“难道之前在妓院的日子比现在更好吗？”

贾莉拉恼怒地说：“我不是娼妓！从来不是，也永远不会是！”

娜宰尼不屑地说：“那你是什么？点圣火的？”

贾莉拉说：“我是个舞女！”

娜宰尼疑惑地问道：“舞女？”

贾莉拉说：“对，我是卡沙伊最优秀的长剑舞女。”

娜宰尼说：“在妓院里跳舞有什么意义？”

贾莉拉说：“不是所有人都跟你一样出生优渥，长剑舞没有什么不好！”

娜宰尼说：“抱歉，我没有鄙视的意思。只是妓院不是任何有尊严的女孩应该待的地方。”

贾莉拉说：“我别无选择。”

娜宰尼说：“贫穷不是借口。”

但贾莉拉说：“我的理由不是贫穷。”

娜宰尼问道：“那是什么？”

贾莉拉说：“我的父亲是一个惯偷，任何东西他都偷，从房子、牲畜到商铺。”

娜宰尼笑着说：“真是个赚钱的职业。”

贾莉拉接着说：“但是很危险……这就是我沦入此境的原因。”

娜宰尼说：“为什么？”

贾莉拉说：“我的母亲曾是一名优秀的长剑舞者，从我小时候她就在这方面培养我。我慢慢长大，成为了一名年轻舞者。但我那个没有儿子来继承衣钵的父亲想要我也从事偷盗。他阻止母亲教我跳舞，还说那是一个下贱的职业。”

娜宰尼说：“于是你放弃舞蹈并开始了偷盗。”

贾莉拉说：“不……我一边偷盗，一边继续跟母亲学习跳舞。她让我先遵从父亲的意愿，直到彻底掌握长剑舞蹈。”

娜宰尼问道：“那之后又发生了什么？”

贾莉拉说：“我掌握了舞蹈，但内心却被偷盗所牵绊。”

娜宰尼不解地问道：“什么？你怎么会沉迷于这种不齿的职业？”

贾莉拉说：“我不知道，但我越发不能自拔。可能比起跳舞，我在这方面更有天赋吧。”

娜宰尼嘲弄地说：“偷盗需要什么必备的技巧吗？”

贾莉拉笑着说："比跳舞需要的多多了。"

娜宰尼又问道："那这跟你在妓院里工作有什么关系？"

贾莉拉说："在某个倒霉的一天，我的父亲决定去偷路什的妓院，还让我帮助他。我们轻易便得了手，但正当我们准备溜走的时候，路什抓住了我们，并立马命人杀掉我们。但父亲不停地求他，直到路什开出了一个条件，就是放走他，但是留我在那里干活还债。"

娜宰尼说："但是你们什么都没有拿走，偷的东西也都还给了路什。"

贾莉拉说："这话你跟我父亲说去吧。他不仅听了路什的话，还亲吻了他的手，而后就迅速离开了，留下我在那个渣滓手里自生自灭。"

娜宰尼问道："那你的母亲呢？为什么没有去找你？你为什么没有联系她？"

贾莉拉说："那天之后我就再也没有见过阳光，唯独有一次，我在晚上偷跑出去确认母亲的状况。最后我发现，在父亲抛下我独自回去后，母亲就离开了他，也离开了这座城。"

娜宰尼说："她怎么能不找你就离开了呢？"

贾莉拉说："应该是我父亲告诉她我已经死了吧。"

娜宰尼沉默良久，轻轻摩挲着自己因溃烂而感到刺痛的皮肤。之后她突然说："我的戒指！我的戒指不见了！"

贾莉拉说："别看我，我没有偷。"

娜宰尼说："那枚红宝石戒指就戴在我的手上的。"

贾莉拉说："几天前麦哈尔娜来妓院找我的时候，我看到有一枚类似的戒指在她的手上。"

娜宰尼气愤地说："她为什么要偷走戒指？为什么要用这么蠢的计策？又为什么要打我？"

贾莉拉说：“麦哈尔娜想独自救我，但她之前见识过路什的魔法能力，害怕与直接他对峙。所以她决定骗他，告诉他自己带了一个女孩回来代替自己在妓院工作，作为路什帮她掩盖自己从富人那里逃走这件事的回报。”

娜宰尼讽刺地笑了笑，说：“这个蠢货还真是不自量力。”

贾莉拉问道：“你这话什么意思？”

娜宰尼说：“我就不应该来这里，我根本没做好面对这个世界的准备。”

贾莉拉问道：“我们有谁是准备好面对那些男人的残暴了的？”

娜宰尼说：“我不是这个意思。”

贾莉拉问道：“那你是什么意思？”

娜宰尼说：“她总是对我说我还没有准备好。”

贾莉拉说：“别想麦哈尔娜说过的话了，好好想想我们怎么在死之前离开这里吧。任何人在这种环境下都不会活多久的。”

娜宰尼望向远处，自顾自说道：“她怎么还不来救我？”

贾莉拉说：“可能在被你耽误了时间之后，她已经逃到离这里很远的地方去了吧。或者她忌惮于包围住我们的这些男人。”

娜宰尼依然看着远处说：“我不是说麦哈尔娜。”

贾莉拉问道：“那你是说谁？”

就在这时，围在桶边的一个男人大喊道：“那边有一个人！”

就在麦哈尔娜缓缓朝两个桶走过去的时候，所有人都做好攻击的准备，而其中一个人则跑进妓院里去通报路什。那些人将麦哈尔娜团团围住，但麦哈尔娜丝毫没有露出一丝恐惧。男人们在她周围围成一圈，而她也盯着他们。而后路什从妓院里走出来，大笑着说：“你终于回家了，赶紧去给她备好桶！”

话音刚落，那些男人就像癫痫发作一般抽搐倒地。所有人震惊不已，只有娜宰尼笑着说：“婶婶来了。”

贾莉拉一脸不解地看向她，问道：“你婶婶是谁？”

路什对手下们大声说道：“把她拿下！放到桶里去！”

那些人朝麦哈尔娜一拥而上，但她用咒语在眨眼间便将他们全都杀掉了。

路什愤怒地说：“看来你消失的这段时间里魔法能力大有长进啊，但这种愚蠢的咒语在我面前可不起作用！”

说着便开始对着丝毫不为所动的麦哈尔娜念起咒语。还没等他念完，阿芙萨尔出现在他眼前盯着他看。路什惊恐地停下咒语，说：“你是谁？”

阿芙萨尔没有理会，手指轻轻一动便将他的脑袋瞬间粉碎。

看着散落一地的脑浆，她说：“贪欲千万种，但丑陋只有这一样。”

贾莉拉看着眼前的情形尖叫起来，而娜宰尼和麦哈尔娜只是微笑。阿芙萨尔恼怒地看了看娜宰尼，又看向麦哈尔娜，说：“把她从那污秽里弄出来，然后立马带她回巴斯塔克去！”

麦哈尔娜怯怯地说：“那贾莉拉呢？”

阿芙萨尔看着在桶里满脸恐惧的贾莉拉，说：“带上她一起，她可比你们两个都聪明！”

麦哈尔娜笑起来，说：“谢谢婶婶！”

阿芙萨尔说：“等你和另一个蠢货受完罚后再谢我吧！”

听到婶婶的话后，娜宰尼的眼神瞬间黯淡下去。而阿芙萨尔念出咒语消失在了她们眼前。

麦哈尔娜把两个姐妹从桶里解救出来，两人赤裸的身体就像腐烂了一般散发出恶臭。而后她抓起她们的手，念起回到巴斯塔克城的咒语。

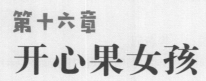

# 第十六章

# 开心果女孩

三个女孩回到了巴斯塔克，确切地说是阿芙萨尔的屋子前，看到阿芙萨尔已经站在那里等着她们了。看到她们之后，阿芙萨尔便转身进了屋，让站在门外的三人不知如何是好。娜宰尼想跟上去，但麦哈尔娜抓住了她的手，说：“先别跟她说话，她现在心情不好，跟她说话只会火上浇油。”

贾莉拉说：“我来跟她谈。”

麦哈尔娜说：“别掺和进来，你不了解阿芙萨尔婶婶的心性。”

贾莉拉说：“等着吧。”

说罢便朝屋里走去，留下难过的娜宰尼和微笑着的麦哈尔娜。麦哈尔娜说：“去吧，去受领你的惩罚去吧！”

贾莉拉跟着阿芙萨尔进了屋，并在她身后关上了门。

两个女孩一直等在屋外，但贾莉拉在里面久久没有出来。在听到婶婶的笑声后，她们俩走近屋子旁，从窗户探查里面的情况。麦哈尔娜凑到窗前，但娜宰尼却没有。看了一眼后，麦哈尔娜说：“这个贱人……”

娜宰尼担心地问道：“她做了什么？”

麦哈尔娜说：“你自己看吧。”

于是娜宰尼也凑到窗边往里看，发现贾莉拉在帮婶婶按摩双脚，两人还有说有笑地聊着天。但当阿芙萨尔发现两人在窗外窥视时，她停住了笑声，两人吓得赶紧走开。过了一会儿，贾莉拉走了出来，说：“婶婶对你们两人的愚蠢行为感到很不悦。”

两个女孩不解地看着她，不知她那般用婶婶的语气对她们说话的底气从何而来。接着她又笑着说：“我说服婶婶减轻了对你们的惩罚。”

麦哈尔娜恼怒地质问道：“你算什么，凭什么替婶婶来跟我们说话？！”

娜宰尼在一旁默不作声。

贾莉拉笑着说："按婶婶的话说，我是你们的新姐妹。在你们受罚期间，我将负责在你们之间传话。"

娜宰尼哽咽起来。

麦哈尔娜不服气地说："什么传话？什么惩罚？"

贾莉拉说："婶婶决定惩罚你们两个整整一年都不能跟她说话，也不能住在屋子里。而她的所有指令都将由我来传达。"

麦哈尔娜说："什么？！"

娜宰尼捂住自己的嘴，哭着说："婶婶为什么要这样？"

贾莉拉说："你们自己在屋外找个住处吧。"

说完便进了屋。娜宰尼还在哭，而麦哈尔娜愤愤不平地说："我就应该抛下那个卑贱的舞女让她腐烂在卡沙伊的。我千辛万苦救了她，她却转眼就把我给卖了！跟她那个小偷父亲一样无耻！"

短短几天，贾莉拉就变得和婶婶很亲密。婶婶一教给她什么魔法技艺，她就会展示给娜宰尼和麦哈尔娜看。受惩罚的日子对两个女孩来说并不好受，她们大部分时候都在完成贾莉拉向她们传达的婶婶的指令，而这些指令不是在婶婶出门后打扫屋子，就是采购生活用品。尽管麦哈尔娜时不时会觉得懊恼，而且对贾莉拉有时候传达指令时的模样感到厌恶，但对于婶婶交代的事她从不含糊。

而娜宰尼在那段时间里却不太常与麦哈尔娜交谈。每每看到或听到贾莉拉和婶婶说笑时，她都很是沮丧，不是哭就是沉默不语。距离规定的惩罚时间还有一周就结束时，阿芙萨尔命贾莉拉告诉两个女孩，让她们去买卡尔曼城有名的开心果。两个女孩对这道命令感到很困惑，但还是没有辩驳地接受了。正当贾莉拉准备往屋里走时，麦哈尔娜叫住她，说："把瞬移戒指给我们，好让我们去卡尔曼城！”

贾莉拉说：“婶婶想让你们步行去那里。”

娜宰尼不说话。

但麦哈尔娜惊讶地说：“步行？！”

贾莉拉说：“是的。”

麦哈尔娜说：“我们以前从来没去过那座城邦，不知道它在哪里，也不知道去那里的路！”

贾莉拉却只是说：“快走吧。”

说完便进了屋。而两个女孩却感到无比茫然。

两人对婶婶奇怪的要求和去往那个陌生城邦的方式进行了一番商量，最终决定先找朝卡尔曼城去的商队。她们去到市集，到处询问是否有去卡尔曼的商队，但却一无所获。她们就这样一直在市集里待到商铺都陆续关门。娜宰尼看向麦哈尔娜，问道：“现在该怎么办？”

麦哈尔娜说：“不知道……但是我们绝不能回家去。”

两人沉默了一会儿，而后一个刚进入市集的商队吸引了她们的注意。那个商队由好几头载着货品的牲口组成，而带队骑行在队伍最前头的是一个蒙着眼的老者。而坐在老人身旁的女孩也很惹人注意。她的头发乌黑，但唯独额前竖着一缕长长的白发。商队停在市集中央，两个女孩走向老者，说道：“叔叔，您好。”

老人并没有理会她们。于是她们提高音量又问了一遍，却听见一旁的女孩在轻声嘻笑。麦哈尔娜问道：“什么让你觉得这么好笑？”

女孩吹起脸前的那缕白发，说：“你们在试图和聋子说话。”

娜宰尼说：“聋子？”

女孩说："而且还是哑巴和瞎子。"

麦哈尔娜说："抱歉，我们并不知情……"

女孩说："就算知情，你们想要做什么呢？"

娜宰尼说："没事……抱歉打扰你们了，我们现在就离开。"

说完她用力拽着还在盯着老人家看的麦哈尔娜离开了那里。走远后，娜宰尼松开麦哈尔娜的手，麦哈尔娜大笑着说："你怎么了？为什么急着逃跑？"

娜宰尼说："我们也没有理由在那里逗留。"

麦哈尔娜说："那现在怎么办？"

娜宰尼说："时间太晚了，也不好找商队。现在我们得找个睡觉的地方。"

麦哈尔娜问道："我们去哪里睡觉？"

这时，一个女孩的声音从她们的头顶上传来，她说："今晚为何不和我们一起睡呢？"

两人迅速抬头，看到那个老者身边的女孩正在一个房子的屋顶边缘对着她们笑。

娜宰尼有些局促地说："不了，谢谢。"

麦哈尔娜对着娜宰尼低声说："为什么不呢……"

娜宰尼也轻声回道："我们跟她并不相熟。"

女孩说："如果你们决定和我们商队一起过夜的话，那就跟上来吧……对了，我叫阿尔提斯。"

说完她敏捷地跳跃在屋顶之间，回到了商队那里。

麦哈尔娜问道："你觉得呢？"

娜宰尼反问道："我觉得什么？"

麦哈尔娜说："跟上那个女孩。"

娜宰尼说："看来也别无他法了。"

于是两个女孩朝着商队扎营的地方走去。她们看到阿尔提斯在火堆前等着她们，而商队成员已经在各自的帐篷里。阿尔提斯挥手示意让她们跟上自己，她们迟疑地行动起来。她们跟在女孩身后，来到一个小帐篷前，阿尔提斯对她们说："你们今晚可以住在这里。"

麦哈尔娜问道："你为什么要帮助我们？你想要什么？"

阿尔提斯说："我什么也不想要。"

娜宰尼说："妹妹，请原谅她的鲁莽，但我们对于你的帮助确实无以为报。"

阿尔提斯说："你们通常都会以什么作为回报？"

两个女孩面面相觑。阿尔提斯接着说："快睡吧，我们明早再说。"

两人走到为她们准备的床边，但都无法入眠。于是两人在小帐篷里聊了起来。

麦哈尔娜说："那个女孩身上有什么故事呢？"

娜宰尼说："不知道……她的行为很奇怪，问的问题也很犀利。"

麦哈尔娜说："是她的行为奇怪还是我们自己不信任别人、对跟我们示好的人都心存防备？"

娜宰尼说："或许是我们的问题吧。"

麦哈尔娜说："我们不能跟他们待在一起太久，我们得找到去卡尔曼的商队。"

娜宰尼说："有一件事让我很费解。"

麦哈尔娜问道："什么事？"

娜宰尼说："为什么婶婶偏偏要在惩罚期结束的前一周让我们去找卡尔曼的开心果？"

麦哈尔娜枕在枕头上，双眼迷蒙地说："当然是为了折磨我们。”

娜宰尼说：“不，她明明可以用其他方式。哪怕我们跟着商队，从这里往返卡尔曼也需要耗费远远多于一周的时间。”

麦哈尔娜说：“你又不知道那座城邦在哪里，也许它比我们想的要近呢。”

娜宰尼说：“我们之前在市集的时候，我问到了它的位置。它在巴斯塔克的北边，离这里很远。”

麦哈尔娜说：“那她可能是想杀了我们吧。”

娜宰尼说：“没错。”

这时麦哈尔娜坐起来，瞪大眼睛说：“你到底想说什么？婶婶用了整整一年惩罚我们，却要在最后杀了我们？那之前的惩罚意义何在？”

娜宰尼说：“别傻了……我的意思是她想要在这段时间把我们从家里支开。”

麦哈尔娜问道：“为什么？有什么目的？”

娜宰尼说：“我也不知道。”

麦哈尔娜：“……”

娜宰尼又说：“睡吧，明早再说。”

太阳出来之前的一小时左右，两人便在人们说话的声音中醒了过来。商队正在卸货，准备把它们拿到巴斯塔克的市集去卖。她们走出帐篷，看到阿尔提斯和一群男男女女在一起，正从牲口身上搬下巨大的货物。娜宰尼示意麦哈尔娜过去搭把手，两人开始帮他们将重重的布袋搬运放到地上。其间麦哈尔娜问阿尔提斯说：“这些袋子里都装了什么？太沉了。”

娜宰尼也扛着另一个袋子，说：“对啊，都装了什么？”

阿尔提斯说：“我们今年收获的开心果。”

两个女孩同时惊讶地将袋子往地上一扔，阿尔提斯放下身

上的袋子后问道："你们怎么了？"

两人沉默了一会儿，而后娜宰尼说："你们的商队是从哪个城邦来的？"

阿尔提斯说："卡尔曼，你们听说过吗？"

两人瞪大了眼，看着那些袋子。麦哈尔娜说："我们可以回帐篷里去吗？我们落了一样东西。"

阿尔提斯疑惑地说："没问题。"

于是两人一路跑到了小帐篷前，匆忙地走了进去。她们惊恐地抓住对方的肩膀，麦哈尔娜说："这是怎么回事？难道只是巧合？"

娜宰尼说："我不是告诉过你这件事一定有蹊跷吗！"

麦哈尔娜说："但我不明白……发生了什么……婶婶到底想要什么？"

娜宰尼说："不知道，但一定不是卡尔曼的开心果这么简单。"

麦哈尔娜突然说："我想起来了。"

娜宰尼问道："什么？"

麦哈尔娜说："婶婶只是让我们买卡尔曼的开心果，但是并没有让我们去卡尔曼城啊。"

娜宰尼说："你的意思是？"

麦哈尔娜说："我的意思是我们的任务比想象的要简单！"

娜宰尼说："是啊，但这件事还是让人有些担心。商队正好在婶婶派出我们的时候进入了市集，这一定不是巧合。"

麦哈尔娜说："谁说是巧合了？正是因为婶婶知道商队要来，所以才让我们去买开心果的。我们太蠢了，才会这么大费周章。"

娜宰尼说："先回去帮阿尔提斯搬袋子吧，别让她起疑。我们过后再讨论这件事。"

于是两人又回去帮阿尔提斯搬开心果。阿尔提斯一看到她们立马就问道："你们拿到忘记的东西了吗？"

娜宰尼尴尬地说："拿到了，拿到了。"

所有人在搬运完后便都返回了营地。阿尔提斯凑到两人身边说："太谢谢你们了，我该怎么表达我的谢意呢？"

满头大汗的麦哈尔娜也向她靠了靠，笑着说："我有个主意。"

阿尔提斯笑着说："请说，你想要什么都可以。"

麦哈尔娜说："我只想要一点开心果。"

但阿尔提斯脸色大变，吹着脸前的白发正色道："不行！任何东西都可以，但这个不行！"

两个女孩对她的反应感到很震惊，齐声问道："为什么？"

阿尔提斯说："因为我们还没有被允许处理我们的收成。"

娜宰尼又问道："什么意思？你们来到巴斯塔克的市集不就是为了卖开心果吗？"

阿尔提斯说："是的，但是没有经过头领的允许，我们不能卖也不能擅自处理它们，哪怕一颗也不行。"

麦哈尔娜问道："那谁是你们的头领？"

阿尔提斯说："第一次遇到你们时坐在我身旁的那个老人家。"

麦哈尔娜说："那个又聋又哑又瞎的人？"

阿尔提斯吹着那一缕白发说："是的。"

麦哈尔娜说："那我们还得等到上天赐福让他开口说话

吗？”

阿尔提斯脸上露出一丝愠色，娜宰尼赶紧接着说：“我妹妹并没有恶意，她想买些你们城最有名的开心果给我们婶婶，只是表达方式不太恰当。”

阿尔提斯说：“她不是唯一一个想买开心果的人，应该跟其他人一样等着！”

娜宰尼笑着说：“你说得对，我们大概需要等多久？”

阿尔提斯说：“我不知道，一天，两天，也有可能他永远都不允许我们卖。”

麦哈尔娜不可置信地说：“什么？你这话什么意思？我们得在这里一直等着他吗？！”

阿尔提斯说：“当然不是……我们最多只会在这里停留三天，如果到时候头领还不准我们卖的话，我们就会转而去下一个城邦。”

娜宰尼问道：“那你们这趟行程什么时候结束？”

阿尔提斯说：“等我们卖完所有的收成便会回到卡尔曼。”

麦哈尔娜问道：“巴斯塔克的人轻易就能买光你们所有的存货，为什么要把事情弄得如此复杂呢？”

阿尔提斯吹着白发说：“这是我们不会改变的惯例。”

三人靠在巨大的开心果袋子旁，没有再说话，只是看着来往的人群和商贩。时不时有人上前来询问开心果是否在售卖，但得到的回答都是否定的。

傍晚时分，大家将袋子放在地上，等着第二天再摆出来，而后就都回到了帐篷。娜宰尼和麦哈尔娜回到小帐篷里，麦哈尔娜问道：“娜兹，我们现在该怎么办？”

娜宰尼说：“娜兹？娜兹是谁？”

麦哈尔娜说："你没注意到你名字里的前三个字母是我名字的后三个字母吗？"

娜宰尼说："我之前没想过。"

麦哈尔娜说："可是我注意到了。"

娜宰尼问道："你想做什么？"

麦哈尔娜说："没什么，不过以后我就叫你娜兹了。"

娜宰尼不高兴地说："别用这么蠢的名字叫我……不过你这会儿怎么会想起来这个？你喝醉了吗？"

麦哈尔娜说："我们从早上到现在什么也没吃，我去哪里喝酒？"

娜宰尼说："确实……辛辛苦苦帮他们扛了这么多开心果后，却没有人给我们一点食物。"

麦哈尔娜挖苦道："他们可能是在等着吃掉那个老头吧。"

娜宰尼大笑，麦哈尔娜也跟着笑起来，两人一直到笑出了眼泪才停下。沉默了片刻后，娜宰尼说："阿芙萨尔婶婶总说，大笑之后必将有灾祸。"

麦哈尔娜说："也许那个老者的死就是最美好的灾祸。"

说罢两人再次大笑起来，甚至比之前更加用力。这时阿尔提斯走进帐篷，一脸怒气地盯着她们看，于是两人迅速收起了笑声。阿尔提斯一直沉着脸盯着她们，但突然间她脸上的阴霾散开、放声大笑，还跌到了地上。两个女孩疑惑地互相看了看，阿尔提斯说："我把你们给吓到了，对吗？"

麦哈尔娜吼道："这样太蠢了！阿尔提斯！我的心脏都要停止跳动了！"

娜宰尼也把手放在胸前，说："我觉得我的心脏已经停止跳动了。"

阿尔提斯笑着说："抱歉，请原谅我。"

麦哈尔娜皱着眉背过身去，说："你走吧，我们要睡觉了。"

娜宰尼说："不至于吧，麦哈尔娜……"

麦哈尔娜不说话。

阿尔提斯难过地说："我真的很抱歉，麦哈尔娜。我这么莽撞是因为我一直都和男人生活在一起，我没有姐妹，也没有母亲。"

麦哈尔娜回过头，看着难过得哭起来的阿尔提斯，说："你在家乡没有朋友吗？"

阿尔提斯说："他们全都是男性，甚至把我抚养长大的人也是我的爷爷，就是你们看到的那个老人。卡尔曼居民对我这个年纪的女孩很不友好。但就算我对部族感到不满，也无法改变我是他们中的一员这个事实。于是我只能去适应，并与这样的事实共生。在这种艰难的生活里唯一对我好的人就是我爷爷，我活着就是为了他。"

娜宰尼问道："你是说开心果之王？"

麦哈尔娜捂住自己的嘴，想控制自己不笑出声来。阿尔提斯抬起头看向娜宰尼，问道："谁是开心果之王？"

麦哈尔娜终于忍不住大笑起来。娜宰尼不明所以地说："你怎么了？难道她爷爷不是开心果之王吗？"

麦哈尔娜听完笑得更加用力，甚至没办法说话或是回答问题。这时阿尔提斯对娜宰尼说："我爷爷只是族长，并不是什么的王。"

麦哈尔娜依然还在狂笑。娜宰尼对阿尔提斯说："跟这个疯子独处让我很难受，今晚你和我们一起睡如何？"

阿尔提斯开心地笑着说："当然，我很愿意！"

娜宰尼用脚将还在大笑的麦哈尔娜踹到了帐篷边上，说："你就睡在那儿吧，别打扰我……阿尔提斯，你睡在我们中间。"

阿尔提斯笑着抱了抱娜宰尼，睡在了她们中间。麦哈尔娜逐渐消停下来，靠到两个女孩身边躺下。三个人都沉默了一会儿，而后麦哈尔娜说："阿尔提斯，我可以问你一件私事吗？"

阿尔提斯说："当然。"

娜宰尼只在一旁听着，不作声。

麦哈尔娜问道："你脸前那一缕白发是怎么来的？"

娜宰尼说："麦哈尔娜，你这是什么问题？"

阿尔提斯沉默了一下。

麦哈尔娜说："怎么了？这只是一个很平常的问题。"

阿尔提斯说："我知道，这一缕白发很难看，但我无法改变，但它也只有一缕罢了，并没有覆盖住我的整张脸。"

麦哈尔娜说："改变它？为什么想要改变呢？我很喜欢它，我也想拥有一簇，你是怎么得到它的？"

娜宰尼说："够了，麦哈尔娜，别烦她了。"

阿尔提斯笑着说："不，正好相反，娜宰尼。她没有让我困扰，她是第一个赞美我这缕白发的人，别人都觉得这很难看。"

娜宰尼说："哪个蠢货会觉得它难看？"

阿尔提斯说："那些在我家乡我不得不与之为伴的男孩，他们都叫我女魔法师。"

麦哈尔娜跟她们一样平躺看着天花板，说："女魔法师怎么了？我觉得她们是世界上最美的女人。"

娜宰尼跟着说："别听她胡说，她就是个傻子。"

阿尔提斯说："不，我一直以来的愿望就是成为一个魔法师。"

娜宰尼问道：“你为什么会有这种奇怪的愿望？”

阿尔提斯说：“为了把所有嘲笑我的男孩都烧死。”

麦哈尔娜笑着说：“我很欣赏你的疯狂，等你真的想这么做的时候，告诉我一声就行，我会帮你的。”

阿尔提斯也笑着说：“就这么定了。”

娜宰尼沉默不语。

三人又安静了片刻，而后阿尔提斯说：“不过我们城邦也不是所有男孩都坏。”

麦哈尔娜贼笑着问道：“你之前爱上过谁吗？”

娜宰尼说：“这又是什么问题？！”

阿尔提斯说：“没事，娜宰尼……我之前确实爱上过一个男孩。”

麦哈尔娜问道：“都发生了什么？”

阿尔提斯说：“什么也没又发生……我爱慕他，但他选择了别人。”

沉默一阵子后，阿尔提斯说：“麦哈尔娜，那我可以问你一个私事吗？”

麦哈尔娜说：“当然。”

阿尔提斯说：“为什么你总是打着赤脚？”

娜宰尼听完大笑起来。麦哈尔娜狠狠地对她说：“笑什么，你这头牛。”

阿尔提斯轻轻笑了笑，说：“你不准备回答我吗？”

麦哈尔娜高高抬起自己的双脚并咧开脚趾说：“真正的美丽不需要遮掩。”

说完三人挤在小帐篷里一起大笑起来。

第二天早晨，麦哈尔娜睁开眼，却发现帐篷里只剩下自己。强烈的阳光透进帐篷，刺痛了她的眼睛。她起身走出帐篷，看到娜宰尼和阿尔提斯在帮忙将袋子搬到牲口背上。于是她问道：“怎么了，为什么要把袋子放回到牲口背上？”

娜宰尼将一个大大的袋子放上去后，用手臂擦着额头上的汗说：“他们决定要离开了。”

麦哈尔娜说：“离开？！为什么？！”

阿尔提斯说：“这里的开心果贩子一直向我们施压，缠着要我们卖开心果给他们，所以我们准备去往下一个城邦。”

麦哈尔问道：“你们现在就要走吗？”

娜宰尼说：“明天一早就出发。”

麦哈尔娜对阿尔提斯说：“可是你们离开的时间还是提前了！”

阿尔提斯说：“买卖的事由我爷爷决定，但是去留是由卡尔曼的商人们说了算，我也没办法阻止他们。”

娜宰尼问道：“阿尔提斯，你为何不留下来跟我们一起呢？”

麦哈尔娜附和道：“是啊是啊，留下来跟我们一起吧！”

阿尔提斯说：“我也希望如此，但爷爷需要我，我不能抛下他一个人。”

两个女孩没有再接话。

麦哈尔娜也开始帮着大家一起搬袋子。把袋子全都搬完后，三个女孩坐在地上开始聊起天来。

娜宰尼说：“我们会很想你的。”

阿尔提斯说：“我也会很想你们的。”

娜宰尼沉默着不说话。

阿尔提斯又说：“母亲去世后，我就只剩下爷爷可以依靠了。”

娜宰尼问道：“那你父亲呢？”

阿尔提斯说："我对他一无所知。"

麦哈尔娜没有插话。

娜宰尼说："看来我们也是时候离开了。"

阿尔提斯说："为什么不在我明天走之前再跟我待一晚呢？"

娜宰尼说："我们很乐意。"

阿尔提斯说："我先去看看爷爷的情况，晚上就来找你们。"

娜宰尼笑着说："那我们在帐篷里等你。"

阿尔提斯离开她们朝爷爷的帐篷走去。

麦哈尔娜问娜宰尼说："娜兹，我们现在该怎么办？"

娜宰尼说："不知道……如果商队走了，那我们就无法得到婶婶要求的开心果了。"

麦哈尔娜说："我想我知道应该怎么办了。"

娜宰尼问道："怎么办？"

麦哈尔娜说："别担心，等晚上阿尔提斯到帐篷里来的时候你就知道了。"

娜宰尼说："你得先告诉我你想做什么！"

麦哈尔娜说："等阿尔提斯来了再说。"

到了晚上，阿尔提斯到帐篷里去找两个女孩。她一走进去就看到她们在准备晚餐，于是笑着说："这是什么？"

麦哈尔娜笑着回答道："我们一起吃的最后一顿便饭！"

饭后，阿尔提斯问道："你们是怎么得到这些食物的？"

娜宰尼笑着说："我不清楚，是麦哈尔娜拿来的，我只是帮忙准备罢了。"

阿尔提斯转向一脸得意的麦哈尔娜，说："没想到你还精通厨艺！"

麦哈尔娜神秘地笑了笑，说："关于我的事，你不知道的还多着呢。"

阿尔提斯问道："比如呢？"

娜宰尼面露一丝隐忧，说："别相信她的话，她没有什么值得一提的技能。"

这时麦哈尔娜起身说道："我吃得太撑了，要出去散散步。"

阿尔提斯跟着说："我跟你一起吧。"

麦哈尔娜不安地说："不不不，别留下娜宰尼一个人，她害怕晚上一个人独处。对吧，娜宰尼？"

娜宰尼有些疑惑地附和道："是啊，是啊。"

于是麦哈尔娜独自走出了帐篷。

娜宰尼笑着对阿尔提斯说："阿尔提斯，我真的会想你的。"

阿尔提斯也苦笑着说："我会更想你们。"

说着她从兜里掏出一个袋子放到娜宰尼的怀里，说："这是给你们的小礼物。"

娜宰尼一边打开袋子一边问道："这是什么？"

阿尔提斯说："是你们想给婶婶找的开心果，虽然只有一点，但我也只能拿这么多了。"

娜宰尼两眼湿润，说："别为了我们破坏了你们的规定。"

阿尔提斯笑着说："我根本就不信那一套。"

娜宰尼抱住她，说："谢谢。"

过了一会儿，麦哈尔娜回到帐篷里，看到两人有说有笑，于是问道："你们在笑什么？"

娜宰尼举起开心果袋子，笑着说："看看阿尔提斯给我们拿了什么！”

麦哈尔娜看到袋子后脸色瞬间一变，还没来得及说话，三人便听到帐篷外传来的呼喊声“族长死了！族长死了！”

阿尔提斯迅速冲了出去，而娜宰尼气愤地对麦哈尔娜说：“你都做了什么？！”

麦哈尔娜茫然地说：“我什么都没有做啊。”

娜宰尼将装着开心果的袋子往地上一扔，再一次愤怒地问道：“你到底做了什么！”

麦哈尔娜正要张口，娜宰尼便跟着阿尔提斯走了出去。阿尔提斯的爷爷是在帐篷里被杀害的，凶手没有留下任何线索。阿尔提斯一整晚都在痛哭，而商队的人则准备着将老人下葬。娜宰尼和麦哈尔娜回到帐篷里，谁都不说话，只是娜宰尼一直恶狠狠地盯着麦哈尔娜看。麦哈尔娜终于忍不住大喊道：“怎么了？你为什么这么盯着我？”

娜宰尼说：“你为什么要杀掉她的爷爷？就只是为了开心果吗？”

麦哈尔娜说：“什么？！你疯了吗？！我没有杀他！”

娜宰尼说：“你今天反常的行为和之前跟我说的话已经说明了一切！不然你为什么要走出帐篷？”

麦哈尔娜说：“我出去是为了去偷开心果。但是商队的人严防死守，所以我就回来了。”

娜宰尼激动地问道：“那是谁杀了阿尔提斯的爷爷？！”

麦哈尔娜也大声道：“我不知道！别来问我！”

接着两人都沉默起来。直到娜宰尼问道：“那现在怎么办？”

麦哈尔娜说：“我听那些商人决定明早要在这里的市场卖开心果，直到卖完所有存货。”

娜宰尼说："那阿尔提斯怎么办？"

这时阿尔提斯也进到帐篷里，满脸悲痛。她坐到两个女孩身边，一言不发。

娜宰尼难过地将手放到她的肩膀上，说："阿尔提斯，我们对你爷爷所发生的事感到很遗憾。"

阿尔提斯依旧不说话。

阿尔提斯接着又问道："你们什么时候回卡尔曼？"

阿尔提斯说："我不会跟他们回卡尔曼的。"

娜宰尼说："什么？为什么？"

阿尔提斯说："我是因为爷爷才跟他们待在一起的，但现在没有这个必要了。我根本就不喜欢跟他们待在一块儿。"

麦哈尔娜问道："那你要住在巴斯塔克吗？"

阿尔提斯说："我也不知道……但我肯定不会再跟卡尔曼人一起了。"

娜宰尼说："你为什么这么抵触他们？"

阿尔提斯吹了吹额前的那缕白发，说："我爷爷死后，他们一张张丑陋嘴脸上的喜悦藏都藏不住。他们只想着卖收成赚钱，根本不在乎我们的传统。很有可能就是他们中的一人杀了我爷爷，所以我不能再留在他们之中了。"

麦哈尔娜笑着问道："那你为什么不跟我们一道呢？"

娜宰尼对麦哈尔娜的话表现出惊讶和不悦，她对麦哈尔娜说："她不想跟我们走，别强迫她。"

阿尔提斯说："别担心，娜宰尼。我不会拖累你们跟你们走的，我是来道别的。"

娜宰尼赶紧说："不，不，我不是那个意思。只是我们的生活并不适合你。"

麦哈尔娜贼笑着说："让她试试以后再自己做决定吧。"

娜宰尼没有再接话。

阿尔提斯问道："试什么？你们在说什么？"

麦哈尔娜把手搭到阿尔提斯肩上，说："我们是一个组织。"

阿尔提斯问道："你是说帮派吗？"

麦哈尔娜说："是组织，不是帮派。"

阿尔提斯说："什么组织？"

娜宰尼一脸无奈地解释道："女魔法师组织。"

阿尔提斯立马将自己的肩膀躲开，说："女魔法师？！"

麦哈尔娜说："对，女魔法师……你怎么了？"

阿尔提斯问道："你们想对我做什么？！"

娜宰尼说："我们什么都不想做……只是邀请你加入我们，当然了，这需要在征得阿芙萨尔婶婶的同意后。"

阿尔提斯问道："阿芙萨尔是谁？"

麦哈尔娜说："是组织的头领，也是我们的老师。"

阿尔提斯沉默起来。

娜宰尼问道："你觉得呢？"

阿尔提斯平静地问道："是你们之中的一个杀了我爷爷吗？"

麦哈尔娜震惊地说："什么？你在说什么？！当然不是了！"

娜宰尼说："我们是魔法师，不是罪犯。"

阿尔提斯问道："两者有什么区别吗？"

麦哈尔娜说："跟我们走，然后你就会知道区别在哪里了。"

阿尔提斯说："我不知道该说什么了……"

娜宰尼也说："跟我们走吧，如果你不习惯的话，随时可以离开。”

阿尔提斯想了想，同意和两个女孩一同离开。

三个人走出帐篷，朝阿芙萨尔家走出。阿尔提斯最后看了一眼自己部族的人，他们正高兴地把开心果摆到巴斯塔克的市集上去。女孩们走到屋前，看到贾莉拉就站在那里，好像正在等她们一般。贾莉拉说：“你们把婶婶要求的东西带来了吗？”

麦哈尔娜把袋子扔到她脚边，说：“是的！”

贾莉拉捡起袋子，笑着问道：“这个女孩是谁？”

麦哈尔娜说：“与你无关，我们想见婶婶。”

贾莉拉说：“在这里等着，我去告诉婶婶你们来了。”

说完她走进屋子，在阿芙萨尔前弯腰放下袋子后说：“婶婶，她们完成了你交代的事。”

阿芙萨尔把袋子扔到一旁，说：“她们把我的白色开心果带来了？”

贾莉拉坏笑着说：“是的，婶婶。”

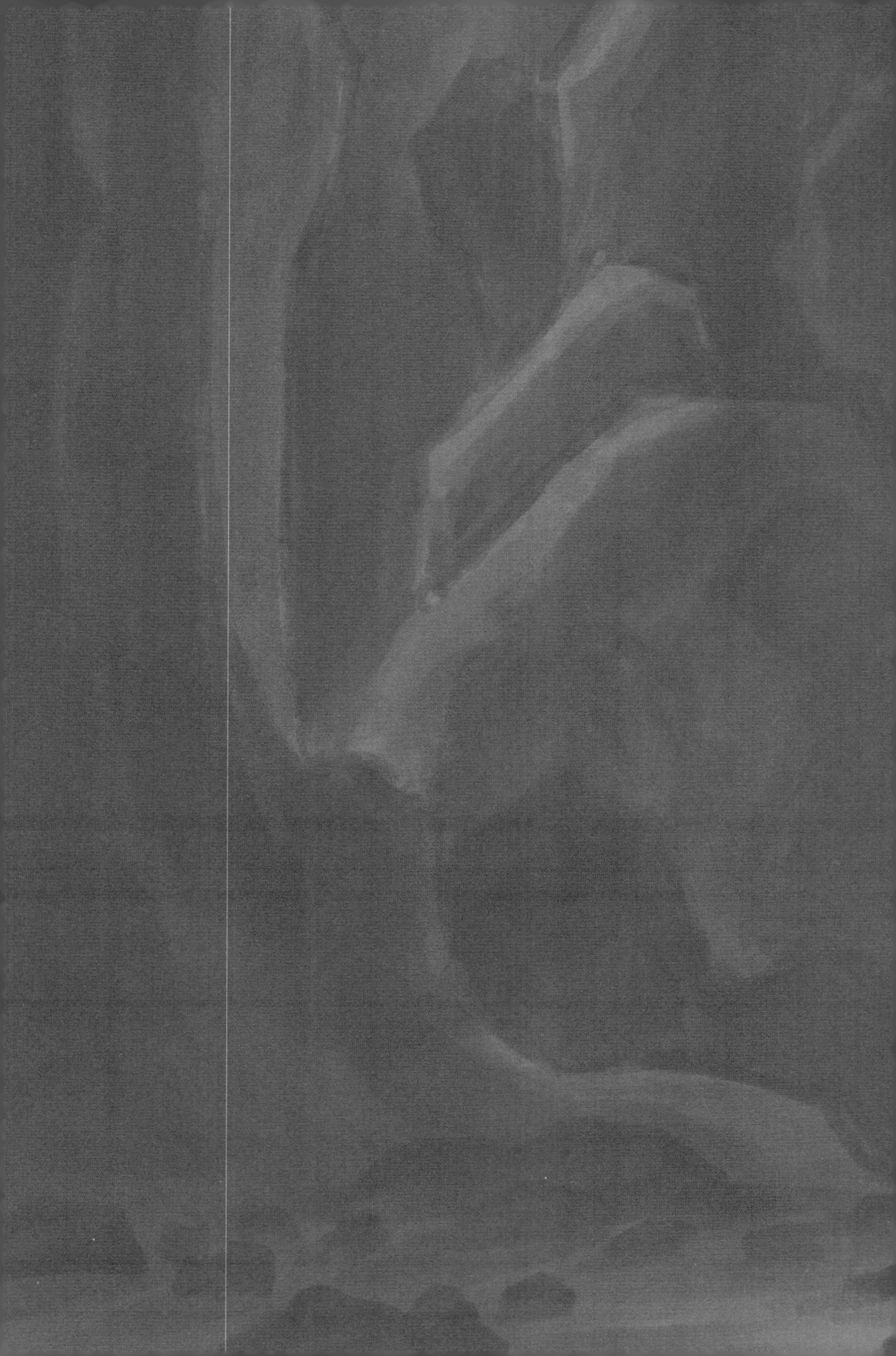

## 第十七章

# 黑　钻

阿尔提斯跟大家在一起生活了几年。阿芙萨尔从一开始就决定招募她加入组织。而阿尔提斯也很快就欣然地加入了她们。四个女孩一起跟婶婶学习魔法，时不时也互相切磋。那段时间贾莉拉一直是跟婶婶最亲近的那个人，娜宰尼的地位不再如前。

有一天，阿芙萨尔将女孩们召集在房间里，说有要事商议。等大家都在她面前的地上坐好后，阿芙萨尔坐在床头沉默地看着她们，而后说："今天我将告诉你们这个组织的目标。"

女孩们很是激动，期待着听到婶婶多年来一直在筹备的事。

阿芙萨尔接着说："我招募你们、训练你们，让你们成为了一流的女魔法师。而如今，你们都为实现使命做好了准备。"

娜宰尼不作声。

麦哈尔娜急切地问道："婶婶，什么使命？"

贾莉拉说："别说话，让婶婶说完！"

阿尔提斯说："婶婶，我们都认真地听着呢。"

阿芙萨尔静静地看了看她们，接着说道："杀掉一个阿拉伯女魔法师。"

所有人都疑惑地沉默着。而后麦哈尔娜问道："为什么，婶婶？您想杀掉的女魔法师是谁？"

阿芙萨尔说："她是我杀父仇人的女儿，瓦西班之女达伽。"

麦哈尔娜又问道："您为什么不自己杀了她呢？您比我们所有人都强大，根本不需要我们。"

阿芙萨尔说："过去几年我一直在搜集关于她的消息，了解到她并非独自一人。"

贾莉拉问道："什么意思？"

阿芙萨尔说："她也成立了一个跟我们类似的组织，而且那些女孩也很强大。”

阿尔提斯说：“交给我们吧，婶婶，我们会把她们全都杀掉。”

阿芙萨尔说：“我们的组织还没有组建完成呢。在替我父亲报仇之前，我们还需要招募最后一个女孩。”

贾莉拉说：“婶婶，不需要第五个了，我们可以杀掉她们！”

阿芙萨尔说：“别犯傻了！组织必须由六个女魔法师构成，不然就不能成为一个完整的组织！”

娜宰尼问道：“那我们去哪里找第五个女孩，婶婶？”

阿芙萨尔说：“去哪里不重要，但一定得漂亮。”

麦哈尔娜说：“漂亮？我们都很丑吗？婶婶。”

阿芙萨尔笑着说：“不是的，小光脚。但她必须美得超凡脱俗。”

阿尔提斯问道：“为什么？”

阿芙萨尔说：“具体目的之后我会告诉你们的，现在最重要的是找到这个女孩。”

娜宰尼问道：“去哪里找？”

阿芙萨尔说：“我们今天就出发去半岛东海岸的代拉米特城。”

贾莉拉问道：“为什么偏偏是代拉米特城？”

阿芙萨尔说：“那个地方种族混交，女孩都以美貌著称。”

阿尔提斯说：“但是那里的女孩长得并不像波斯女孩，更像是阿拉伯女孩。”

阿芙萨尔说：“这正是我想要的。”

而后她让女孩们早些休息，为去代拉米特城做好准备。夜晚时分，四个女孩睡前凑到了一起。

娜宰尼说："睡吧，不然婶婶会生气的。"

麦哈尔娜自言自语道："我长得不漂亮吗？"

贾莉拉大笑道："愚蠢和美可是半点关系也没有，小光脚。"

阿尔提斯说："放过她吧，贾莉拉。"

麦哈尔娜反击道："下贱也不是美，你这个长剑舞女！"

娜宰尼说："都安静点吧，要是婶婶知道我们还不睡就该惩罚我们了。"

麦哈尔娜说："你没听到那头牛说的话吗？"

贾莉拉平静地说："柴骨棒，你对我身材的嫉妒是不会影响到我的。"

麦哈尔娜听完后冲向她，想打她耳光。但阿尔提斯拦住了她，并在她耳边低声说："别让她得逞。"

麦哈尔娜重重地喘着气，生气地躺到了床上。阿尔提斯指着贾莉拉、吹着自己的白发说："你也睡吧，别越过我们之间的界限。"

贾莉拉一边准备睡觉一边不屑地笑着说："一群蠢货。"

娜宰尼也跟大家一起睡下，一夜就这样过去。

第二天清晨，女孩们在阿芙萨尔的声音中醒来，她吼道："别睡了，该出发去代拉米特了！"

大家睡眼惺忪地起来，而阿芙萨尔就站在她们面前看着她们。就在所有人都做着准备时，只有麦哈尔娜说："婶婶，我不去了，我很累。"

阿芙萨尔回应道："赶紧准备，别磨叽了。"

但麦哈尔娜继续说："不，我不去……"

阿芙萨尔脸上开始出现一丝不悦，贾莉拉见状笑着说：

“婶婶，可能她那双光脚没法儿走路。”

阿芙萨尔听完立马重重一耳光将贾莉拉打出了鼻血，然后说：“你才是那个要留下来的人，直到学会尊重你的姐妹！娜宰尼，赶紧让大家准备好出门，我可没有耐心多等了！”

娜宰尼慌乱地说：“是，婶婶。”

麦哈尔娜笑着看了看正擦着鼻血的贾莉拉，说：“好好感受突如其来的美妙吧……走，姐妹们，跟着婶婶出发吧，别惹她不高兴。”

于是三个女孩走出门，留下贾莉拉怒气冲冲地盯着她们。

阿芙萨尔让大家围成一个圈，同时手拉在一起、闭上眼睛。几秒后，当她们再次睁开眼，已经去到了一个被枣椰树围绕的美丽海岸。娜宰尼盯着大海，笑着问道：“婶婶，我们现在在哪儿？”

阿芙萨尔说：“代拉米特城。”

那是一个跟村落一般大小的城邦，到达城中心后，阿尔提斯问阿芙萨尔说：“婶婶，现在该怎么做？”

阿芙萨尔看着来往的路人，说：“分头行动，去找美丽的姑娘！”

而后三个女孩便分散开来，而阿芙萨尔则留在原地等她们。不到一个小时，麦哈尔娜抓着一个小女孩的手走了回去，还对小女孩说：“来吧，别害怕，婶婶会给你糖吃的。”

阿芙萨尔问道：“麦哈尔娜，这是谁？”

麦哈尔娜笑着说：“按您要求找的漂亮女孩，婶婶！”

阿芙萨尔依然盯着路人，平静地说：“比你漂亮并不意味着真的漂亮。而且她的年纪还太小，你是从她母亲那里把她抓来的吗？”

麦哈尔娜不作声。

阿芙萨尔继续观察着路人说："在让我们陷入大麻烦之前，把她送回到她母亲那里去，蠢货。"

麦哈尔娜说："是……"

之后没多久，阿尔提斯跟一个成年女孩又来到阿芙萨尔面前，然后问道："您觉得这个迷人的女孩如何，婶婶？"

阿芙萨尔只是瞥了一眼那个女孩便收回了目光，说："不合格。"

阿尔提斯问道："为什么？"

阿芙萨尔看了路人，说："因为她不是女孩。"

阿尔提斯震惊地大声问道："什么？！"

阿芙萨尔说："小点声，把这个男孩送回到你找到他的地方去。"

阿尔提斯转身看向身边的人，说："你真的是个男孩？"

男孩点点头，说："是的。"

阿尔提斯说："那你为什么不告诉我？"

男孩说："你没有问我啊……"

阿芙萨尔说："在引起怀疑前赶紧离开这里。"

阿尔提斯便和男孩一起离开了。又过了大概半小时，娜宰尼回去站到婶婶身边，和她一起看着路人，同时笑着说："我找到您想找的女孩了，婶婶。"

阿芙萨尔叹了口气，说："别让我失望，连心眉。你的两个蠢货姐妹快把我气死了。"

娜宰尼说："在城市尽头有一个孤儿院。"

阿芙萨尔说："继续说。"

娜宰尼继续说道："我在他们之中发现了一个非常美丽的女孩，年纪也适合我们组织，有些小但是差不多。"

阿芙萨尔说："走，我们去看看。"

娜宰尼说："那我那两个姐妹怎么办？"

阿芙萨尔说："没事，我们之后再回来找她们。"

接着两人往那个孤儿院走去。到达之后，一个老妇人将她们请进了门。阿芙萨尔表达了自己想领养一个女孩的意愿后，老妇人说："没问题，但我得知道你的身份、从何而来。而且那个孩子必须自愿跟你们走。"

阿芙萨尔说："我想收养的并不是一个小孩。"

老妇人说："那你之前认识她？"

阿芙萨尔说："不，但是我的女儿没有姐妹，因此希望我能收养一个之前她看到的女孩。娜宰尼，你跟她说说。"

娜宰尼说："是……是的，我很喜欢那个女孩，她有小麦色的皮肤，我想让她成为我的姐妹。"

老妇人问道："你是说安哈尔？"

娜宰尼说："我不知道她的名字，婶婶。"

老妇人说："我们这里只有她一个人是小麦肤色。但是她并不是孤儿。"

阿芙萨尔问道："那她在这里做什么？"

老妇人说："这个女孩是一个阿拉伯女人的孩子。那个女人和自己的波斯丈夫一起来到波斯定居，但男方家人反对他与阿拉伯女人结婚，要求他们分开。但男人拒绝了，于是和妻女来到了代拉米特，因为这里的居民比较能接受半岛居民。安哈尔从十五岁起就和母亲来这里帮我照顾那些孤儿。不幸的是，她的母亲因病去世了，而父亲也因日夜照顾她母亲而在不久后染上了同样的病，接着也去世了。由于孩子们很喜欢她，我也需要她的帮助，所以从那以后她就和我一起住在了这里。"

阿芙萨尔起身说道："谢谢您，不过我们现在准备离开了。"

娜宰尼拽了拽阿芙萨尔的衣角，跟她耳语道：“婶婶您怎么了？那个女孩很适合。”

阿芙萨尔把她拉到一旁，说：“你疯了吗？你想让我招募一个阿拉伯人到我的组织里？”

娜宰尼说：“谁说她是阿拉伯人了？”

阿芙萨尔说：“你没听到那个老妇人的话吗？”

娜宰尼说：“她的母亲是阿拉伯人罢了，但她的父亲可是波斯人，她自己也说波斯语。”

阿芙萨尔说：“但我心里还是不太舒服……我们去找别人吧。”

正在她们商量的间隙，一个美貌无比的女孩走进了屋。她有着小麦色皮肤、一双漆黑的大眼睛和齐腰的乌黑长发。她朝老妇人走去，问道：“您找我有什么事吗，婶婶？”

阿芙萨尔只觉她让人惊艳，于是说：“姑娘，过来。”

女孩走到她面前，微微垂下头。阿芙萨尔将手放到她的脑袋上，手指抚了抚她的头发，说：“你的头发真美，是遗传自你的母亲吗？”

女孩说：“是的。”

阿芙萨尔说：“混血儿，你叫什么名字？”

女孩说：“安哈尔。”

阿芙萨尔又说：“你对你的母亲有多了解？”

女孩说：“我只知道她是我的母亲。”

这时娜宰尼问道：“你愿意跟我们走吗？”

安哈尔抬起头看向她，问道：“跟你们去哪儿？”

阿芙萨尔说：“去比这里更好的地方，过比在这里做帮佣更好的生活……去收拾你的行李吧。”

安哈尔转而看向老妇人，老妇人点头表示没有意见，于是她便走出了房间。

老妇人说："安哈尔是个好女孩，你们要好好对她。"

阿芙萨尔将一袋子的钱抱在怀里，说："她在你这里是佣人，在我们那里也会是佣人。"

娜宰尼有些讶异地看向婶婶，但没有吭声。

几分钟后，安哈尔拿着一个破口袋站在了孤儿院门口，依然垂着头。阿芙萨尔对娜宰尼说："把她带到外面去。"

娜宰尼拍了拍安哈尔的肩膀，笑着说："安哈尔，我们走。"

之后两个女孩走出了孤儿院，剩下阿芙萨尔和老妇人单独在一起。老妇人将钱袋子放到一边，说："你要对那个女孩好一些，她无父无母，心地善良。"

但阿芙萨尔问道："她母亲是从阿拉伯哪里来的？"

老妇人说："我不知道，只知道她是从阿拉伯半岛来的，其他的就不清楚了。"

阿芙萨尔满脸厌恶地说："没什么区别，都是蠢货。"

说完便也走出了孤儿院。看到娜宰尼和安哈尔在一起嬉闹，她吼道："娜宰尼，别浪费时间了！我们回去吧！"

娜宰尼赶紧牵着安哈尔跑到婶婶身边，用另一只手拉住婶婶。阿芙萨尔闭上眼睛开始念咒语，娜宰尼也跟着照做。而安哈尔害怕地一手拉着娜宰尼，一手将自己的袋子拥在胸口。阿芙萨尔冲她喊道："闭上眼睛，愚蠢的人。"于是她吓得赶紧闭上了眼睛。等睁开眼时，她已经到了巴斯塔克城阿芙萨尔的家门前。阿芙萨尔一边往屋里走一边对娜宰尼说："回代拉米特去把你的两个姐妹带回来。"

娜宰尼说："是，婶婶。"

接着她念起自己不久前才掌握的瞬移咒，去代拉米特接麦哈尔娜和阿尔提斯。

阿芙萨尔自顾自进了屋，留下安哈尔独自站在屋外。她紧紧拖着自己的破口袋，不安地看着周遭。进门后没多久，贾莉拉一脸怒气地走出屋子，上去就狠狠打了安哈尔一个耳光，让安哈尔摔在了地上。

安哈尔捂着自己的脸，强忍着眼泪，满脸写着不解。而后贾莉拉说："婶婶命令你立马开始打扫屋子！"

安哈尔说："是……"

贾莉拉跟着又在安哈尔背上踢了一脚，说："今天没剩多少时间了，赶紧动起来！"

安哈尔沉默地站起身，默默流着眼泪开始清扫起屋子来。而阿芙萨尔则坐在她面前看着她，手里转动着木珠。过了一会儿，娜宰尼和其他几个女孩回到了屋子。麦哈尔娜一进门就激动地说："我的新姐妹在哪儿呢？"

正埋头擦地的安哈尔抬起头，笑着说："我在这儿。"

贾莉拉拍了一下她的脑袋，说："谁让你停下的？"

麦哈尔娜大喊道："你为什么打她？"

贾莉拉说："关你什么事？"

阿尔提斯也对贾莉拉说道："你就不能收起你的丑恶嘴脸吗？！"

这时娜宰尼赶紧走到安哈尔身旁帮她打扫，但阿芙萨尔喝止道："你别管！"

娜宰尼说："但是，婶婶……"

阿芙萨尔又说："我让你别管！"

娜宰尼只好说："是，婶婶。"

麦哈尔娜问道："婶婶，这是发生了什么？"

阿芙萨尔说："都跟我到房间里去。"

于是包括安哈尔在内的所有人都跟上了她，但阿芙萨尔回头对她说："你继续回去做你的事！"

安哈尔低下头说："是。"

女孩们和婶婶聚到房间里，贾莉拉关上了门。阿芙萨尔坐在床头，拿起木珠转动起来。沉吟片刻后，她盯着木珠说："我希望你们都不要对这个女孩好。"

阿尔提斯问道："为什么呢，婶婶？她做错了什么？"

贾莉拉说："别跟婶婶争辩！"

麦哈尔娜说："闭嘴，你这个舞女，让我们听她说。婶婶，这个女孩不是已经加入我们的组织了吗？"

娜宰尼在一旁不作声。

阿芙萨尔说："没错。"

麦哈尔娜说："那为什么我们还要欺负她？"

阿芙萨尔说："她活该。"

贾莉拉阴笑着说："小赤脚，听明白了吗？"

麦哈尔娜说："我不明白！婶婶，告诉我们她到底犯了什么错。"

阿芙萨尔说："你们不必知道。违令的人就等着受罚吧……现在除了娜宰尼，其他人都出去。"

所有人都费解地走出了阿芙萨尔的房间，除了一直满脸笑容的贾莉拉。娜宰尼站在原地等着婶婶的吩咐。阿芙萨尔从沉默中开口对她说："离我们去阿拉伯替我父亲报仇的日子越来越近了，但我需要三个强大的咒语。"

娜宰尼问道："什么咒语，婶婶？"

阿芙萨尔说："只有巴里兹山的魔法师掌握的沉默咒，还有塞巴城魔法师的水咒。"

娜宰尼说："那第三个呢？"

阿芙萨尔说："在提拉伊斯。"

娜宰尼说："那怎么才能获得这些咒语？"

阿芙萨尔说："我们不能强迫他们把咒语给我们，那样只会招致报复，他们可都是有威望的魔法师。"

娜宰尼又问道："那现在怎么办？"

阿芙萨尔说："跟他们进行交易。"

娜宰尼说："用什么跟他们交易？"

阿芙萨尔说："用那个混血儿。"

娜宰尼不解地问道："什么？您说的交易是指什么？"

阿芙萨尔说："男魔法师通常都很放纵自己的欲望，像安哈尔这样的美人对他们来说就像稀世珍宝一样。"

娜宰尼脸上露出一丝担忧，说："我不明白，婶婶……"

阿芙萨尔补充道："我们将用与她独处一夜作为筹码，跟那几个魔法师分别交换咒语。"

娜宰尼说："但她是我们的姐妹……"

阿芙萨尔吼道："我说了不准对她抱有善意！你去准备准备，我们明天去巴里兹山。你去帮她准备一下，祈祷明天魔法师看到她那张脸后能答应我们的条件吧！"

娜宰尼走出房间，不敢相信刚刚所听到的。房间外，麦哈尔娜和阿尔提斯正在和贾莉拉吵架，而安哈尔一边擦地一边看着她们。娜宰尼回过神后冲她们吼道："别吵了！都出去！"

女孩们奇怪地看了看她，而后悻悻地走出了屋。娜宰尼走向依然在擦地的安哈尔，平静地说："你先停一停。"

安哈尔停下后起身问道："你需要我去擦别的地方吗？"

娜宰尼难过地说："没有。"

安哈尔又问道："那要我也离开吗？"

娜宰尼说："不……你去洗洗自己的衣服吧。"

安哈尔说："好吧。"

傍晚时分，大家聚在一起吃晚饭。安哈尔在贾莉拉的命令下准备好了食物。当她把食物端到大家面前时，阿芙萨尔震怒道："谁让你给我们准备食物的？"

安哈尔说："是贾莉拉让我做的，婶婶……"

贾莉拉慌张地说："我什么也没让她做……"

阿芙萨尔说："准备食物是你和阿尔提斯的责任！今天轮到你们谁了？！"

阿尔提斯一脸坏笑地说："昨天是我做的饭，所以今天不是我负责。"

贾莉拉不知所措地说："今天是她坚持要给我们做饭的！"

安哈尔疑惑地看着贾莉拉，说："你是说我吗，贾莉拉？"

贾莉拉说："是的，就是你！"

阿芙萨尔说："够了！安哈尔，你先当着我们的面试吃这些食物！"

安哈尔说："为什么？我会和你们一起吃的。"

阿芙萨尔说："别啰嗦，快吃！"

于是安哈尔当着大家的面尝了其中一道菜。

但阿芙萨尔说："每一道都尝一遍。"

安哈尔哭了起来，说："为什么啊，婶婶？"

阿芙萨尔打了她一耳光，说："把所有菜都尝一遍！"

安哈尔哭着照做后便离开了房间。

而后阿芙萨尔平静地说："我们现在可以吃了。"

麦哈尔娜气愤地站起身，说："我不饿！"

阿尔提斯也跟着说："我也是。"

而贾莉拉说："虽然这些菜看起来很难吃，但我还是要吃的。"

娜宰尼沉默。

于是三个人吃了起来。期间娜宰尼说："食物的味道很不一样，婶婶。"

阿芙萨尔说："可能是那个混血儿在里面吐了口水。"

娜宰尼说："我是说它很美味……"

阿芙萨尔说："打点好你自己和混血儿，明天一早我们就去巴里兹山，这才是要紧事。"

娜宰尼说："是，婶婶。"

贾莉拉问道："我可以跟你们一起去吗？"

阿芙萨尔说："不行，你和两个姐妹留在这里，确保她们不要惹麻烦。"

贾莉拉说："是，婶婶。"

饭后，阿芙萨尔独自走进房间，关上了门。而娜宰尼开始收拾起桌子。这时贾莉拉对她说："有女佣在，你还收拾桌子干什么？"

娜宰尼大声对她说："她不是佣人，在我对你不客气之前，回你自己的床上去！"

贾莉拉走开之前笑着说："蠢货。"

娜宰尼哭着继续收拾。之后安哈尔走进屋帮她，并问道："姐姐，你怎么了？"

娜宰尼说："没事，安哈尔，没事。你去准备一下，我们明天清晨就要和婶婶出门了。"

安哈尔问道："去哪里？"

娜宰尼说："巴里兹山。"

安哈尔又问道："巴里兹山？为什么？"

娜宰尼收拾完桌子后，把手放到安哈尔肩膀上，说："现在先别多想，早点睡吧，明天起来再做准备。"

安哈尔说："准备什么？"

娜宰尼说："去见一个重要的人……把自己打扮得漂亮些。"

安哈尔说："是。"

那之后所有人都相继入睡。

黎明之前，阿芙萨尔用木棍轻轻戳了戳娜宰尼的额头，说："让混血儿准备一下，我们一会儿就出发。"

娜宰尼揉了揉蒙胧的睡眼，说："是，婶婶。"

而后她把安哈尔叫醒，让她穿上好看的新衣服。安哈尔问道："到底是什么人物值得我们如此打扮？"

娜宰尼没有接话。

在帮安哈尔做好准备后，三人走到屋子的前院。阿芙萨尔念出瞬移咒，几个人转眼间便去到巴里兹山山脚。那里的天气很冷，而安哈尔衣着轻薄，不禁打起冷战。阿芙萨尔说："忍着点，魔法师家就在附近。"

安哈尔问道："魔法师？什么魔法师？"

娜宰尼说："走吧，安哈尔，别担心。"

安哈尔走到娜宰尼前面，同时跟在阿芙萨尔身后，说："我还以为我们是要去见一个重要的人物呢。"

娜宰尼有些难过地说："对婶婶来说确实很重要……"

在寒冷的山脚走了没多远，她们来到一个小茅草屋前，而太阳也开始升起来。阿芙萨尔往前走了走，说："我现在进去，你们在这里等着。"

说完便进屋关上了门，留两个女孩在屋外。

安哈尔往手上呼着热气，说："既然婶婶自己进去了，那为什么还要带我们来这里？”

娜宰尼难过地看着她，不作回应。

安哈尔又看了看自己的衣服，说：“而且你们为什么让我穿得这么少？”

娜宰尼依然只是淡淡地盯着她看。

安哈尔又问道：“你为什么不回答我……你是生我的气了吗？”

娜宰尼苦笑着说：“不，安哈尔，我没有生你的气。”

安哈尔追问道：“那你为什么不回答我呢？”

这时一个老人站到茅草屋窗前，盯着安哈尔看了一会儿后关上了窗。

安哈尔问道：“娜宰尼，这是谁？”

娜宰尼不说话。

婶婶走出屋子，示意让安哈尔过去。娜宰尼也想跟上去，但被阿芙萨尔制止。安哈尔走到门口，看到一个耄耋老人家微笑着看着她，说：“这就是安哈尔？”

阿芙萨尔说：“是的，那我们现在成交了吗？”

老魔法师说：“明天来带走她，顺便拿走你想要的咒语。”

话音刚落，他便将安哈尔迅速扯到自己怀里，并将她带进屋关上了门。听到安哈尔的呼救声后，娜宰尼朝屋子冲过去。但阿芙萨尔笑着走过去阻止了她，并让她跟自己回巴斯塔克。她只能沉默地遵从。

回到巴斯塔克，两人都没有跟其他几个女孩说起刚才发生的事。阿芙萨尔回到自己的房间后，女孩们开始疯狂对娜宰尼发问，好奇地问她们去做了什么，而安哈尔又为什么没有跟她们一同回来。但娜宰尼只是沉默地避开她们，让她们更加困惑。第二天，阿芙萨尔独自去找安哈尔，没有再让娜宰尼陪同，只让她在家里等她回来。

她去到老魔法师在山脚下的茅草屋，敲了敲门。老魔法师开门看到她后，笑着说："很准时嘛，阿芙萨尔。"

阿芙萨尔问道："那个女孩在哪儿？"

老魔法师说："急什么？先进来吧。"

进屋后，阿芙萨尔脸上露出不悦的表情，她问道："那个女孩在哪儿？我们约定好的时间已经到了。"

老魔法师说："你不想要沉默咒了吗？"

阿芙萨尔说："什么？我当然想要。咒文是什么？"

老魔法师说："我可以告诉你，但是我要和你做一个新的交易。"

阿芙萨尔皱起眉头问道："什么交易？"

老魔法师说："我想让她在我这里多待一段时间。"

阿芙萨尔说："约定时间只有一天而已。"

老魔法师说："我知道，但我们现在在谈新的交易。"

阿芙萨尔问道："你想要什么？"

老魔法师说："我会把你想要的咒语给你，同时附加一个更强的、除了我以外没有第二个人知道的咒语。这是新交易中我的筹码。"

阿芙萨尔问道："你说的是什么咒语？"

老魔法师说："行迹咒。"

阿芙萨尔说："没听说过，这个咒语能做什么？"

老魔法师说："当你对着一个人的物品念出咒语后，无论这个人距离你有多远，你都能知道他的位置。你将拥有只有蓝族精灵才具备的能力。"

阿芙萨尔说："根本就不存在这种能力。"

老魔法师大笑起来，说：“我可告诉你，除了我没有人拥有这个能力。”

阿芙萨尔问道：“那获得这个咒语的代价是什么？”

老魔法师说：“让安哈尔在我身边待一年。”

阿芙萨尔说：“什么？一年？太久了！”

老魔法师说：“这就是我的条件。”

阿芙萨尔说：“我同意，但我有一个条件。”

老魔法师问道：“什么条件？”

阿芙萨尔说：“我要在约定期满前得到这两个咒语，因为我不知道这一年里会发生什么，保不齐你会死掉，老头子。”

老魔法师大笑着说：“没问题。”

于是他将两个咒语都告诉了阿芙萨尔，并让她离开，一年后再回去带走安哈尔。阿芙萨尔在走出屋子前说：“离开前我想见她一面。”

老魔法师说：“为什么？”

阿芙萨尔说：“我将她留在你这里一年，几分钟时间不会影响到你。”

老魔法师想了想，说：“没问题，你去屋子后面就可以找到她。但你不能跟她说话。”

阿芙萨尔走到屋后，一看到安哈尔她便捂住了自己的嘴。只见安哈尔被链条捆在树上，浑身上下满是被折磨的痕迹。阿芙萨尔走到已经晕厥的安哈尔身边，摸了摸她的脑袋，说：“你不会再继续待在这个无耻之徒身边了。”

然后她回到茅草屋，对老魔法师说：“我走了，明年再见。”

魔法师微笑着说：“愿你平安，阿芙萨尔。”

阿芙萨尔走出屋子，用瞬移咒回到了巴斯塔克。紧接着她迅速进屋，看到女孩们正在吃早饭。在她开口前，娜宰尼先向她问道：“婶婶，安哈尔呢？”

阿芙萨尔看着女孩们，说：“我们之前从没试验过我们作为一个组织的力量，让我们今天去试一试，如何？”

麦哈尔娜吃着东西，问道：“婶婶，您这是什么意思？”

阿芙萨尔说：“巴里兹山的魔法师是整个波斯国最残暴的魔法师。”

阿尔提斯说：“那这跟试验我们组织的能力有什么关系呢？”

阿芙萨尔笑着说：“因为我们现在就要去杀掉他。”

女孩们都站起身来盯着婶婶看。娜宰尼说：“婶婶，他做了什么值得让我们杀掉他的事？”

阿芙萨尔脸朝向门外，说：“他虐待了我的女儿，哪怕她只是个混血儿，我也绝不接受这种事发生。”

娜宰尼大声说道：“我们现在就走！”

麦哈尔娜问道：“贾莉拉，你要跟我们一起去吗？”

贾莉拉说：“当然，除了我没人能欺负混血儿！”

于是大家走出屋子。短短几分钟，她们来到山脚下。快要走到老魔法师的茅草屋时，阿芙萨尔叫住她们，说：“我们千万不能离这个魔法师太近，就算我在这里，我们所有人的力量加起来也无法与他抗衡。我们只能智取。”

麦哈尔娜问道：“怎么智取？”

阿芙萨尔说：“听我说。”

她用了一个小时跟女孩们说明计划后，她们才敲响了魔法师家的门。老魔法师开门后看到娜宰尼带着一堆衣服站在门口，于是没好气地问道：“你是谁，来做什么？”

娜宰尼问道：“你不记得我了吗？”

老魔法师依然绷着脸，说：“不记得！”

娜宰尼笑着说：“我是阿芙萨尔的女儿之一，她带安哈尔来这里的那天我也在。”

老魔法师说：“不！我不记得你！”

娜宰尼继续笑着说：“没关系，这不重要。总之婶婶让我来把安哈尔的衣服拿给你，毕竟她要在你这里待一年时间。”

老魔法师说：“她不需要这些衣服。”

娜宰尼问道：“你会帮她买衣服吗？”

老魔法师不耐烦地看着娜宰尼说：“赶紧离开这里，否则你会后悔的，孩子。”

娜宰尼说：“我会怎么后悔？”

老魔法师抬起巴掌冲着已经悬到半空中的娜宰尼说：“我现在就让你看看你会怎么后悔！”

就在他准备用另一只手攻击娜宰尼时，阿尔提斯飞快从屋子后面出来冲向魔法师，但她还没来得及碰到魔法师，就发现自己也同娜宰尼一样双脚离开了地面。魔法师笑着说：“从什么时候开始老鼠也敢挑战黑魔法了？”

这时，贾莉拉拿着一块大石头从他背后往他的脑袋上扔。虽然没有命中，但成功吸引了他的注意，让他松开了另外两个女孩。他转头愤怒地朝贾莉拉脸上吹了一口类似黑烟的东西，让贾莉拉暂时失明。趁贾莉拉揉眼睛时，魔法师狠狠地掐住她的脖子，并逐渐收紧力气。

贾莉拉两只手抓着魔法师，但却丝毫没有让魔法师挪动半分，也无法移开他就要掐断自己脖子的手。直到看见阿芙萨尔朝自己而来，魔法师才迅速将贾莉拉扔到地上，转而掐住阿芙萨尔的脖子。他一边用力掐着阿芙萨尔一边说：“你怎么和你的贱人们回来了？这可不是我们说好的！”

阿芙萨尔呼吸困难，说不出话。

女孩们向着魔法师冲过去想解救婶婶，但魔法师念出咒语将她们全都固定在原地。阿芙萨尔趁机用手指将他的左眼挖了出来，魔法师将她摔在地上，喊道："该死！阿芙萨尔！游戏结束了，是时候去死了！"

阿芙萨尔笑着说："你说得没错……麦哈尔娜，到你了！"

这时麦哈尔娜突然拔出匕首，冲向魔法师。魔法师看到后大笑起来，说："你觉得就凭她拿着一把小匕首就能伤到我？"

阿芙萨尔笑着说："有本事阻止她试试。"

老魔法师对着飞速朝自己而来的麦哈尔娜念出一连串咒语。等他惊觉那些咒语对她毫无作用时却为时已晚，匕首已然插进了他的心脏。他倒在地上，而麦哈尔娜跪在他的胸口又连着补了几刀，直到他在惊恐和讶异中死去。而后其他几个女孩的束缚也就随之被解开。

缓过气后，阿芙萨尔让女孩们把安哈尔找出来，好让大家在引起魔法师的同党的注意前赶紧回到巴斯塔克城。但是在屋里屋外和周边都找了一圈后，她们都没能找到安哈尔。最后她们垂头丧气地回到婶婶身边。

娜宰尼担心地说："婶婶，我们连她的影子都没看到！"

贾莉拉说："可能魔法师已经杀了她，然后把她埋在了某个地方……"

麦哈尔娜不说话。

阿尔提斯说："婶婶，现在该怎么办？"

阿芙萨尔说："去找关于她的线索。"

娜宰尼问道："线索？您是指什么？婶婶。"

阿芙萨尔说："线索……她衣服的碎布或者首饰，任何东西都行。赶紧行动起来！没时间了！”

而麦哈尔娜突然说：“我这里有个东西，或许有用。”

阿芙萨尔说：“什么东西？”

麦哈尔娜说：“她之前戴的戒指，她离开前把它交给了我代为保管。”

阿芙萨尔说：“赶紧把戒指给我！”

麦哈尔娜一将戒指放到阿芙萨尔手中，阿芙萨尔便开始念起从巴里兹山魔法师那里学到的行迹咒。结束后，她只觉得异常疲累，胸口也感到一阵疼痛，不得不跪在了地上。就在这时，戒指从她手里蹦出来，并飞快地朝山里而去。大家都被眼前的一幕惊得呆住，而阿芙萨尔大喊道：“跟上那枚戒指！”

女孩们齐齐追在戒指后面，但由于戒指太小，想要紧跟住它并非易事。不过，阿尔提斯能借助光线反射一直准确地追踪着它的位置。没过多久，戒指自己缓缓落在了地上，停止了动作。大家都茫然地围在边上。而后阿芙萨尔也赶了过去，她捂着胸口、喘着粗气地问道：“你们怎么停下了？！”

娜宰尼说：“因为戒指停下了……”

阿芙萨尔盯着地上的戒指看了一会儿，接着大吼道：“挖这块地！”

女孩们感到有些费解，没有立即行动。阿芙萨尔在重复了几遍同样的话后，打了贾莉拉的后颈一个巴掌，于是大家赶紧挖了起来。还没挖得多深，她们便发现了一个很大的木匣子。阿芙萨尔让她们把匣子拿出来打开。照做后大家居然看到安哈尔就在匣子里面。

娜宰尼大哭起来，说：“她死了吗！”

阿芙萨尔在安哈尔脖子上后摸了摸后说：“没有。”

麦哈尔娜说：“太好了！”

贾莉拉问道：“那现在怎么办？”

阿芙萨尔说：“那个疯子到底想做什么？”

阿尔提斯说：“在有别人过来之前，我们得赶紧离开。”

阿芙萨尔说：“大家围成一圈，我们现在就回巴斯塔克。”

于是大家把阿芙萨尔围在中间，而阿芙萨尔抓着安哈尔的头发。短短几秒，她们一起回到了巴斯塔克城。一到屋前，女孩们便把安哈尔抬进屋里，为她处理伤口。而阿芙萨尔则独自回到自己的房间，关上了门。

大约一个小时后，阿芙萨尔从房间里走出来。她看到女孩们都因为过度疲劳而沉沉睡去，只有娜宰尼坐在安哈尔的床前。于是她走过去坐到她身边，问道：“她怎么样了？”

娜宰尼说：“看起来好些了，但依然没有清醒过来。”

阿芙萨尔说：“她得快点好起来，我们才好把她送到塞巴的魔法师那里去，以换取第二个咒语。”

娜宰尼不可置信地看着阿芙萨尔，说：“安哈尔现在连站都站不起来，您就已经在想着把她送到塞巴的魔法师那里去了？！”

阿芙萨尔站起身来，说：“我必须尽快拿到水咒。没有这个咒语，我们是对付不了那些阿拉伯女魔法师的。”

娜宰尼说：“可是，婶婶……”

阿芙萨尔朝房间外走去，说：“她一醒来你就告诉我，我好做安排。”

娜宰尼没有回应。

阿芙萨尔离开房间几个小时后，麦哈尔娜和阿尔提斯走了进去。她们对娜宰尼问道：“安哈尔怎么样了？”

娜宰尼说：“还好，但并不会一直好。”

麦哈尔娜问道：“为什么？”

阿尔提斯也问道：“你这话什么意思？”

于是娜宰尼把关于三个咒语的事以及婶婶与魔法师们之间的交易都告诉了她们。

阿尔提斯说：“没想到婶婶竟然如此心狠。”

麦哈尔娜说：“你没有像我们一样跟她相处过，她以前更甚。”

娜宰尼说：“我现在开始怀疑她根本就没有心……”

这时安哈尔说：“冷酷无情这个词用在她身上远远不够。”

娜宰尼赶紧抹了抹自己的眼泪，说：“老天保佑，还好你没事！”

麦哈尔娜笑着说：“你感觉如何？”

阿尔提斯也笑着说：“你饿了吗？”

安哈尔没有回答。

娜宰尼问道：“安哈尔，你怎么了？”

安哈尔说：“没事……你去跟婶婶说一声，我准备好离开了。”

麦哈尔娜说：“你要离开我们吗？”

安哈尔说：“我和婶婶在塞巴城还有任务，我应该尽早完成它。”

女孩们不解地看着她。

于是她又说：“娜宰尼，是你去跟她说还是我自己去？”

娜宰尼说：“不用不用，你别累着。我去跟她说。”

说完她满心疑惑地走出房间，朝阿芙萨尔的房间走去。在娜宰尼转达完安哈尔的话后，阿芙萨尔说：“很好……看来混血儿比我想的要聪明。那我们准备出发吧。”

娜宰尼问道：“抱歉，婶婶，我可以提一个小小的请求吗？”

阿芙萨尔问道：“什么请求，连心眉？”

娜宰尼说：“从加入我们到现在，安哈尔一直没有学过任何的咒语，因此巴里兹山的魔法师才能轻易利用她。我们为什么不教她一些咒语呢？这样在与塞巴魔法师发生任何问题或是被利用时，她也好保护自己。”

阿芙萨问道：“谁说我想要她保护自己了？我就是想让塞巴的魔法师利用她。”

娜宰尼困惑地问道：“您这是什么意思？”

阿芙萨尔说：“你走吧，去帮她准备好。我们清晨就出发。”

娜宰尼说：“婶婶，我不能和你们一起去。”

阿芙萨尔说：“你是想违抗我的命令吗，连心眉？”

娜宰尼说：“不是的，婶婶。但今天和巴里兹山魔法师对峙的时候，我的脚受伤了，很疼，恐怕难以跟你们一起去塞巴。”

阿芙萨尔说：“随你吧，那你挑一个姐妹明天代替你跟我们去。”

娜宰尼在走出房间前回应道：“是，婶婶。”

而后她直接走向阿尔提斯，并对她说：“我要你明天陪婶婶和安哈尔去塞巴城。”

阿尔提斯问道：“好吧，但是为什么你不跟她去？”

娜宰尼说：“我不能去。”

阿尔提斯又问道：“为什么？”

娜宰尼说：“你去不去？不去的话我就让麦哈尔娜去。”

阿尔提斯说：“我没有拒绝的意思，只是想知道原因。”

娜宰尼说："没有原因，你去就行了。"

阿尔提斯说："好吧，就照你说的做。"

黎明之前，娜宰尼叫醒了阿尔提斯和虚弱的安哈尔，为她们做准备。阿芙萨尔也早早地比大家都先起了床，在屋外等着她们。出发前，娜宰尼抱住安哈尔，说："照顾好自己。"

安哈尔说："姐姐别担心。"

接着两个女孩出门走到了阿芙萨尔身边。阿芙萨尔说："都抓好我。"

不一会儿三个人便到了塞巴城。

魔法师住在梅赫兰河畔的一个小帐篷里，远离人群喧嚣。三人走到帐篷前时，阿芙萨尔让两个女孩先在外面等她。因为她知道那个魔法师不喜欢人多，所以决定自己先进去。然而，她在帐篷里久久不出来，阿尔提斯开始大声叫她，但无人应答。同时阿尔提斯看到安哈尔正抱着自己发抖，于是问道："安哈尔，你怎么了？"

安哈尔说："只是觉得有点冷。"

阿尔提斯把手放到安哈尔的额头上，被滚烫的温度吓了一跳，说："你发烧了！"

安哈尔没有接话，蜷在地上。

两人就这样一直等在帐篷外，直到困意来袭。再次睁眼时，阿尔提斯发现自己已经在巴斯塔克的房子里。婶婶就在自己身边，娜宰尼在哭，麦哈尔娜眉头紧锁，而贾莉拉则哼着歌在准备晚餐。

她不安地起身问道："发生了什么？安哈尔在哪儿？"

阿芙萨尔笑着说："和塞巴魔法师在一起。"

阿尔提斯扶着额头说："我都不记得发生了什么了。"

阿芙萨尔依然笑着说："那个魔法师一开始对我开出的条

件有些犹豫，但最终还是屈服了。他本不想接受一个满身是伤的女孩，但在看到混血儿那双乌黑的大眼睛后，他迅速改变了主意。”

贾莉拉一边做着饭一边坏笑着说：“婶婶，再跟我们说一遍，那个魔法师是怎么说阿尔提斯的。”

阿尔提斯说：“婶婶，她是怎么说我的？”

阿芙萨尔笑着说：“他说他也想要你。”

阿尔提斯紧张地说：“什么？！”

阿芙萨尔说：“放心，我没有把你让给他那般卑鄙的魔法师。”

麦哈尔娜不高兴地说：“那为什么要扔下安哈尔？”

阿芙萨尔摸着阿尔提斯的头发，看着麦哈尔娜的眼睛说：“波斯女孩不是用来买卖的。”

麦哈尔娜讽刺地说：“看来贾莉拉并不懂得这个道理。”

贾莉拉把饭锅往地上一扔，吼道：“你什么意思？！”

阿芙萨尔平静地说：“我要去睡了，免得今天的好心情被你们扰乱。你们自己吃饭吧，不要熬夜。明天麦哈尔娜和贾莉拉去把混血儿带回来。咒语我已经提前从魔法师那里拿到了，没必要再亲自去一趟。”

麦哈尔娜说：“为什么那头牛要和我一起去？”

贾莉拉说：“小赤脚，小心你的舌头！”

阿芙萨尔淡定地走进房间，说：“你们一起去，没得商量。”

天亮之前，麦哈尔娜先醒了过来。她走进贾莉拉的卧室，看到她睡得正酣。在贾莉拉的后背上踢了几脚后她依然没有醒来，于是麦哈尔娜决定独自行动。那时组织里的所有成员都已经掌握了瞬移咒。

所有人都起床后，聚到了早餐桌边，包括阿芙萨尔。娜宰尼把食物放到桌上后，阿芙萨尔问道："你的姐妹们从塞巴回来了吗？"

娜宰尼回答道："我也不知道，婶婶。我醒来后就直接开始准备食物了。"

阿尔提斯说："我觉得她们应该已经回来了。我从这里都能听到贾莉拉的鼾声。"

阿芙萨尔说："是啊，应该是回来后太疲累就又睡下了。"

娜宰尼问道："婶婶，需要我去把她们叫醒吗？"

阿芙萨尔说："不用，让她们好好休息吧。去看看混血儿怎么样了。"

娜宰尼说："是。"

说完她朝安哈尔的房间走去，但并没有看到安哈尔。于是她回到阿芙萨尔身边说："婶婶，我没有找到安哈尔。"

阿芙萨尔说："可能她和麦哈尔娜睡在一起了。"

但阿尔提斯说："麦哈尔娜是跟我一起睡的，但我醒来时没有看到她。"

阿芙萨尔开始担心起来，说："阿尔提斯，去把那头牛叫醒，问问她她的两个姐妹在哪儿！"

阿尔提斯飞快起身向贾莉拉的房间走去，一边说："是，婶婶！"

她走进房间，用力地摇晃贾莉拉，大声问道："贾莉拉！贾莉拉！安哈尔和麦哈尔娜在哪儿？你们是什么时候从塞巴城回来的？"

贾莉拉懒懒地睁开眼睛说："塞巴城？"

阿尔提斯说："是啊，你早上没有去魔法师那里找安哈尔吗？”

贾莉拉一个激灵从床上坐起来，说：“麦哈尔娜没有把我叫醒跟她一起去！”

阿尔提斯说：“什么？！所以她们还没回来？！”

贾莉拉说：“我不知道啊！”

阿尔提斯吹着自己额前的白发，说：“你赶紧去告诉婶婶！”

贾莉拉说：“好。”

她走出房间，跟婶婶解释了发生的一切。阿芙萨尔听完后厉声斥责道：“你这个蠢货！为什么不告诉我你不想跟麦哈尔娜一起去！”

贾莉拉说：“婶婶，我发誓是她没有叫醒我！”

阿芙萨尔说：“别撒谎，这会令我更生气！”

贾莉拉低下头说：“是，婶婶。”

阿芙萨尔继续说道：“走吧，都准备一下，我们一起去塞巴城。但愿现在还为时未晚！”

她们去到之前魔法师扎营的河边，但并没有看到任何帐篷，也没看到魔法师和两个女孩。阿芙萨尔四处环顾了一下，没有发现魔法师和两个女孩留下的任何痕迹，于是示意女孩们分头去搜寻。女孩们分散开各自行动时，阿芙萨尔走到岸边，边走边沉思着。过了一会儿，女孩们都丧气地回到阿芙萨尔身边。阿芙萨尔先是愤怒地看了看贾莉拉，但很快那种情绪就转变为胸口的剧痛，随之她便倒地晕厥了过去。

醒来后，阿芙萨尔发现自己已经回到了自己的房间里。正当娜宰尼把毛巾放在她的额头上时，她用力抓住娜宰尼的手问道：“连心眉，找到你的姐妹们了吗？！”

娜宰尼说：“还没有，婶婶……但是贾莉拉和阿尔提斯又回塞巴城去找了。”

阿芙萨尔叹了一口气，说：“贾莉拉那个蠢货。”

娜宰尼再次把毛巾放到婶婶的额头上。

阿芙萨尔说：“真希望我之前没有选择信任她。”

娜宰尼安慰道：“别担心，婶婶。麦哈尔娜可是个厉害的女魔法师，她能保护好自己和安哈尔的。”

阿芙萨尔说：“厉害？塞巴城的魔法师比巴里兹山的魔法师还要强大得多。我们全部加起来能不能打败他都很难说。”

娜宰尼说：“那婶婶您为什么不使用行迹咒去追踪麦哈尔娜呢？”

阿芙萨尔说：“我不能，这种咒语会消耗我大量的能量，我目前的身体状况不允许。”

娜宰尼问道：“那您对我有什么吩咐吗，婶婶？”

阿芙萨尔说：“跟上她们两个，跟她们一起去找。”

娜宰尼说：“可是，婶婶……”

阿芙萨尔震怒道：“快去！连心眉，去找你的姐妹们。如果找不到她们你也不用回来了！”

娜宰尼说：“是，婶婶，您别激动……”

说完她直接出门朝塞巴城而去。

再到塞巴城时，已是夜晚时分，四下寂静无声。娜宰尼在河边慢慢地走着，仔细观察着周遭的情况，期望能找到任何一样能够带她找到魔法师或姐妹们的线索。突然间，她听到附近的林子里传来叫喊声，于是她直接深入到枣椰树丛中。很快她就看到贾莉拉、安哈尔和麦哈尔娜被绑在了树上，而在她们跟前的阿尔提斯刚刚为了保护姐妹们而与塞巴魔法师进行了一番恶战，看起来已筋疲力尽。娜宰尼朝魔法师走过去，对他使出了很多咒语。但魔法师太过强大，轻而易举就将她摔到了地上。阿尔提斯冲魔法师大喊道：“放过她！跟我打！”

塞巴魔法师大笑着说：“小姑娘，你要做什么？”

阿尔提斯开始默念起咒语，头发和眼珠的颜色随之全部变成白色，同时还有一团火在她周围渐渐聚拢起来。魔法师紧张地问道：“你是从哪里得到这个咒语的？！”

阿尔提斯并没有回答，只是笑了笑，将掌心对准魔法师。从她手里冲出来的一团巨大的白光瞬间将魔法师点燃。而后阿尔提斯便倒地失去了意识。醒来后，阿尔提斯看到坐在自己身旁微笑着的麦哈尔娜。麦哈尔娜对她说：“老天保佑。”

阿尔提斯问道：“发生了什么？”

麦哈尔娜笑着说：“你发疯之后，把我们从那个下流的魔法师手里救了出来。你用的那个强大的咒语是什么？”

阿尔提斯没有回答。

阿芙萨尔在一旁说：“是卡尔曼魔鬼咒。”

阿尔提斯依然沉默。

麦哈尔娜说：“卡尔曼魔鬼？”

阿芙萨尔说：“没错，阿尔提斯的爷爷并非只是族长，还是卡尔曼家喻户晓的魔法师。对吗，阿尔提斯？”

阿尔提斯还是不说话。

麦哈尔娜笑起来，说：“你之前怎么不告诉我们你是个这么有能耐的魔法师？”

阿尔提斯说：“我一点儿也不厉害……”

阿芙萨尔说：“阿尔提斯，我把你招募进来并不是没有原因的。”

阿尔提斯不接话。

这时阿芙萨尔起身说道：“现在先好好休息吧。”

阿尔提斯问道：“婶婶，安哈尔还好吗？”

阿芙萨尔说："她会活下来的。"

麦哈尔娜也笑着对阿尔提斯说："很遗憾，那头牛也是。"

阿芙萨尔走到屋外，看到娜宰尼和贾莉拉正在喷水池前说话。

阿芙萨尔说："娜宰尼，混血儿怎么样了？"

娜宰尼说："不太好，我觉得她一时半会儿出不了门了。"

阿芙萨尔说："现在只差提拉伊斯魔法师的咒语了，我们不能浪费时间。巴里兹山和塞巴城的魔法师相继被杀，肯定会引起大魔法师们的怀疑，他们迟早会发现我们就是凶手。所以我们必须尽早出发去阿拉伯。"

贾莉拉说："婶婶，让我替她去吧，也好弥补我犯的错。"

阿芙萨尔说："你不如她漂亮，没什么可用来谈判的筹码。想要得到提拉伊斯魔法师的咒语，我们只能等混血儿恢复得差不多了再行动。"

贾莉拉一脸挫败地说："那就听您的，婶婶。"

这时阿芙萨尔突然一手捂住胸口，另一只手扶在墙上，咳了起来。

娜宰尼问道："婶婶您怎么了？"

阿芙萨尔说："没事。"

说完便瘫在了地上。贾莉拉和娜宰尼急忙将她扶进房间里。

用毛巾冷敷了几次后，阿芙萨尔问道："娜宰尼在哪儿？"

安哈尔说："和贾莉拉去市集了。"

阿芙萨尔又问道："那麦哈尔娜和阿尔提斯呢？"

安哈尔说："麦哈尔娜在照顾阿尔提斯。"

阿芙萨尔说："那你呢？"

安哈尔说："您高烧不退，所以我在这里照顾您。"

阿芙萨尔没有说话。

安哈尔拧了拧毛巾，继续说："塞巴城的魔法师想杀了我。"

阿芙萨尔依然不作声。

安哈尔又说："他好像跟您一样憎恶代拉米特城的人。"

阿芙萨尔说："我并不讨厌代拉米特城的人。"

安哈尔将毛巾放到阿芙萨尔额头上，说："或许吧。"

阿芙萨尔不接话。

安哈尔又说："我抵抗了一阵子，直到麦哈尔娜来牵制住了他。"

阿芙萨尔问道："你怎么抵抗的？"

安哈尔换下毛巾，说："我用了一些咒语。"

阿芙萨尔问道："咒语？可我没有教你任何咒语啊。"

安哈尔笑着说："我有过耳不忘的能力。来到这里后，我记下了所有从姐妹们那里听到的咒语，同时还有您从塞巴魔法师那里获取的水咒。"

阿芙萨尔说："什么？没有谁能够这么快地记住咒语。况且，即使记下了咒文，但实际的运用也需要遵循字母声调和停顿节点。"

安哈尔又换了一次毛巾，说："或许吧。"

接着两人都沉默一会儿。

阿芙萨尔打破沉默问道："你的脸看起来比从巴里兹山魔法师那里回来后还要糟糕，你在塞巴魔法师那里都发生了什么？"

安哈尔笑着说："没什么特别的，毒打和折磨。我不明白他们为什么这么热衷于此。"

阿芙萨尔说："因为他们就是一群禽兽。"

安哈尔说："尽管如此，您还是把我放到金盘子上呈到了他们面前。"

阿芙萨尔叹了叹气，而后看着天花板说："我需要他们的咒语。"

安哈尔说："没关系，婶婶，只剩下一个魔法师了。"

阿芙萨尔说："你看起来丝毫没有不满。"

安哈尔说："为了成为你们中的一员，我可以做任何事。我以前没有家人，我爱这里的姐妹们，甚至是贾莉拉。尽管她对我很残酷，但也比作为孤儿的那种残酷来得好。"

阿芙萨尔不说话。

安哈尔继续说："我没有生您的气，婶婶。我会做任何您想要的事让您满意，哪怕付出生命，因为只有待在您身边我才能得到快乐。"

阿芙萨尔说："企图讨好别人是对自己的摧残。"

安哈尔说："你们就是我的幸福源泉，为了你们我愿意赌，也会坚持下去。"

阿芙萨尔的双眼开始泛红，几乎就要哭出来，但还是控制住了自己。她起身抱了抱安哈尔，说："寄托在他人身上的幸福注定是残缺的，傻子。"

安哈尔也抱住阿芙萨尔说："残缺的幸福总好过彻底的不幸，婶婶。"

阿芙萨尔说："说得对，混血儿。你是我们之中的一员，我以后绝不会再允许任何人碰你。"

安哈尔收紧了拥抱，说："希望如此。"

拥抱后，阿芙萨尔说："我准备放弃第三个咒语。"

安哈尔说："不，婶婶。我们会拿到咒语，也会向阿拉伯女魔法师复仇。”

阿芙萨尔笑着说：“先好好恢复吧，你的脸蛋已经不如从前了。”

安哈尔笑着站起身，说：“谢谢婶婶！”

阿芙萨尔靠在床边的墙上，说：“原谅我，混血儿。”

安哈尔走出了房间，留下婶婶和伏在她胸口的苦闷。

几天后，阿芙萨尔和阿尔提斯都已几近痊愈。于是阿芙萨尔将女孩们召集在庭院的喷水池边，说：“我今天就要和你们的姐妹安哈尔一起去拿第三个咒语。在确保她的安全之前我不会留下她一个人，你们就在这里等我们回来。”

娜宰尼问道：“那何不让我们跟你们同去？”

阿芙萨尔说：“提拉伊斯魔法师并没有什么恶名，我们应该不会遇到什么麻烦。”

安哈尔也说：“别担心，我和婶婶会没事的。”

娜宰尼说：“一定会没事的。”

之后阿芙萨尔便和安哈尔一起去往提拉伊斯。一小时后，阿芙萨尔独自回到了屋子。娜宰尼迎上去问道：“婶婶，安哈尔在哪儿？”

阿芙萨尔说：“在提拉伊斯魔法师把死亡之云咒给我后，我就把她留在他那里了。他承诺午夜之前会让她回来。”

娜宰尼问道：“您相信他的话吗？”

阿芙萨尔说：“他是个彬彬有礼的年轻魔法师，安哈尔跟他待在一起也很高兴。他不像之前那两个魔法师那样残暴，很礼貌地接待了我们。我觉得没有什么值得担心的。”

娜宰尼说：“这我就放心了，婶婶……您去睡吧，我在这里等安哈尔回来。”

阿芙萨尔说：“那好吧，连心眉。”

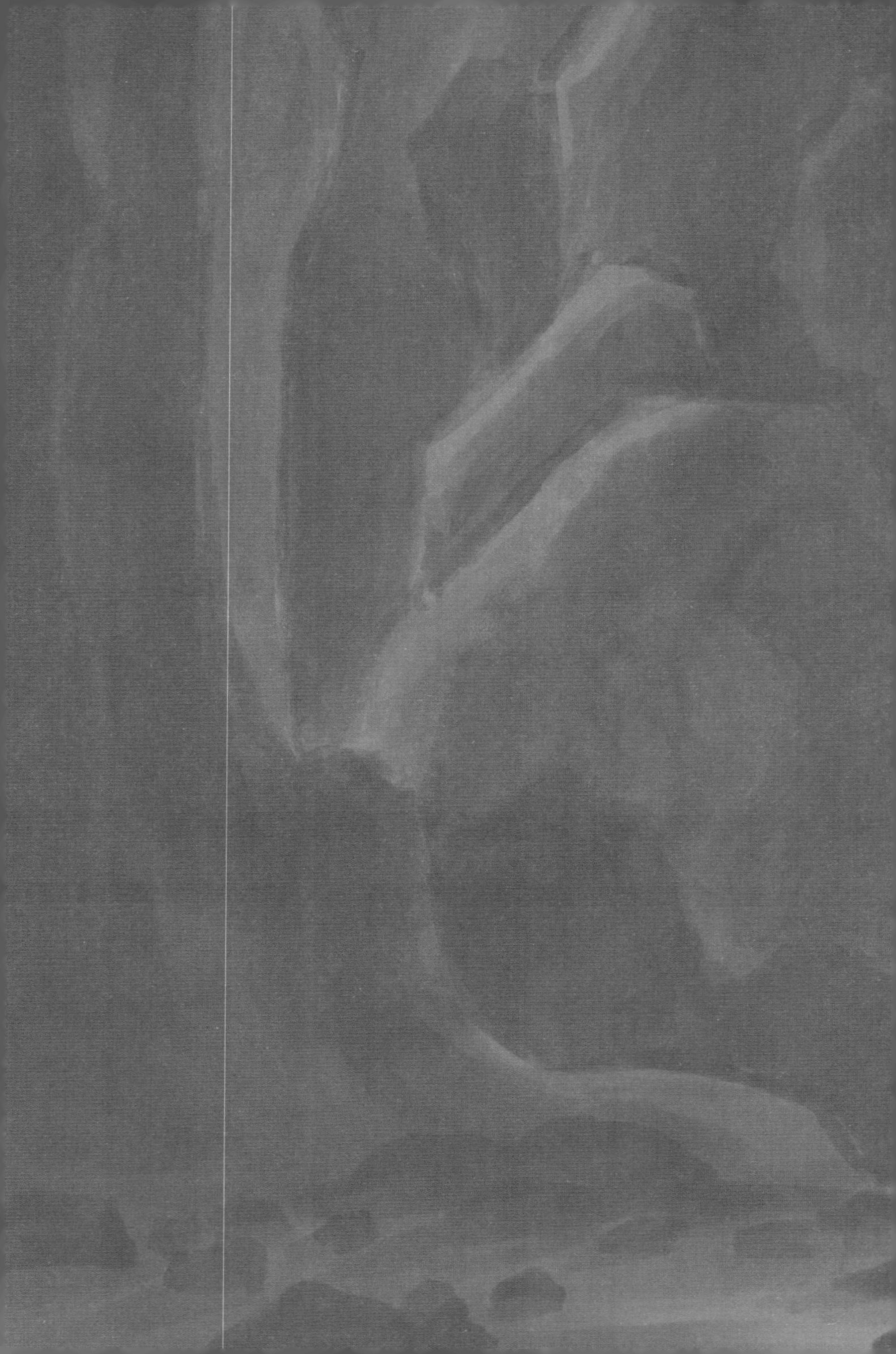

## 第十八章

# 九颗宝石

多纳加入组织后，达伽决定尽快教会她一些魔法技艺，好让她融入组织。在掌握一定的咒语之前，她是无法在真正意义上成为她们中的一分子的。从达伽和女孩们那里学了三个月的魔法后，多纳便已做到让婶婶满意的程度。也是在那一段时间里，她们杀掉了亚麦麦所有的男魔法师。而任何去到那里寻求新开始的男魔法师也都在她们的手上丧命。与此相对的，每一个前去亚麦麦投靠她们的女魔法师皆得到了礼待。这一切都使得组织的名声在半岛传播开来，而达伽则被冠以“亚麦麦的黑夫人”之名。另外几个女孩也相应得到自己的称号，比如拉布哈的 “大马士革女魔法师”、哈娜的“哈德拉毛女妖”和拉提卡的“蝮蛇女”。至于胡德和多纳，由于她们没有参与此前针对男魔法师的任何一次刺杀行动，因而暂时没有得到自己的名号。达伽确认多纳对魔法的掌握已经达到相当程度后，她决定将女孩们召集起来分配大魔法师的遗物，正如她之前所承诺的那样。

夜晚来临，女孩们如常和达伽聚在一起讨论组织的发展和成就。但同时这也是一次不寻常的会议。她们围坐在火堆旁，达伽说：“女儿们，我为你们所有人感到自豪。今晚我要为你们所取得的成就奖励你们。”

拉布哈说：“婶婶，您给我们的已经足够多了，我们都亏欠您。”

哈娜说：“我们在遇到您之前都是迷失的，但如今却得到了曾经连想都不敢想的地位和力量。”

拉提卡点头表示同意。

胡德笑着说：“您是世界上最好的婶婶！”

多纳也说：“您给了我一个我梦寐以求的家，谢谢您，婶婶。”

听完这些话，达伽说：“我们还要继续往上爬呢，孩子们。我们已经具备了力量，但还需要钱。”

拉布哈说：“婶婶，我们已经从杀掉的男魔法师们那里得到了足够的钱了。”

达伽说：“还不够……想要建立起我们自己的王国，我们需要多于维持生计的钱。”

哈娜问道：“那我们应该怎么实现呢，婶婶？”

达伽说：“变强大。”

胡德说：“我们已经很强大了。”

达伽说：“在我们杀了大魔法师后，亚麦麦城外的男魔法师们都对我们虎视眈眈，他们迟早会对我们下手的。在他们阻挠我们在阿拉伯半岛腹地建立女魔法师王国前，我们必须做好消灭他们的准备。”

多纳问道：“那我们应该怎么变得更强呢，婶婶？”

达伽扶住自己的额头，同时拿出一枚白宝石戒指，说：“这是我从大魔法师那里拿到的十枚戒指之一，而每一枚戒指都有着不同的能量。”

拉布哈问道：“什么样的能量呢，婶婶？”

胡德说：“它真好看。”

但哈娜却说：“它看起来很普通啊，婶婶。”

拉提卡在一旁沉默。

多纳说：“婶婶，这枚戒指是做什么用的？”

达伽说：“在我告诉你们它们各自的能量后，我会给你们每人一枚戒指。”

胡德皱着眉头说：“那您要独自保留剩下的五枚吗？您真贪心！”

哈娜捂住了胡德的嘴，笑着说：“婶婶，您继续。我建议您一枚也不要给胡德。”

达伽大笑起来，抓着手中的戒指说：“每一枚戒指都会赋予你们无法通过学习和努力而获得的新力量。”

哈娜说：“那这枚白色戒指是用来做什么的，婶婶？”

达伽展开手掌，盯着戒指说：“这枚是俘虏恶魔戒指。任何戴上它的人，身体都会变得强壮好几倍，从而增加对咒语的抵御能力。”

拉布哈问道：“这个俘虏恶魔是谁啊，婶婶？”

达伽说：“你们想听关于他的故事吗？”

女孩们纷纷点头表示愿意。于是达伽开始讲俘虏恶魔的故事。

## 第十九章

# 黄金笼

在很久以前，有一个暴君。他迫使周边的城邦和村落都归顺于他的王国。他总是白天忙于治理国家和发动入侵行动，而夜晚则用来细数自己的战利品。起初他未婚未育，面临王位后继无人的困境。于是他手下的一位大臣建议他结婚生子，以延续血脉和继承他的权力。国王采纳了大臣的提议，开始寻找王后的人选。

然而，在那些从部落和大家族送来的女孩中，没有一个能入这位国王的眼。他极度挑剔，一心寻找根本不存在的完美，甚至拒绝了一位部落族长推荐的女孩。只因为额头上的一颗黑痣，他便全然忽略了那个女孩本身的美貌和女孩父亲在族群里的地位。因此，在经过很长一段时间的寻觅后，国王逐渐放弃成婚的念头，尤其是他本身也十分满足于自己所拥有的女奴。

在他停止寻找王后的数月之后，有位大臣告诉他有一个从其他王国来的王子希望能够面见他。通常来说，大臣在提出这般请求之前都会亲自核查来者的身份和目的。于是国王问道：“这位王子想做什么？”

大臣说：“他想要向您推荐她的妹妹作为您的王后。”

国王说：“我已经不打算结婚了，也不想见任何人。”

但大臣却说：“这位王子说，如果她的妹妹遭到拒绝，您大可以杀了他们两人。”

国王对这位王子强烈的信心感到很疑惑，于是命令大臣将他和他的妹妹召进王宫。那位王子是一个年纪尚未超过三十的青年，而他身边则是一位蒙着白色面纱的女子。王子走到国王面前问安，说：“陛下，感谢您接受我的请求。”

国王说：“我还未接受任何事情。”

王子问道：“敢问您是否允许我解开妹妹脸上的面纱，以便让她接受您的检阅？”

国王笑着说："让我看看吧，趁着剑客备好砍下你们头颅的剑的空当。"

王子笑了笑，示意妹妹弯腰让自己替她揭下面纱。面纱落下后，女孩的脸展露出来。王子说："陛下，请容我向您介绍我的妹妹，阿迪斯公主。"

在看到阿迪斯让人称奇的美貌后，在场所有人皆目瞪口呆，国王更是一句话都说不出来，怔怔盯着她看。随后王子将面纱重新遮回到阿迪斯的脸上，问道："陛下，您意下如何？"

这时国王回过神来，说："我愿意让她做我的王后，在我身边享受尊荣。"

众人听罢都热烈地鼓起掌。但这时王子抬手大声说道："陛下，在聘礼送到之前，这可不作数！"

国王自信地说："我的整个王国都将在她的脚下，你想要什么尽管提便是。"

王子说："她的聘礼可不是钱，陛下。"

国王说："还有比金银更加珍贵的东西吗？"

王子说："是的。"

国王说："是什么？"

王子说："自由。"

国王说："谁的自由？"

王子说："我们被俘虏的父亲的自由。"

国王说："谁是你们的父亲，来自哪个家族？"

王子说："陛下，我们可以私下对话吗？"

于是国王命令侍从们离开，只留下一个侍卫和那位大臣。

而后他对王子说："你现在可以有话直说了。"

王子说："我们来自一个距离这里很遥远的王国，然而不幸遭到相邻敌国的侵袭。他们不仅占领了我们的土地、掠夺了我们的财富，还血洗了我们的统治家族，只有我和妹妹以及一些子民得以侥幸脱险。”

国王问道：“那你们的父亲呢？”

王子说：“我们的父亲沦为了俘虏，虽然没有被杀害，但却被囚禁在幽深的山洞之中。而那里被士兵严防死守，难以靠近。”

国王说：“你们的敌人为何要如此大费周章地留你父亲一条命？他们明明可以杀了他一了百了。”

王子说：“他们无法杀他，陛下。”

国王说：“为什么？”

王子说：“我的父亲曾与一个强大的魔鬼联结，同时让魔法师将这种联结刻在了他的身上。只要我父亲遭遇不测，魔鬼便会被释放出来，摧毁所有企图伤害我父亲或是我们王国的事物。敌人起初对此并不知晓，直到将父亲俘虏后，他们的祭司将他身上那块印记的含义告知了国王。于是他们决定将我的父亲囚禁在山中，等他自然老死。”

国王问道：“那你对我的请求是……”

王子说：“救出我的父亲，而后阿迪斯便会嫁给你。”

国王听完后开始沉思起来。这时大臣走到他身边对他说：“陛下，我不建议您冒这种风险。他们的王国离我们太远，我们对于他们的敌人一无所知。”

国王说：“我们是一个大国，我们军队的力量也是不容小觑的。”

大臣说：“我知道，陛下。但这件事并不值得这般耗费。”

国王说：“难道你没有看到她吗？！光是那双眼睛就足以让我为她与全世界征战！”

大臣说："没错，陛下，但我对这两个人和他们奇怪的遭遇仍然心存疑虑。"

国王盯着蒙着面纱的阿迪斯，没有再作回应。

王子问道："所以，陛下，您的决定是什么？"

国王说："明天我们就发动军队去解救你的父亲。你们两人跟我们一起去，为我们指明那座山的位置！"

王子与妹妹一起弯腰鞠躬，说："感谢陛下。"

之后国王吩咐大臣招待王子和他的妹妹阿迪斯，同时准备好大军去解救被俘虏的国王。

天刚破晓，军队便已做好出征的准备，并由国王亲自率领。尽管大臣极力劝说国王留下来，担心他离开后王国会发生叛乱，但国王似乎更倾向于待在自己一见钟情的阿迪斯身边。在王子的指引下，国王带领军队朝着那座山行进，而大臣则留下来代为管理王国的事务。

历经一个月，国王和他的军队终于到达囚禁王子父亲的那座山。但他惊讶地发现山的周围并非如王子所言那般被重兵把守。于是他质问道："这是什么怎么回事？！那些你说的守在这里的士兵呢？！"

王子说："陛下，我也不知道……看起来他们好像离开了。"

国王说："不管怎么样，我们会按照约定救出你的父亲作为阿迪斯的聘礼！"

王子说："当然了，陛下，毕竟我们的约定是解救我的父亲，而非杀掉看守他的士兵。"

而后国王抬手发出号令，带着因长途跋涉而疲惫不堪的军队朝山洞里进发。一队人马先行进入位于山中的洞穴，然而在那之后，传到国王、王子、阿迪斯耳中的是一声比一声惨烈的叫喊声。国王大怒，转头看向王子问道："这是发生了什么？！"

王子说："看来那些看守我父亲的士兵全都集中在了山洞里，以便解决前去营救的人。"

国王一怒之下便命令其余士兵全都进入山洞里。大部队在听命后全都涌了进去，与杀掉他们同伴的那些人混战在一起。

喊叫声源源不断地传出，国王已然分不清那些声音是来自他的士兵还是敌军。经过至少一个小时的打斗后，洞中和山间的动静逐渐平息下来。彼时已是正午时分，只剩下国王、王子和阿迪斯还在山洞外。眼看没有一人从山洞里走出来，只有从洞口流出的一条由鲜血汇成的细流，国王的脸上露出无措的神情。

正当国王想询问王子所发生的事时，却看到王子一脸奸笑地看着山洞，他这才意识到自己中了圈套。他想拔剑割破王子的喉咙，但长剑才刚出鞘，便飞出他的手掉到了地上。他看到阿迪斯一边拨动着手指一边念念有词地说着他听不懂的语言，于是他大喊道："发生了什么？你们是谁？"

阿迪斯揭开自己的面纱，说："我是俘虏魔鬼的女儿阿迪斯，他是我的哥哥哈兹克，你这个蠢货。"

哈兹克向国王鞠了鞠躬，微笑着说："承蒙您的愚蠢。"

说完兄妹二人放声大笑起来。国王怒气冲冲地下马冲向他们，但还没来得及走近，便被阿迪斯禁锢在原地动弹不得。哈兹克走到他身边，说："你的那位大臣雇我们杀你，我们就得杀你。"

国王说："我会付给你们双倍的价钱！"

阿迪斯说："果然还是那么蠢，以为任何东西都能用钱买到。"

国王说："你们想要什么我都可以给你们！"

哈兹克说："我们只想要你死。"

在用剑割破了国王的喉咙后，他便与妹妹上马回程去领取他们奖赏。

原来，阿迪斯与哈兹克是两个魔鬼，但确实是为了解救自己的父亲。他们的父亲是一个魔鬼国王，因其暴虐无度而被一群祭司关押在了山洞里。杀掉士兵们的正是这个魔鬼，但如果不是他们自己走了进去，他也杀不了他们。他能破除束缚、走出山洞的唯一方法就是在手上戴上一枚白色戒指。因此，阿迪斯和哈兹克以白色戒指为条件，帮助大臣篡夺王位。

两人回到已被大臣控制的王国，前去索要他们的奖赏。

大臣问道："国王死了吗？"

阿迪斯解开面纱露出自己美丽的面庞，说："是的，陛下。戒指在哪儿？"

大臣大笑着说："什么戒指？"

哈兹克厉声说："别想耍滑头！戒指在哪儿！"

大臣恼怒地说："注意你的语气，你现在是在跟国王说话！"

阿迪斯讥讽地说："好的，尊敬的国王陛下，请问白色戒指在哪里？"

大臣说："在我们王国的大祭司那里。"

哈兹克压抑着怒火说："那大祭司在哪儿？"

国王用手指了指，说："大祭司，带着你的随从们出来吧。"

这时，年迈的大祭司和自己的十余个随从从王座后面走出来，并对王子说："你们两个真的以为我们会任由俘虏魔鬼出来继续像过去那般胡作非为吗？"

阿迪斯大声对大臣吼道："我们是有约定的，你现在不能反悔！"

大臣微笑着说："我没有反悔，只不过戒指在大祭司手里，如果你有能耐就去拿吧。"

于是阿迪斯和哈兹克冲向大祭司，想强行夺走戒指。但大祭司的随从们齐声念出同一个咒语，不仅将哈兹克杀死了，还烧伤了阿迪斯的脸。看着阿迪斯顶着被毁掉的脸为死去的哥哥哭泣的场景，大臣大笑起来，还命令大祭司把阿迪斯也杀掉。然而在大祭司动手前，阿迪斯便迅速逃走消失了。

达伽说："从那天起，这枚戒指就在祭司之间代代相传，一直到了亚麦麦大魔法师那里，而今又到了我的手里。"

胡德合拢自己听故事时张大的嘴，说："阿迪斯太可怜了……"

拉布哈说："没有魔鬼是可怜的，牧羊人之女。"

哈娜讽刺地问道："胡德，你真的相信这个故事吗？"

胡德说："为什么不相信，婶婶是不会说谎的！"

达伽笑着说："最重要的是你喜欢这个故事，胡德。"

胡德也笑着说："非常喜欢！"

哈娜问道："婶婶，我可以得到这枚戒指吗？"

达伽挖苦道："我还以为你不相信这枚戒指的故事呢。"

哈娜说："我确实不相信，但是我喜欢它的样式。"

达伽说："如果你的姐妹们没意见的话，那它就归你了。"

胡德说："拿去吧，你戴上它一定很好看！"

多纳说："选得不错，哈娜。"

拉提卡在一旁微笑。

而拉布哈说："那我的戒指呢？"

达伽又从口袋里拿出另一枚黄宝石戒指，笑着说："这是你的戒指，拉布哈。"

拉布哈赶紧接过戒指，她看着那颗闪闪发光的宝石，问道："嬶嬶，那这枚戒指的故事又是什么？"

达伽说："我现在正要讲这枚戒指的故事，努拉的情人戒指。"

胡德说："我知道他！他就是常常惹您发怒的那个人！"

女孩们大笑起来，拉布哈说："不是的，傻瓜。努拉的情人是嬶嬶生气时会用来起誓的话，但我也想知道其中的原因。"

达伽说："因为他是一个叛徒，孩子。"

多纳问道："为什么这么说呢，嬶嬶？"

达伽说："你们听好啦……"

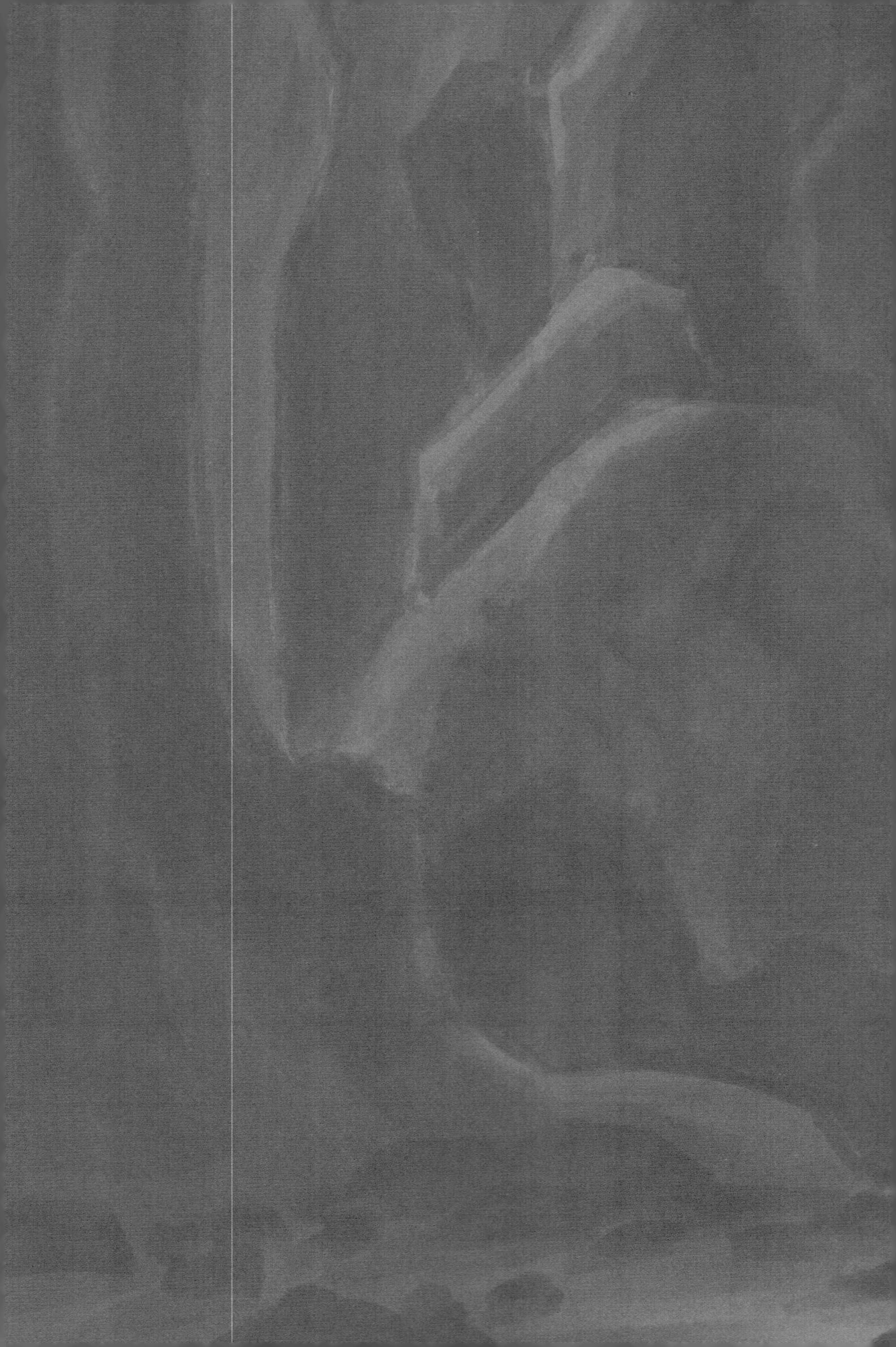

# 第二十章
# 萨哈亚部落的魔鬼

在半岛西部曾坐落着一个叫齐达恩的王国，由萨哈亚部落的首领们组建而成。它一度被视为西部最强大、最先进、最有文化底蕴的国家，以至于周边邻国和部落都以与它有邦交或者归顺于它为荣。

某天，一位少年走进首领之一的集会地，那里聚集着部落里的商人和望族。在没有家人和部落陪同的情况下，少年独自前往向首领的女儿努拉求婚。首领感到无比诧异，问道："孩子，你是谁？来自哪里？"

少年说："求婚的是我，而非我的家人。"

在座的人皆啼笑皆非，包括女孩的母亲。首领又说："你不了解我们的传统和习俗，孩子。我必须得了解你的身份和来处。"

少年说："我是我，我的家人是我的家人。哪怕聘礼是汪洋，我也必将海水灌入您的双手间。"

席间再次爆发出笑声。然而这次女孩的母亲却蹙眉对少年说："无耻！我的女儿不是商品，不是你能用金钱来跟我讨价还价的！"

在座的人里面，有一些人试图去安抚女孩母亲的情绪，而有一个人则在首领的耳边问道："这个男孩显然是疯了，让我们姑且逗逗他吧。让他去准备他力所不及的聘礼，问题自然就解决了。别在族里的谢赫1们面前失了风度。"

首领沉吟片刻，说："好吧，孩子。你知道我们王国的国土边界吗？"

少年说："我知道。"

首领说："在至南之境有一个匪徒，专门抢劫我们国家去

① 谢赫，是阿拉伯国家通用的一种尊称，通常指在一个部族或是社会中享有极高声望和宗教地位的年长者。

往哈德拉毛的商队。”

少年说：“我知道他，哈纳德 · 本 · 麦因，阿拉伯南部的劫匪，手下有近五十个同党。”

首领笑着说：“没错，正是他。我想要他的脑袋。”

大家听罢都放声大笑起来，包括女孩的母亲，甚至有人笑得在地上打滚。而少年冷冷地看着他们，说：“只要他的脑袋还是他所有同党的脑袋？”

众人笑得无法停下，几乎都认为这个少年一定是失了心智，于是决定戏弄他一番。

首领抹了抹笑出的眼泪，说：“哈纳德的脑袋就足矣。”

少年问道：“之后努拉就会嫁给我吗？”

首领在一片笑声中回答道：“是的，孩子。届时我将同意这门婚事。”

少年离开后，集会内的笑声也逐渐平息。一位谢赫走到首领身旁，微微笑着说：“你都对这个少年做了什么？现在他必死无疑了。”

努拉的父亲说：“你真的相信他会去为我们取哈纳德的脑袋？我这么说不过是为了让他识趣离开罢了。”

话音还未落下，只见一个还滴着血的头颅滚进了集会中心，少年紧跟着走了进来。他坐到努拉的父亲面前说：“这便是哈纳德 · 本 · 麦因的脑袋。”

在场一些人吓得惊叫，而面对不动声色看着首领的少年，几位长者则掏出匕首等待首领做出回应。片刻的沉默后，人群里有人说道：“这不是哈纳德！他住在距离这里几周路程的南部，你怎么可能真的杀了他？！”

少年说：“我知道他住在南部，我就是在那里找到他并如约带回他的脑袋的。”

这时，努拉的父亲开口对少年说："孩子，你真是疯了……你杀掉的这个可怜人到底是谁？！哈纳德离我们如此之远，你怎么可能在短短几分钟内就到他那里去？！"

少年恼怒地问道："你想怎么证明在你脚下的就是哈纳德·本·麦因的脑袋？"

众人陷入沉默。而后集会中的一人说："他说的都是事实……这就是哈纳德·本·麦因，我很了解他的样貌。努拉归你了，你现在可以先离开，明日再来与她的父亲商讨婚礼事宜。"

少年笑着说："谢谢您，谢赫。那我明日再来。"

说完便离开。众人讶异于那位部落里资历最长的谢赫所说的话，但又无人能反驳。首领对老谢赫说："你为什么应允这个古怪之人？"

谢赫说："你自己玩了危险的游戏，理应愿赌服输啊。"

首领说："什么？什么游戏？"

谢赫说："这个少年并非人类。"

这句话让所有人都很困惑，而努拉的父亲不安地问："怎么会不是人类……不是人类还能是什么？"

谢赫说："他是魔鬼……我此前和他有过约定，让你与他之间互不侵扰。"

首领说："这不可能！一派胡言！"

谢赫继续说道："遵守约定把你女儿交给他吧，否则整个部落都将因你的愚蠢而陷入险境。"

首领大吼道："要是我真的把女儿交给这个疯子我才是真的愚蠢！明天我就在你们面前把他脑袋砍下来！"

在座的大多数人都对首领表示支持，只有一部分站在老谢赫那边。老谢赫起身意欲离开，走之前他对努拉的父亲说："这个少年并不是疯子。心智不是用音量来衡量的，而今天在这集会里没有谁比你吼得更大声了。”

说完他便离开，留下大家在沉默中茫然无措。

少年第二天回到挤满了人的集会中。大家都听说了前一天所发生的事，以及努拉的父亲要杀死少年的起誓。人几乎都到齐了，除了那位建议首领不要跟少年对着干的谢赫。少年走到集会中央，站在努拉的父亲面前说：“我按照约定来此，希望您祝福我和您的女儿努拉的婚姻。”

首领对他吼道：“我们之间没有任何约定，在我杀了你这个疯子前赶紧给我离开！”

但少年只是平静地拿出一枚黄宝石戒指，并将它放到首领的手上，说：“在努拉戴上这枚戒指前，你们的部落每天都会有一个人丧命。”

有人听到这话后大笑，但包括首领在内的大多数人却都着实感到害怕。首领再次对他说：“离开这里，别再回来！”

少年在众人的嫌恶中走出集会。过了一会儿，有一个男人走上前拿起那枚戒指。努拉的父亲问道：“你在做什么？”

男人反问道：“您想要这枚戒指？”

努拉的父亲说：“我要它做什么，你想拿便拿去吧！”

第二天，少年的话得到了应验。萨哈亚部落的居民发现他们的一位谢赫死在了家中。人们理所当然地把这归到了努拉的情人头上，但也有人劝说这不过是个巧合。但在之后的几天里，谢赫一个接着一个被残忍杀害，巧合一说显然不再站得住脚。七天时间中七位谢赫惨死，于是剩余的谢赫去到努拉的父亲面前对他说：“你的女儿必须戴上那枚戒指，我们部落里最杰出的几位谢赫都已经因为她而死去了！”

努拉的父亲说：“我的女儿什么也没做！”

谢赫们并不听努拉父亲所言，并宽限他两个小时考虑，否则就杀了他，逼他的女儿戴上戒指。在这般压力下，努拉的父亲不得不点头同意。但当他问那个拿走戒指的男人要回戒指时，却遭到了拒绝。那个男人说："这枚戒指是我的，你可是在所有人面前把它让给我的！"

努拉的父亲说："你疯了吗？！现在整个部落都因为这戒指而面临威胁，连我都要为此而牺牲自己的女儿，而你却还只顾着你的一己私欲？！"

男人说："这件事跟我无关，戒指我是不会交出来的！"

努拉的父亲说："等我告诉部落的谢赫们之后，他们是不会让你留着它的！"

男人说："随你做什么，这戒指都是我的，我又不是偷来的！"

而后努拉的父亲将这一情况告诉了谢赫们，他们却表示那个男人言之有理，戒指确实属于他，他们不能强行取走，而努拉的父亲应当在宽限的时间之内与男人协商解决问题。努拉的父亲几乎要被逼疯，他再次回到那个男人那里嚷嚷着要他交出戒指。但男人依然说："除非你给我相应的权利，否则我不会给你的！"

努拉的父亲说："什么权利？你这个贪得无厌的人！"

男人说："你所有的钱财和居所！"

努拉的父亲大吼道："你疯了吗！不可能！"

男人也同样回应道："那你就从我家里滚出去！"

努拉的父亲气愤地咒骂着从男人家里走出。但没走多远，他想起谢赫们的威胁，于是又折返回去，满心屈辱地同意了男人的要求，并从他那里拿走了戒指。而后他回到将不再属于自己的家中，悲痛难忍地走到女儿身边，说："原谅我，孩子，但我别无选择。”

努拉在父亲的头上吻了吻，说：“父亲，别为我担心。”

说完她从父亲那里拿起戒指戴在自己的手上，而后便沉沉睡去。努拉的父亲忍着困意守在女儿身边，但醒来时却发现女儿已经不在她的床上，于是撕心裂肺地哭起来。在发生了因他而起的那一切后，他已无法再与族人继续相处下去，于是决心离开部落，西行希贾兹地区。他用双脚启程，没有任何代步的牲口。他实在无法忍受族人们审视的目光，所以宁愿死在去往希贾兹的路途上，也不愿意再羞辱地与他们生活在一起。

才走了一天，他的能量果不其然就已消耗殆尽，阳光狠狠灼烧着他。在失去意识之前，他听到身后传来马匹疾驰的声音，于是用自己仅剩的力气回过头去确认。他定睛一看，那是自己某个叔父的孩子尼索正骑着快马，于是用手示意他停下。尼索下马后问道：“您在这里做什么？”

努拉的父亲极度疲惫地说：“我要去希贾兹……”

尼索说：“您疯了吗？还没到那之前您肯定会死掉的！”

努拉的父亲说：“没关系……”

尼索将手放在他的肩膀上，说：“跟我回去吧。”

努拉的父亲用力甩开他的手，说：“我绝不会跟你回部落去的！”

尼索问道：“谁说我们要回部落了？”

努拉的父亲费解地看着他说：“那你要带我去哪儿？”

尼索说：“您想把努拉夺回来吗？”

男人哀伤地说：“努拉已经永远地消失了……”

尼索说：“只要您跟我一起，我们一定能将她找回来。”

于是努拉的父亲与尼索一同骑上马，向着塔尔巴山谷飞驰而去。

到达山谷后，尼索放慢了速度。努拉的父亲问道："我们为什么要来这里？"

尼索说："唯一能将努拉从那个魔鬼手中救出的人就住在这里。"

努拉的父亲又问道："尼索，你说的这个人是谁？"

尼索说："这个山谷有名的魔法师，是部落的一位谢赫指引我来的。"

努拉的父亲说："魔法师？"

尼索说："没错，魔法师。"

努拉的父亲说："我不想与魔法师打交道。"

尼索说："我们只是来问他对付那个魔鬼的办法的。"

男人沉默。

那一片谷底并没有多少居民，尼索几经周折才终于确定了魔法师的位置。魔法师住在山谷底部的一个帐篷里，尼索走进去后，魔法师绷着脸要求他离开。但尼索却苦苦请求，希望得到他的帮助。

如尼索此前所预想的一样，魔法师并不要金钱作为回报，而是希望在解救努拉之后得到黄宝石戒指。尽管努拉的父亲有些犹豫，但尼索还是同意了魔法师的条件。魔法师告诉他们将努拉带走的是情人魔鬼，但他之所以能碰努拉必定已经得到了努拉父亲的正式首肯。因此解救努拉的任务相当艰巨，甚至不一定能成功，而绑住魔鬼是解除危机的唯一出路。尼索说："有什么不能绑的？现在就去绑他！"

魔法师说："我对他完全不了解，即使绑住他，他也依然能将那个孩子永远囚禁起来。"

努拉的父亲问道："那现在怎么办？"

魔法师说："先找出女孩的位置，而后再确定魔鬼的位置。”

尼索问道：“那我们怎么找到努拉的位置？”

魔法师说：“我需要女孩的线索。”

于是尼索问努拉的父亲说：“你有任何关于她的东西吗？”

努拉的父亲说：“我怎么会有，我只穿着这身衣服就离开了。”

尼索又问道：“那她的衣服在哪里？”

努拉的父亲说：“我把它们都留在屋子里了。不过我们很可能什么也找不到，因为那个拿走我所有东西的人多半已经把它们扔掉或是变卖了。”

尼索说：“那我们得赶回部落去，也许还能找到她的东西。”

努拉的父亲却说：“我累了，不能再折腾了。”

于是魔法师对尼索说：“那你去吧，把他交给我。”

尼索骑上马后说：“我不会耽误的。”

随后便迅速往萨哈亚部落而去，留下山谷魔法师照料疲惫不堪的努拉的父亲。夜幕降临，魔法师生起了火，努拉的父亲也坐到他身边。

努拉的父亲问道：“你真的能凭一点贴身线索就找到我的女儿吗？”

魔法师说：“或许可以。”

努拉的父亲说：“或许是什么意思？”

魔法师说：“没有什么事是确定的，我只能尽力而为。你为什么要把她送给那个魔鬼？”

努拉的父亲说：“我没有把她送给魔鬼！”

魔法师说：“情人魔鬼只能在当事人自愿或者被监护者拱

手相送的情况下才能带走他的情人。”

努拉的父亲扶了下额头黯然神伤地说：“这一切都源于我的愚蠢。”

魔法师没有回应。

努拉的父亲继续说道：“我就不该挑战那个魔鬼……但我当时并不知道他是个魔鬼，我怎么会知道呢？！”

魔法师问道：“你是说他并没有告诉你他是魔鬼？”

努拉的父亲说：“是的。”

魔法师说：“那救出你的女儿就有希望了。”

努拉的父亲一边抹着眼泪一边笑着说：“怎么说？”

魔法师说：“当他隐瞒自己是魔鬼这一事实的时候，他就违背了魔鬼条约。因此我们可以求助于他们的首领找到他。”

努拉的父亲说：“虽然不明白你在说什么，但是尽管去做能够救她的事吧！”

而后魔法师开始一边轻声念起咒语，一边在空气中比划着奇怪的手势。这一切都让努拉的父亲感到惶恐不安。魔法师停下默念后说：“她们马上就来了。”

努拉的父亲惊讶地问道：“谁要来？”

魔法师说：“她们……”

努拉的父亲说：“她们是谁？”

就在魔法师回答他之前，三个身着黑袍的女人出现在了火堆前。努拉的父亲吓得站起身，魔法师说：“坐下吧，别害怕。”

努拉的父亲坐下后一直盯着三个女人看。在魔法师说了努拉和情人魔鬼之间发生的事后，其中一个女人说：“谁说他隐瞒了自己的身份？”

努拉的父亲说：“他确实隐瞒了！部落所有的人都能

作证！”

那个女人说：“他没有跟你坦白他的身份，但他告诉了那个女孩。”

努拉的父亲说：“什么？他们之前素未谋面，他是怎么告诉她自己的身份的？”

第二个女人说：“谁告诉你他之前没有见过你的女儿？”

努拉的父亲说：“你在说什么？”

第三个女人说：“在我们的孩子求婚之前，他们两个夜夜私会，已经保持了一年多的关系。”

努拉的父亲震怒，大声说道：“你这个骗子！”

这时魔法师抬手挡在男人胸前，略显不安地对他说：“别太忘乎所以，小心随时丢了性命。”

第二个女人说：“我们的孩子之所以会去你那里请求与努拉结婚，都是你的女儿让他那么做的。”

努拉的父亲重重喘着气说：“我不相信。”

第一个女人问道：“你想听她亲口告诉你让你相信吗？”

努拉的父亲说：“是的！我想让她亲自告诉我！”

第三个女人说：“我们现在离开后，你的女儿很快就会与你进行交谈，而后又将再次回到我们身边。在那之后，你就别再试图联系我们或是她了。”

魔法师紧张地说：“别担心，我们不会的。”

三个女人刚消失，魔法师便掐住努拉的父亲的脖子气愤地说：“为什么不告诉我她是自己同意跟魔鬼走的！我们差点因为你的愚蠢而丧命！”

努拉的父亲张皇地说：“我怎么会知道他们已经相处好一段时间了？”

魔法师松开手后依然愤愤地说：“老天保佑你还能最后一

次看到她！你最好认清再也不能见到她的事实，之后也趁早把这件事给忘了吧！”

努拉的父亲沉默不语。

魔法师又说：“我要进去睡了，你和你的女儿单独聊聊吧！”

说完便走进帐篷，让男人独自等待他的女儿。

几分钟后，努拉出现了。她冲上去拥抱自己的父亲，但父亲并没有回抱她，也不跟她说话。于是努拉说：“父亲，请原谅我。但是我跟他在一起很快乐，我很爱他，不能活在没有他的世界里。”

父亲不语。

努拉又说：“他承诺过我，您可以随时去探望我。”

父亲依旧一言不发。

努拉继续对他说：“我曾因为他杀了部落的谢赫而责难他，但他说那是因为你先挑衅他。”

父亲还是不说话。

努拉问道：“父亲，您为什么不回应我？”

父亲悲痛地看向她，而后掐住她的脖颈让她无法呼吸，直到死去。

到了早晨，魔法师走出帐篷，看到火堆灰烬前努拉的尸体，而在她旁边躺着的是她父亲的无头尸。魔法师对眼前的情形感到无比痛心。而就在这时，尼索带着自己找到的线索赶了回去。当他看到那一幕时，直接从马上跌了下来。他一边痛揍魔法师一边说：“你这个丧心病狂的术士都做了什么！”

魔法师大喊道：“我什么也没做！”

尼索说：“那这是发生了什么？！”

魔法师说：“看起来你家那位大人给你们整个部落都判了

死刑。”

尼索问道：“你什么意思？”

魔法师说：“快逃吧，千万别回你的部落，这个情人魔鬼将喝干你们所有人的血。”

尼索听完飞速上马，想回到部落去提醒大家。

魔法师决定离开山谷。离开之前，他挖坑埋葬了努拉和她的父亲。期间他注意到女孩手上的黄宝石戒指，于是取下了它，说：“无数人都将因为戴着你的这个人而死去，美丽的戒指。”

达伽说：“据说在那之后，努拉的情人将萨哈亚部落变成了屠宰场，一直到将整个部落赶尽杀绝才罢手，而后去到了希贾兹和南部之间的地区。”

拉布哈害怕地将戒指放到地上，说：“婶婶，我不想要这枚戒指……”

达伽大笑起来，问道：“为什么？”

胡德也笑着起来，说：“她害怕努拉的情人来折磨她！”

大家听完笑作一团，只有拉布哈大喊着说：“这有什么好笑的？！”

多纳说：“婶婶，如果拉布哈不反对的话，我想要这枚戒指！”

拉布哈说：“你拿去吧，我可不想要！”

多纳伸手拿起戒指，但她身后有一个声音对她说：“不要！多纳，不要戴上它！”

听到这个声音后，所有人都惊恐地起身戒备。达伽问道：“这是什么声音？从哪里发出来的？！”

多纳紧张地说：“没事，婶婶，是您幻听了。”

哈娜说：“难道我们所有人都幻听了吗？我们全都听到有一个声音警告你别戴上戒指了！”

那个声音又发声说：“不，你们没有幻听。”

与此同时，阿兹拉克出现在多纳身后。所有人都讶异得瞠目结舌，只有达伽冷静地说：“蓝族精灵。”

多纳说：“你们别害怕，阿兹拉克很善良，不会伤害你们的。”

阿兹拉克却说：“如果她们企图伤害你，我就会伤害她们。”

多纳赶紧说：“住嘴，阿兹拉克！”

于是阿兹拉克不再作声。

胡德笑着说：“他长得真好看。”

达伽说：“这是怎么回事，多纳，你不准备跟我们说说吗？”

多纳说：“不是的，婶婶，你们先坐下我再跟你们说。阿兹拉克，你也坐下！”

大家都坐了下来，包括处于人形状态中的、身形庞大的蓝皮肤阿兹拉克。所有人都不说话，等着多纳告诉她们关于这个精灵的来龙去脉。于是多纳开口说：“我是在很多年前遇见阿兹拉克的，那时候他出现在我面前，只告诉我他是来保护我的，却没有说明原因。从那时起他就一直跟在我身边了。”

达伽看着多纳说：“我想他同样也不会告诉我们原因。”

阿兹拉克皱着眉头沉默。

达伽问道：“蓝族精灵，我们跟你在一起会遇到麻烦吗？”

阿兹拉克说：“我只是在这里保护多纳的，并不想从你们那里得到什么。”

达伽说：“很好，因为我们也不想从你那里得到任何东西。”

阿兹拉克说："你也得不到什么。"

达伽说："你的哥哥法尔达克可不像你这般性情暴躁。"

阿兹拉克脸色一变，问道："你认识我哥哥法尔达克？！"

达伽说："你的父亲曾让他为我效力，万达尔之子。"

阿兹拉克说："你怎么会知道我父亲的名字？"

达伽说："别小看我，你这个蓝族精灵。我在这一行里待了这么久，认识很多你受难的子民。"

阿兹拉克问道："请你告诉我，我的子民都发生了什么？！"

达伽从口袋里掏出一枚蓝宝石戒指，问道："阿兹拉克，你还记得这枚戒指吗？"

阿兹拉克大喊道："这是我妹妹卡伊拉的戒指！"

达伽说："没错，阿兹拉克。她同法尔达克和万达尔一起被俘虏了。"

阿兹拉克大声问道："那他们现在在哪儿？！"

达伽笑着说："你之前还觉得自己对我无所求，不是吗？"

阿兹拉克被这句话激怒，冲向达伽，但却被禁锢在原地。这时女孩们都害怕地再次站起身。

多纳说："婶婶，您在做什么？！"

达伽说："这个精灵不尊重我！他应该礼貌一些！"

阿兹拉克吼道："所有魔法师都是无耻之徒！你也不例外！"

达伽说："如果你不改正，我是不会放开你的！姑娘们，都回你们的房间去！今晚的会议到此结束！"

所有人都走出了房间，只有多纳哭着留在阿兹拉克身边。

她说：“阿兹拉克，你在做什么？达伽婶婶又没有伤害你的家人。”

阿兹拉克嘶吼道：“所有魔法师都是无耻之徒！你也变得和他们一样了！”

达伽说：“多纳，走吧，回你的房间去。”

于是多纳哭着离开，往自己的房间走去。

达伽也准备离开，并对阿兹拉克说：“蓝族精灵，我们明天再聊。”

## 第二十一章

# 滚烫的冰霜

尽管多纳反复尝试劝说达伽放阿兹拉克自由，但都被达伽忽视。她告诉多纳，阿兹拉克当下的情况并不允许她解除他身上的束缚，在重获自由之前，他还需要接受更多的规训。阿兹拉克就在这样的情况下度过了一周多的时间，只有多纳有时会在获得达伽的允许后去找他。然而，胡德却在某天偷溜到了阿兹拉克身边与他说话。

胡德问道："你醒了吗？"

阿兹拉克不回答。

胡德又问道："你就是那天我拥抱多纳时打了我的人？"

阿兹拉克还是不说话。

胡德继续说道："从你进到我们家以后，我的兄弟姐妹们都很怕你，这是为什么？"

阿兹拉克说："她们看起来并不害怕。"

胡德说："我不是指组织里的姐妹，而是那些精灵兄弟姐妹。"

阿兹拉克说："精灵不会成为人类的兄弟姐妹……"

胡德问道："那你为什么要保护多纳？"

阿兹拉克说："因为那是我的义务。"

胡德说："精灵绝不多管闲事，尤其是面对人类时。"

阿兹拉克不接话。

胡德笑着说："我觉得你爱她！"

阿兹拉克还是沉默。

胡德又说："听着，阿兹拉克，也许在你和我的姐妹们的眼里，我只是一个单纯的孩子，但我懂得爱的意义。"

阿兹拉克说："对自己最大的羞辱莫过于去寻求一个人代替自己爱自己。"

胡德说："尽管如此，你还是在寻求多纳的爱。"

阿兹拉克说："无论是谁，在爱别人之前都必须先爱自己，但我厌恶我自己。"

胡德说："你只是厌恶自己的处境罢了，阿兹拉克，这是两码事。"

阿兹拉克微笑着对她说："谁说你是个单纯的孩子？"

胡德也笑着说："单纯不代表无知，你真是复杂！"

阿兹拉克笑了笑，说："你现在想要我做什么？"

胡德说："没什么，只是别因为你的愚笨而耽误了多纳。婶婶不会一直这样绑着你，你终究需要做出抉择。试着讨她欢心，这样才不会失去多纳。"

阿兹拉克陷入沉默。

而后胡德走出阿兹拉克待的地方，却不巧遇到哈娜。哈娜问道："牧羊人之女，你在里面做什么？婶婶不是警告过我们不能进去吗？"

胡德说："我又不怕他……"

哈娜又问道："那你害怕婶婶吗？"

胡德无措地说："怕……"

于是哈娜说："那就别再违背她的命令！不然我就告诉她你做的事！"

胡德垂下头说："好的。"

说完她朝楼上走去。哈娜站在关着阿兹拉克的房间门口，盯着阿兹拉克看，似乎想要走进去。但最终她什么也没做，转而跟上了胡德。

距离胡德与阿兹拉克交谈几天之后，婶婶告知女孩们晚上要进行会议，讨论组织取得的成果。胡德无比开心地笑着说："婶婶，我们要继续说关于戒指的故事吗？"

达伽微笑着说："也许吧。"

哈娜说："我们通常举行会议的地方现在住着那个蓝族精灵。"

多纳在一旁默默听着。

拉提卡用手势问道："那有什么问题？"

拉布哈说："他会大吵大闹影响我们。"

这时多纳回应道："阿兹拉克并不讨人厌，他那天只是太难过了！"

胡德也说："没错，阿兹拉克很善良。"

达伽问道："胡德，你知道什么？"

胡德不再接话。

达伽又说："总之，我们不会打破在那个房间进行会议的惯例。如果那个精灵对我们造成任何干扰，我轻易就可以让他闭嘴。"

多纳也默不作声。

到了晚上，女孩们都往会议的房间走去。但她们聚在门口后，谁也不再往里面走。多纳问道："你们怎么了，为什么不进去？"

哈娜紧张地说："没什么……"

拉布哈也有些担忧地说："我们只是在等婶婶。"

而拉提卡则一脸疑惑地看着哈娜和拉布哈。

多纳皱着眉头说："你们什么时候等过婶婶了？之前从来没有过！"

胡德笑着说："多纳，她们这是在害怕阿兹拉克！"

多纳费解地说："阿兹拉克？"

哈娜和拉提卡都不做回应。

拉布哈说："婶婶来之前，我们不想先进去。"

多纳恼怒地说："就这样你们还自称是魔法师？随你

们吧。”

接着便走进了房间。胡德也一边嘲笑她们一边跟了进去。

哈娜问道：“为什么我们不进去？我们没有理由害怕啊。”

拉提卡也用手比划着，表示赞同哈娜的话。

拉布哈说：“你们疯了吗？！这个精灵毫无理智可言，可能会伤到我们的！”

哈娜嘲讽道：“但他已经被束缚起来了，而我们是魔法师。”

拉布哈说：“我们并不知道他有什么能力！我们也不如婶婶那般强大！”

这时达伽出现，问道：“你们怎么了？”

拉布哈笑着说：“我们在等您呢，婶婶。”

哈娜也附和道：“是啊是啊。”

但拉提卡用手势比划道：“别相信她们，她们是因为害怕蓝族精灵才不敢进去的。”

达伽微笑着走进房间，而拉提卡也紧随其后走了进去，剩下拉布哈和哈娜讶异地看着她。

全员到齐后，达伽吩咐哈娜在房间中央生起火，大家都围坐在火边。而在阿兹拉克得以松绑后，多纳便抱着他粗壮的手臂在他身边坐下来。但达伽却让多纳过去跟大家一起在火堆边围成一个圈。多纳顺从地照做了。

而后达伽问道：“阿兹拉克，你今天感觉如何？”

阿兹拉克不作声。

达伽又问道：“哈娜，你对你的戒指有什么新发现？”

哈娜笑着说：“婶婶，我比以前厉害了不少呢！昨天我已经能够举起房间里的一些以前举不起来的重物了！”

达伽满意地笑着说：“很好。”

拉布哈问道：“婶婶，您为什么还不把我的戒指给我？”

达伽说：“是你自己拒绝了黄宝石戒指……这倒是提醒了我……阿兹拉克，你为什么阻止多纳戴上黄宝石戒指？”

阿兹拉克依旧不回答。

达伽又说：“万达尔之子，你是打算一直这样沉默下去吗？”

阿兹拉克说：“戴上情人魔鬼戒指的人都会遭到魔鬼的触碰。”

达伽说：“那我怎么没发现曾经戴着它的亚麦麦魔法师被触碰的迹象。”

阿兹拉克说：“这只针对女性。”

达伽问道：“她会遭到什么程度的触碰？”

阿兹拉克说：“最坏的那种……被他触碰的女人都活不到第二天，因为努拉的情人拒绝任何努拉以外的女人戴上戒指。但如果是男人戴上的话，他就无所谓。”

达伽又问道：“你的意思是努拉的情人还活着？”

阿兹拉克说：“没错。”

哈娜坏笑着说：“拉布哈，你为何不戴上戒指试一试！”

拉布哈不安地说：“闭嘴！”

达伽说：“拉布哈，把戒指拿去，保管好它，但是别戴上。”

拉布哈怯怯地说：“但是，婶婶……”

达伽又重复了一遍，说：“保管好它，但别戴上。”

拉布哈只好说：“是，婶婶……”

达伽对阿兹拉克说：“万达尔之子，谢谢你的提醒。”

阿兹拉克说：“我只是提醒多纳而已，如果是别人戴上我是不会在意的。”

多纳不悦地说：“阿兹拉克！”

阿兹拉克不再说话。

达伽问道：“阿兹拉克，你为什么讨厌我们？”

多纳紧张地说：“不是的，婶婶，他不讨厌你们，他只是……”

达伽打断她说：“多纳你住嘴，让他自己回答！”

阿兹拉克却不作声。

达伽说：“你讨厌魔法师是因为他们摧毁了你父亲的王国，对吗？”

阿兹拉克沉默。

达伽继续说道：“你讨厌他们，因为他们俘虏了你的家族。”

阿兹拉克依然沉默。

达伽又说：“但我想你还有一些别的原因。”

阿兹拉克终于开口，说：“被他们奴役的这么多年足以让我恨透他们。”

达伽问道：“那你是怎么摆脱他们的奴役的？”

阿兹拉克不回答。

达伽说：“我想应该不是普通人解救的你，也不是你自己解救的自己，一定是一个强大的魔法师帮助了你。”

阿兹拉克咆哮道：“他并不想成为魔法师！都是因为我他才涉足魔法，为此甚至赔上了自己的性命！”

达伽平静地说：“所以你心有愧疚，想用保护多纳来弥补。我说得对吗？”

多纳说：“什么？阿兹拉克，我跟那个解救你的魔法师有什么关系？”

阿兹拉克说："别听她的，多纳，她这是在歪曲事实。"

达伽从口袋里拿出蓝宝石戒指，说："阿兹拉克，你知道卡伊拉的戒指是怎么到我们手上的吗？"

阿兹拉克愤怒地大吼道："这是我妹妹的戒指！你是从哪里拿到的？！"

达伽说："我是从参与了谋害你父亲和蓝族精灵王国的亚麦麦魔法师那里拿到的。"

阿兹拉克说："那你一定也是他们中的一员！"

达伽盯着怒火中烧的阿兹拉克，说："姑娘们，你们想听听蓝宝石戒指的故事吗？"

胡德笑着鼓掌说："想！终于到故事时间了！"

哈娜嘲讽地说："是的，婶婶，快告诉我们吧。我想知道是什么让这精灵犯了魔怔。"

达伽问道："阿兹拉克，你怎么看？"

阿兹拉克没有回应。

于是达伽说："那你们听好了……"

而后她跟女孩们说起了蓝族精灵的历史，包括他们是如何在追踪失踪者和逃逸者的领域成为所有魔法师仰赖的对象的。同时她还提到，在人们对蓝族精灵的信任越发坚固、越发倾向于向他们寻求帮助的情况下，魔法师之中所萌生出的对他们部族的恨意。于是这就出现了由魔法师阿格拉巴领导的同盟和他们对万达尔的王国的侵袭计划。而关于这群魔法师如何诱骗、囚禁阿兹拉克，以及他对巴巴尔商人所犯下的罪行，达伽都一一告诉了他们。

阿兹拉克说："真希望我知道那个下流之辈现在在哪里。"

达伽笑着说："如果我告诉你他的位置呢？"

阿兹拉克突如其来的激动吓坏了女孩们，他说：“快告诉我！快告诉我！”

达伽依旧笑着说：“天下可没有白吃的午餐，万达尔之子。”

阿兹拉克绷紧所有的神经说：“你想要什么都可以！”

多纳将手放在阿兹拉克胸前，问道：“阿兹拉克你怎么了？”

阿兹拉克并没有理会，而是继续对达伽说：“你想要什么都可以！”

达伽说：“我不要别的，只想要你加入我们的组织，在保护多纳的同时为我们效力。”

阿兹拉克说：“但我曾经发过誓，绝不再次为奴。”

胡德说：“你不会变成奴隶，阿兹拉克，你会成为我们的哥哥。”

哈娜说：“我们需要你帮我们抵御随时随地都会面临的危险。”

拉布哈说：“接受婶婶的条件吧，阿兹拉克。”

多纳也笑着说：“接受吧，阿兹拉克。”

而阿兹拉克却一直沉默不语。拉提卡在一旁显得有些担心。

最后，达伽看着他说：“就现在，对你自己的命运做出抉择吧，万达尔之子。”

阿兹拉克说：“我接受。”

女孩们听到他的回答后都很开心，纷纷上去抱住了他，而他也笑着用自己巨大的双臂环抱住了她们。多纳对他说：“阿兹拉克，这是我第一次看到你笑。”

达伽笑着说：“在你们让他窒息之前都赶紧坐下吧，让我把故事说完。”

于是女孩们和阿兹拉克都重新坐回到火堆边，听达伽跟他们说阿兹拉克家族被俘虏之后的事。阿格拉巴和半岛的多数魔法师联合手下的魔鬼准备对蓝族精灵进行攻击，计划是每个魔法师都召唤一个精灵去自己家里，佯装自己需要帮助，在那之后和魔鬼们一起合作杀掉他。就这样，他们开始了清洗行动。但在派出的精灵皆有去无回的情况持续了一段时间后，万达尔和儿子们开始对魔法师们的意图心生疑虑。于是法尔达克联系到一些不与阿格拉巴结盟的魔法师，他们告诉了他阿格拉巴的行动。于是法尔达克下令停止所有与魔法师的来往。但彼时整个王国的力量已经发生了瓦解，人员也在减少。于是阿格拉巴决定把计划向第二个阶段推进，那就是打击蓝族精灵的据点，即巴里兹山脉。

大批魔法师与自己的同党和魔鬼从半岛各地集结起来，对蓝族精灵王国发出毁灭一击，造成了王国惨重的伤亡。而其余幸存者撤的撤、逃的逃，还有些则躲了起来。也就是在那时，由万达尔和他孩子们组成的统治家族尽数被俘，而战利品中就包括了卡伊拉戒指。根据亚麦麦魔法师与阿格拉巴之间的约定，他拿走了那枚戒指。而在那次行动后，王国里的俘虏皆变成了稀有商品，被当作奴隶进行买卖。

阿兹拉克问道：“那我的父亲和兄弟姐妹都发生了什么？”

达伽继续说道：“参与行动的大魔法师们对他们进行了分配，没有人知道他们被俘虏在何处。但据说参与其中的魔鬼们提出不能杀害统治家族的条件，我想这就是阿格拉巴没有杀你的原因。”

阿兹拉克又问道：“你怎么知道我身上发生了什么？”

达伽说：“阿格拉巴将你进行拍卖的时候，所有魔法师便都知道你还活着。但是你们王国已经衰落多年，因此无人在意。不过，你能告诉我你是怎么被解救的吗？”

阿兹拉克不说话。

多纳笑着搂住阿兹拉克，说：“别追问啦，婶婶，重要的是他最终摆脱了束缚！”

达伽没有接话。

而阿兹拉克开口问道：“我可以拿走我妹妹的戒指吗？”

达伽将戒指抛给他，说：“既然你已经成为我们的一员，当然可以。”

阿兹拉克捡起戒指后说：“阿格拉巴在哪里？”

达伽说：“他大概在一年前就死了。”

阿兹拉克问道：“是谁杀了他？”

达伽说：“他死在了自己的床上，没有人碰他。”

阿兹拉克沉默。

达伽问道：“你还会一直遵守保护多纳的承诺吗？”

阿兹拉克说：“不。”

所有人都惊讶地看向他，而他继续说道：“我现在的承诺是保护你们所有人。”

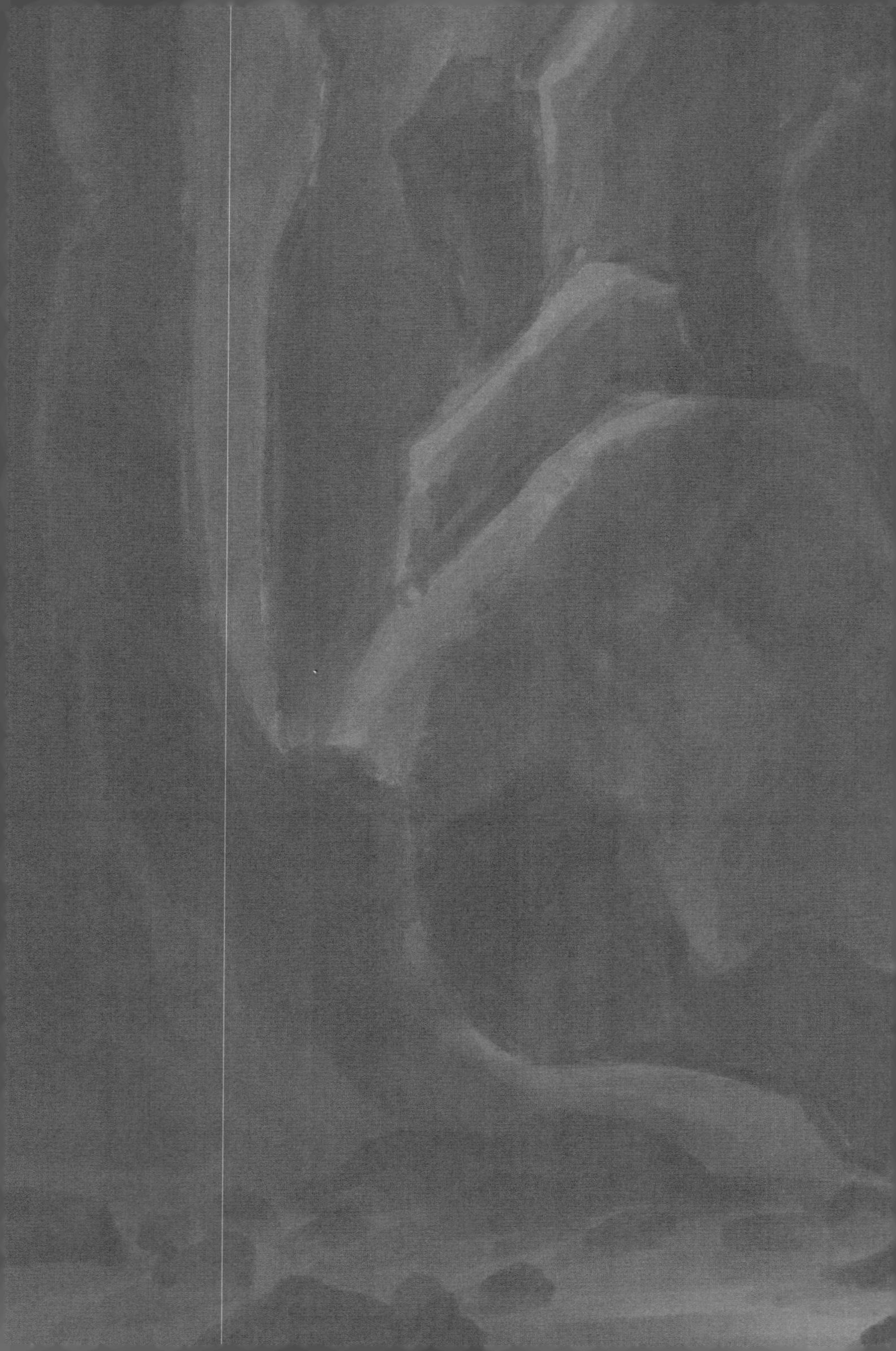

# 第二十二章

# 银之语

有了阿兹拉克的加入，达伽不仅对女儿们的安全更加放心，同时对于在亚麦麦加快建立女魔法师王国这件事也信心倍增，因为她们不仅比以前更加强大，而且还得到了蓝族精灵王子的鼎力相助。在拿出黑宝石戒指后，她继续与大家的谈话。她说："这枚戒指叫疑虑戒指。"

哈娜重复道："疑虑戒指？"

达伽说："没错，一旦戴上它便会成为一只乌鸦的主人，而这只乌鸦会通过窃听魔鬼为主人从全国各地带来各种消息。"

多纳问道："那它为什么叫疑虑戒指呢？"

阿兹拉克说："因为乌鸦不总是传递真相，有时也会带来谎言和被歪曲的事实，从而在主人心里造成疑虑。所以这不是一枚好戒指。"

达伽补充道："但它同时也大有裨益。"

多纳说："婶婶，我想要这枚戒指。"

达伽问道："为什么呢，多纳？"

多纳说："也许它能为我带来关于我哥哥的消息……"

阿兹拉克沉默。

达伽说："你之前没有跟我们说过你有一个哥哥。"

多纳解释道："自从他远行去了南部以后，我就与他失去了联系，再也没有见到过他。"

哈娜说："南部？"

多纳说："对，南部。"

达伽不怀好意地看着阿兹拉克，然后对多纳问道："多纳，你哥哥去南部是为了找什么？"

多纳说："我不知道，他没有告诉我。那时我还太小。"

达伽依然用阴险的目光盯着惴惴不安的阿兹拉克，问道："哈娜，解除咒是源于南部的，对吗？"

哈娜看向张皇无措的阿兹拉克，似乎意识到发生了什么，于是说："婶婶，您的意思是……"

达伽说："我们刚刚相遇的时候，你不是告诉我你曾遇见一个来自北部的少年为了解救蓝族精灵而去寻找咒语吗？"

阿兹拉克不安地沉默着。

多纳问道："婶婶，您这是什么意思？！"

达伽笑着说："我的意思是，在那段时间里，有许多蓝族精灵沦为俘虏，相应的也有很多魔法师为了解除他们的束缚、将他们偷走占为己有而去寻找强大的解除咒。因此大量的魔法师密集地去往南部，尤其是哈德拉毛，只为找到那种咒语。对吗，阿兹拉克？"

阿兹拉克紧张地说："是啊，是啊。"

多纳说："但我哥哥并不是魔法师。"

哈娜一言不发地看着多纳，多纳也沉默地看向她。

胡德说："婶婶，这枚戒指没有故事吗？"

达伽微笑着摸了摸胡德的脑袋，说："有啊。"

阿兹拉克说："我们想听。"

多纳和哈娜没附和。

而拉布哈却说："婶婶，说来给我们听听吧。"

拉提卡也比划道："婶婶，告诉我们吧。"

于是，达伽将那一枚镶着黑宝石的银戒指背后的故事告诉了他们。戒指是由一位乳香之国的魔法师铸造而成，缘由是一个富商怀疑自己的妻子通奸，于是想在妻子不知情的情况下追踪她的消息。魔法师为他制作了那枚戒指，同时告诉他，戒指会为他带来很多消息，但需要提防消息的传递者，也就是一个化为黑乌鸦形态的魔鬼。魔鬼常常在事实中掺进虚假成分，这就需要商人自己对信息进行甄别。商人说："如果这乌鸦会欺骗我，那还要它来做什么？”

魔法师说：“并不是所有从它嘴里说出来的都是谎言，你需要注意它给你的信息。它无法抑制住破坏你和妻子之间关系的欲望，这近乎于它内在的天性。”

商人问道：“那我怎么知道它说的是真是假？”

魔法师说：“你无法确定，但是放心，它说出的真话比谎言多得多。”

于是商人说：“那你把戒指给我，我且试试吧。”

商人从魔法师那里接过戒指戴上后，立马出现一只黑乌鸦盘旋在空中，并且慢慢靠近了他。商人看到乌鸦后不知所措地看向魔法师。魔法师对他说：“别害怕，它会停在你的肩头，好让你告诉它你的需求。”

乌鸦果真停在了商人的肩膀上呀呀叫着，等待自己的任务。于是商人对乌鸦说：“我的大儿子今早去了市集，他买了什么？”

乌鸦听完后便飞走，消失在他们的视线内。而后魔法师说：“我以为你想让它告诉你关于你妻子的事。”

商人说：“我想在真正使用它之前先测试它一下。”

魔法师说：“有道理……那你现在不准备把报酬给我吗？”

商人将银戒指的钱如数付给了魔法师，并坐了下来，想等乌鸦回去。但魔法师对他说：“你不必在这里等它，当它有消息要带给你时，它能在任何地方找到你。”

于是商人朝自己家走去。还没到家，乌鸦便停到了他的肩上对他说：“桑葚，桑葚。”

说完便飞走了。

男人回到家，看到妻子和几个孩子正吃着大儿子从市集买回的桑葚，于是笑了笑，相信了乌鸦所言确是实话。当大家都入睡后，男人依然清醒着，因为他之所以怀疑妻子就是因为她总在夜晚出门。过了几个小时，妻子起身离开了家。商人也跟着出了屋子，但却没找到妻子。于是他戴上戒指，很快黑乌鸦便出现在他的肩头呀呀叫唤。男人对乌鸦耳语道："我的妻子现在在哪儿？"

乌鸦听完后便飞走消失。

在等待乌鸦期间，妻子回到了家，看到丈夫还醒着。男人问道："你去哪儿了？"

妻子不安地说："我母亲那里。"

商人问道："在这个时间点？"

妻子解释道："对，她前几天生病了，我每晚出门是去确认她的情况。"

商人说："那你为什么不告诉我？"

妻子说："我不告诉你是怕你不允许我晚上出门，但现在这种状况我实在放不下母亲。"

商人说："那你为什么非要在晚上去探望她？"

妻子说："医生给她开了药方，需要她在睡前服用。但是她年纪太大，没有人可以喂她吃药。"

商人说："这不是你瞒着我半夜偷偷出去的借口！"

妻子说："别这么嚷嚷！孩子们在睡觉呢！"

商人却说："我在自己的家里想多大声就多大声！"

正当他们争执不休时，黑乌鸦从打开的窗户飞到了商人的肩上，妻子问道："这只怪鸟是什么？从哪里来的？"

商人说："这是一只能证明你的话是否真实的鸟！"

乌鸦在商人耳边说："在你邻居那里，在你邻居那里。"

说完便飞出了屋子。而商人在听到这话后失去了理智，一怒之下残忍地杀害了妻子。大儿子醒来后看到了被虐杀的母亲，而父亲早已不知所踪。他对眼前的一切感到悲痛欲绝，同时试图将母亲的尸体藏起来，以防弟弟妹妹们看到。就在他掩埋母亲尸体的时候，有人敲响了家门。开门后，他看到女邻居站在外面，并问道："你的母亲呢？"

商人的儿子极力掩饰自己的悲伤，回答道："出门了。"

女邻居说："那你到时候告诉她，她昨天忘记来拿她母亲的药了。我的医生哥哥已经按她的要求为她准备好了另一服药。"

商人的儿子强忍着眼泪说："好。"

在告知所有人母亲发生的事后，他将母亲进行了安葬，而后开始寻找自己的父亲。几年后，他在附近的一个村落里找到了父亲，并告诉了父亲当年发生的事。父亲决定自首，并表达了对自己所作所为的忏悔。在被处决的前几天，儿子问道："父亲，您为何要那么做？"

于是商人将戒指的故事告诉了他。但儿子并不相信，要求亲眼看看那枚戒指。商人说："我逃走之后就把它卖掉换钱了。"

儿子讽刺地笑了笑，表现出明显的不信任，并说："沉默是金，父亲，别再说了。"

说完便离开，那之后再也没有人看到过他。而那枚戒指在多年后出现在了一位魔法师那里，商人将它卖出的事自然也得到了证实。那枚戒指成为所有想要增进能量的魔法师的垂涎之物，直到落入亚麦麦大魔法师的手中，而如今又到了我们手里。

胡德说："婶婶，那个商人为什么会如此对待自己的妻子？"

达伽说："人既是自己凶恶的敌人，也是自己最忠实的朋友。”

多纳问道：“阿兹拉克，这枚戒指有害吗？”

阿兹拉克反问道：“你为什么这么问？”

多纳说：“因为我想问那只乌鸦一些问题。”

阿兹拉克不安地说：“你没看到它是如何毁了那个商人的一生吗？”

多纳说：“看到了，但我还是想得到这枚戒指。”

阿兹拉克不再言语。

而达伽则坏笑着把戒指扔向多纳，并说：“多纳，拿着，尽管问乌鸦你想问的吧。”

多纳拿起戒指后并没有戴上，而是将它放进了口袋里。于是阿兹拉克问道：“为什么不现在就戴上呢？”

多纳没有看向阿兹拉克，回答道：“现在还不是时候……”

胡德却鼓动她说：“戴上吧，多纳，我想看看那只乌鸦！”

哈娜不作声。

而多纳面无表情地说：“不，现在不是时候。”

达伽说：“随她去吧，她的戒指她自己做主。”

胡德愁眉苦脸地对着达伽说：“那我的戒指呢……现在除了我，大家都拿到自己的戒指了！”

达伽笑着拿出了一枚绿宝石戒指，说：“你看这枚戒指怎么样？”

胡德一把从达伽手里抢过戒指，张着嘴凑近观察起来，同时还一边对达伽说：“婶婶，它太美了！”

达伽微笑着说：“在拿走它之前，你不想听听它的故事吗？”

胡德激动地说："想！想！"

这时拉提卡用手势问道："嬶嬶，您把我给忘了吗？"

达伽大笑，说："没有呢，亲爱的，你的戒指还在我这里。"

就在达伽准备开始讲绿色戒指的故事时，屋外传来了敲门声。哈娜说："谁会在这么晚的时候来敲门？"

达伽担心地说："哈娜，你和拉布哈一起去看看是什么情况。"

两个女孩走出房间。过了一会儿，她们回到大家身边坐下，满脸隐忧。于是达伽问道："怎么了？是谁在门外？"

哈娜说："我也不知道，嬶嬶……"

达伽说："怎么会不知道？"

拉布哈不安地说："是两个女孩，她们来询问关于你的事。"

达伽说："关于我的事？她们想做什么？"

哈娜说："她们其中一人问我'瓦西班之女达伽住在这里吗？'我告诉她'是的'，于是她笑着看向另一个女孩，并点了点头表示肯定。之后她们便离开了。"

达伽担心地说："就直接离开了？"

拉布哈说："是的，没有再多说什么就直接离开了。"

达伽说："真是奇怪了，她们长什么样？"

哈娜说："她们看起来不像本地人，询问我的那个女孩阿拉伯语很生涩，我觉得她压根就不是阿拉伯人。而且她的脸上全是伤疤，奇怪得很呢，嬶嬶。"

达伽又问道："那另一个女孩呢？"

拉布哈说："她什么也没说，但是在她额前有一缕白发。这就是我对她全部的印象了。"

达伽说：“我并不认识有这些特征的人……阿兹拉克！”

阿兹拉克回应道：“是，达伽夫人！”

达伽说：“追上她们，探明她们的身份！”

阿兹拉克说：“遵命！”

而后便迅速离开去寻找两个陌生女孩的踪迹。而剩下的人则笼罩在强烈的不安之中。

阿兹拉克回去后，不解地告诉达伽自己没有找到任何具有相关特征的女孩，而在那么短的时间内，她们并不可能走出他的搜寻范围。达伽仿佛自言自语一般地说：“除非她们是魔法师……”

拉布哈说：“魔法师？”

达伽说：“没错，魔法师。只有这样她们才能这么快就消失匿迹。”

胡德说：“也许她们也跟那些在我们解决了大魔法师和他的同党后每天不停来到亚麦麦的女魔法师一样，是来寻求庇护的。”

哈娜说：“我也倾向于胡德的想法，婶婶。这也不是第一次有女魔法师来此寻求庇护和援助了，她们大多也都是从亚麦麦之外的地方来的。”

但达伽说：“此前从来没有非阿拉伯裔的女魔法师来找过我们，最近一段时间也没有。她们只是想探明我的存在，而现在她们得到了确认。”

拉提卡用手势问道：“那她们有什么目的呢，婶婶？”

阿兹拉克说：“达伽夫人，我可以再去找一次！”

达伽说：“不必了，阿兹拉克。我并不认为你能找到她们。”

拉布哈忐忑地说：“婶婶，您想我们怎么做？”

达伽说："现在最重要的就是外出时更加谨慎机敏一些。你们最好不要单独出门，出门采购时也都叫上一个姐妹结伴出行。"

所有人都点了点头表示同意。而后胡德一脸沮丧地说："也就是说我今天听不到我戒指的故事了？"

达伽笑了笑，对其余人问道："你们怎么想？"

哈娜说："时间太晚了，我累了。"

拉布哈对哈娜使了使眼色，笑着说："我也是，婶婶，我也累了。"

胡德耍起性子，说："这不公平！"

拉提卡从身后抱住胡德，笑着用手势告诉她自己会留下来陪她听故事。

多纳皱着眉头说："我真的累了，要去睡觉了。"

说完便走出了房间，而阿兹拉克跟在她身后。达伽对哈娜和拉布哈问道："那你们俩呢？"

哈娜笑着说："那我就为了胡德留下来吧。"

拉布哈也说："我也是。"

胡德说："谢谢，谢谢！开始吧婶婶，快告诉我们那个故事！"

达伽说："那你们听好啦……"

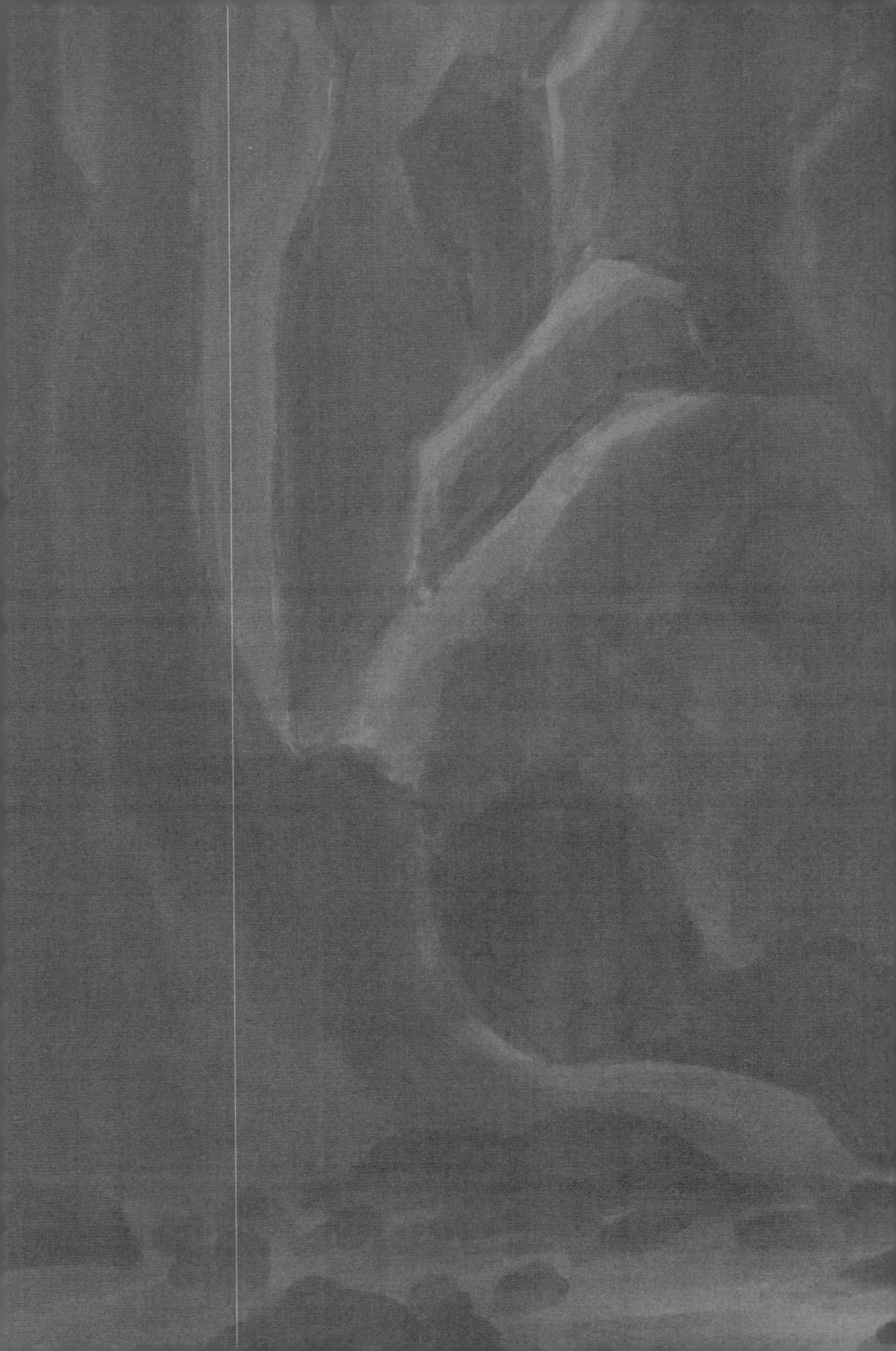

## 第二十三章

# 金字塔魔鬼

在法老之地埃及，住着一个美丽清秀的女孩，名叫娜瓦拉，在法老语言里意为番石榴叶。娜瓦拉在一个法老祭司的宫殿中做女佣。那些祭司整日修炼魔法，并奴役精灵和魔鬼守卫法老、抵御外敌。

有一天，大魔法师准备召唤一个暴虐的魔鬼，派其去刺杀法老的敌人。魔法师习惯在一个禁闭的房间里进行召唤，那个房间除了有奴仆每月打扫一次，没有人可以进入。而那天，魔法师的召唤时间正好碰上娜瓦拉在房间里打扫。一大早就开始干活的娜瓦拉在房间的一角犯困，而魔法师在召唤魔鬼前也并没有注意到她的存在。

娜瓦拉在魔鬼现身的恼人动静中醒过来。魔法师冲她大吼，因为当下如果不把她作为祭品供给魔鬼的话，魔鬼便会将他们两人都杀掉。于是魔法师拿出匕首并用力地抓住娜瓦拉的手臂将她拽向魔鬼，想割破她的喉咙来缓和魔鬼的怒气。但结果却出乎意料，娜瓦拉进行了反抗，并用本来冲着自己的小刀杀掉了魔法师。魔鬼误认为魔法师是祭品，于是坐下来等待娜瓦拉的命令。不过，娜瓦拉对魔法一无所知，只能仓皇地离开了房间，想逃出宫殿。在被侍卫抓住后，她被判处极刑，并将在第二天早晨被处决。

娜瓦拉在昏暗的牢房里戴着镣铐度过自己最后的一个夜晚，哭声传遍所有的牢房。但在黎明之前，她停止了哭泣，转而开始进行对话。据当时在她附近的牢房里的人说，那段她与在她牢房里的不知名声音的对话内容如下——

不知名的声音说：“我要我的使命。”

娜瓦拉害怕地说：“你是谁？”

不知名的声音说：“我要我的使命。”

娜瓦拉问道：“你是魔法师召唤来的那个东西吗？”

不知名的声音再次重复道："我要我的使命。"

于是娜瓦拉说："把我从这绝境里救出去，这就是你的使命。"

不知名的声音说："定不负使命。"

对话就这样结束在了那一刻。一小时后，一群侍卫前去准备将娜瓦拉押送到刑场。其中一个侍卫的手才刚碰到她，便与同他一起进牢房的侍卫全都被撕裂成了碎片。骚乱和尖叫声在那个地下监狱里蔓延开来，守在牢房外的其他侍卫循着惊叫声赶了过去。但才刚走进牢房，却也都无一例外地被撕碎，就像同时遭到了一千支剑的攻击。

这一消息在宫殿的负责人之间散播，很快便传到了法老耳里。于是法老命令新任大魔法师前去监狱的地下室处理保护娜瓦拉的那个东西，因为他们意识到它并非人类，而是一个魔鬼。大魔法师和其他几个魔法师一同进到地下室，看到满身是血的娜瓦拉，而她身边则是散落一地的残肢碎片，气味令人作呕。于是大魔法师命令其他魔法师们帮助侍卫将其他囚犯转移出那个地方，留他独自处理女孩和魔鬼。短短几分钟，那里便只剩下大魔法师、娜瓦拉和保护娜瓦拉的魔鬼。

没有人确切地知道在那个地下室里到底发生了什么，但过了两个多小时后，魔法师拎着被铐起来的娜瓦拉走了出来。他在众人面前将女孩扔到了刑场上，并在围观者们的欢呼声中下了处决她的命令。那一天，被处决后的娜瓦拉被烧成灰烬，扔进了尼罗河里。

然而，除了一堆骨灰，还有一些娜瓦拉身上没有被火熔化的饰品剩了下来，其中就有一枚镶着绿宝石的金戒指，它被大魔法师从骨灰里拾起收进了自己的口袋里。

没过多久，大魔法师便在自己的宫殿里被残忍杀害。说起来这并不算一件令人意外的事，因为长期与魔鬼相交，这样的结局对魔法师来说也算是可预见的。但在那之后，其他的一些魔法师也陆续以同样的方式死亡，参与杀害娜瓦拉的侍卫也不例外。就这样，不安的情绪潜进了所有祭司、魔法师和法老的心里。于是法老下令找出一位杰出的魔法师彻查此事。

祭司奉命从埃及之外亲自请回了一位魔法师。那是一位从辛德国远道而来的魔法师，在魔法师之中有着极高的声望，以至于他才刚到达埃及，魔法师们便争相前去亲吻他的手。辛德魔法师在见到法老之后便收到了调查大魔法师和他的同伴们被谋杀一事的命令。

辛德魔法师要求查看死者们的尸体。这件事并不难办，因为大多数尸体都没有被埋葬，而是在做了防腐处理后放进棺木里。在对尸体进行了检验后，辛德魔法师又要求勘察大魔法师的住所。法老对他有求必应，哪怕是在当时被禁止的事，生怕那个无名杀手找上自己。

没过多久，辛德魔法师就走出了大魔法师的宫殿，朝法老的宫殿而去。他将绿宝石戒指扔在法老的脚边，说：“杀害魔法师们的凶手就在这枚戒指里。”

法老问道：“这凶手是个什么东西？”

辛德魔法师说：“悬在天地之间的魔鬼，没有完成自己的任务，也永远不可能完成，所以处在疯狂的状态中。”

法老说：“现在就将他毁灭！”

辛德魔法师说：“想要毁掉他并不难，但我有一个条件。”

法老不耐烦地说：“杀了他，否则我就杀了你！”

辛德魔法师说：“戴好你的王冠，卸下你愤怒的触角。”

这句话彻底激怒了法老，他对魔法师说：“你一个无名之辈有什么资格命令我？别废话，按我说的做！”

辛德魔法师说："无妄的渴求多寄于愤怒，智者享受安乐，愚蠢的人却只能做白日梦憧憬它。"

法老高声喊道："你这个奴隶说我愚蠢？！你竟敢如此跟最尊贵的法老说话！"

辛德魔法师说："和你争辩没有任何意义，你对谬误的坚持无异于对真理的颠覆。"

法老命令侍卫将辛德魔法师杀掉并扣下戒指，但转眼间魔法师便和那枚绿宝石金戒指一并消失。在那之后，魔法师们依旧接连地遇害，直到法老也被杀害。过了很多年，那一波杀戮的浪潮才得以彻底平息。

胡德瞠目结舌，说不出话来。

达伽笑着说："胡德，你不喜欢这个故事吗？"

哈娜打着呵欠问道："婶婶，这个名字和魔鬼有什么特殊联系吗？"

达伽说："什么名字。"

哈娜说："努拉和娜瓦拉这两个名字很类似。"

达伽说："说得没错，我之前都没有注意到。"

胡德开心地抱住达伽，说："我很喜欢这个故事，婶婶！把戒指给我吧！"

达伽笑着说："拿去吧，不过你要记住，这枚戒指的能力是未知的，唯一可以确定的是那个魔鬼被封锁在里面。"

胡德笑着说："别担心，婶婶，我会每天跟他说话让他爱上我的。"

拉布哈一边准备起身一边说："这只会让他逃到随便天上还是地下去吧。"

哈娜大笑着也准备离开，同时对胡德说："走吧，我们出去，让婶婶休息一下。"

女孩们走出了房间，而独自留下的达伽辗转反侧无法入眠，琢磨着前来询问她的消息的两个女孩。

第二天，女孩们在婶婶的呼唤声中醒来。达伽把大家召集到前一晚聚集的房间里，并对她们说：“是时候实行我们的下一步计划了，也是对于我们在亚麦麦建立自己的王国最重要的一步。”

拉布哈问道：“婶婶，您是指筹钱吗？”

达伽说：“没错，而且要尽快。最有效率的方法就是劫路，抢劫那些前来亚麦麦的商队。”

哈娜笑着说：“我们终于要做有意思的事了。”

胡德问道：“劫路的乐趣在哪里？”

达伽说：“我们的目标是钱，而不是找乐子。我们必须要做好周密的计划才能成功，明白吗？”

所有人都点头表示赞同。达伽说：“阿兹拉克，去帮我找最近将要来亚麦麦的商队，最好是防卫松散的那种。”

阿兹拉克回应道：“是。”而后便出发去寻找商队了。

达伽继续对女孩们说：“我们现在随时都会面临亚麦麦城外敌人的攻击，因此我们必须要用很多钱在这座城邦里稳固自己的地位。”

拉布哈说：“我一直以来都想变成有钱人。”

达伽说：“只靠欲望并不能让你实现愿望，它只是漫长艰难旅途中的一步而已。”

胡德说：“我不在乎金钱。”

哈娜讥讽道：“金钱也不在乎你。”

胡德说：“我父亲常常说钱是罪恶的钥匙。”

哈娜说：“人才是罪恶的钥匙，金钱和他们的所作所为一点关系也没有。”

达伽说：“大多数人对自己推崇的东西往往都求而不得，

所以不要过度看重金钱，这样它才不会鄙弃你们。”

胡德说：“婶婶，您在说什么呀？”

达伽说：“很多意义都需要通过时间的打磨才能显现出它的光亮，不用想太多，胡德。”

不到一小时的时间，阿兹拉克便返回，并说：“我发现了一个从希贾兹来的商队，装载着很多货物，而且没有任何防护。”

于是达伽说：“走吧，孩子们，我们去夺得这顿饕餮大餐。”

达伽的劫路行动一直持续着，财富源源不断地涌向她们。在财富积累到足以支撑达伽建立起自己的王国之前，她都在阿兹拉克的帮助下将多数抢劫来的钱秘密地藏了起来。有一天，阿兹拉克探查完商队回到达伽身边，并告诉达伽自己发现了一个从赫贾尔来的商队，除了领队和向导便只有五个护卫。于是达伽命令整个组织发起抢劫他们的行动。除了多纳以外的所有女孩全数到齐，达伽问起原因，胡德主动说自己去叫她，但被阿兹拉克拦下，并说：“不，让我去吧。”

阿兹拉克走进多纳的房间，看到多纳正在哭泣，而黑乌鸦正停在她的肩膀上。阿兹拉克不安地问道：“多纳，你怎么了！”

多纳冲上去抱住阿兹拉克，边哭边说道：“谢谢你，阿兹拉克，我也爱你。”

阿兹拉克心生疑惑，但也只是抱住了多纳，而后看着黑乌鸦从窗户飞远。哈娜走进房间想催促他们，但看到两人正相拥在一起，脸上的神情微妙一变，只对他们说：“走吧，我们不能太迟了。”

一行人走出房子，朝连通赫贾尔与亚麦麦之间的那条路而去。为了更快到达，达伽让阿兹拉克直接将她们带到商队必经之路的附近。阿兹拉克降落在半途中的一口井旁，说：“还有半天时间商队就会到达这里。”

达伽说：“很好，听着，我将拦下商队并让他们相信我迷了路，而后将侍卫们引到这里来。我希望你们藏在井里，在他们将你们救出的过程中突袭他们。”

拉布哈说：“为什么要这么费劲呢，婶婶？我们可以就地袭击并杀了他们。”

达伽说：“商队里有妇女和小孩，我不想让他们看到侍卫被杀害的场景，这是不厚道的。”

哈娜说：“婶婶说得有道理。”

拉布哈却说：“什么厚道？什么道理？这样的话我们只会浪费时间！”

达伽呵斥道：“拉布哈，照我的命令做！”

拉布哈说：“是，婶婶……”

而后达伽留下所有人在井旁，独自朝商队的方向而去。而为了让阿兹拉克留下来保护女孩们抵御沙漠里的各种危险，她选择了步行。等她走远后，哈娜说：“现在怎么办，天色马上就要黑了。”

胡德开心地拍着手说：“我们生火吧！”

拉提卡点头赞同。

拉布哈不解地看着激动的胡德，说：“这个夜晚将会无比漫长。”

阿兹拉克问道：“我现在要隐藏起来了，多纳。你还有什么需要吗？”

多纳笑着说：“没有了，阿兹拉克，愿你平安。”

于是阿兹拉克消失在在了女孩们的视线里。

哈娜挖苦道：“你为什么不在他离开前亲吻他？”

多纳反问道：“关你什么事？”

拉布哈也说："哈娜，你怎么回事，为什么掺和到他们俩的事里去？"

哈娜说："我对她和她的情人阿兹拉克感到反胃。"

胡德问道："情人是什么意思？"

拉提卡捂住胡德的耳朵将她拉到了一旁。

多纳说："哈娜，别介入到与你无关的事情里来！"

哈娜说："我可没有介入你们两个在你紧闭的房门后面所做的事。"

多纳说："就像我关上自己的房门一样闭上你的嘴吧！"

拉布哈说："你们怎么了？都忘了我们还在进行任务吗？！别让你们的愚蠢毁了它！"

哈娜愤愤地说："我要去睡了！"

多纳也气呼呼地说："我也是！"

拉布哈不解地说："这是怎么了？"

在水井附近绕了一圈后，拉提卡和胡德发现所有女孩都已围在井边睡下，于是回到大家身边。她们为了隐蔽自己所以没有生火，只依靠星星和月光。胡德和拉提卡坐下后，胡德沮丧地说："我戴上了我的金戒指，但是什么都没发生。"

拉提卡用手势说道："你没有问婶婶这枚戒指的能力呢？"

胡德说："不是的，她说戒指的能力还不明确。"

拉提卡笑着用手势说："我问了她关于我戒指的能力。"

胡德不解地说："但她还没有把戒指给你呢。"

拉提卡依然笑着用手势说："谁说的？"

胡德激动地问道："她什么时候给你了？我想看看！"

拉提卡笑着捂住了胡德的嘴，然后另一只手比划道："小点儿声，别吵醒了大家！"

胡德笑着说："好的好的，给我看看你的戒指吧。"

拉提卡笑着从口袋里拿出戒指戴在了自己手上。那是一枚没有宝石的戒指，但周身雕刻着精致的纹路。胡德目瞪口呆地说：“真漂亮啊，是我们所有的戒指里最美的一枚，拥有它的人能获得什么能力？”

拉提卡笑着说：“我可以通过它进行简单的交流。”

胡德惊讶地大声说：“什么？！你能说话？！怎么会？！你的声音真好听啊，拉提卡！”

拉提卡赶紧冲上去用手捂住了胡德的嘴，然后轻声说：“小点儿声，胡德，求你了！”

胡德迅速拿开拉提卡的手，问道：“为什么？你为什么不想让我们知道你现在能说话了？”

拉提卡笑着说：“婶婶让我暂时保密。”

胡德不解地问道：“为什么？”

拉提卡依然笑着说：“我不知道，也没有问她。但她承诺我们明天回去之后我就能告诉大家了。”

胡德说：“但愿我能撑着保守秘密到明天。”

拉提卡笑了笑，说：“就算为了我，你也要撑着，求你了！”

胡德笑着说：“我会努力的，拉提卡，我保证！”

拉提卡说：“胡德，其实我叫阿荷拉玛，阿荷拉玛。”

胡德大声地说：“你的名字真是太美了，拉提卡！”

拉提卡笑起来，说：“小点儿声，我们去睡觉吧。”

太阳升起来时，拉提卡睁开眼却发现只有拉布哈睡在自己身边，于是她立马叫醒拉布哈，用手势对她说：“其他人呢？”

拉布哈睡眼惺忪地说：“我不知道……”

拉提卡晃了晃拉布哈，用手指向前方，说：“你看！”

拉布哈一个激灵起身，说：“婶婶和商队的侍卫来了！我们快藏到井里去！”

# 第二十四章

# 黑影的咆哮和马群的嘶吼

哈娜和胡德步行到达了商队驻扎的地方，而达伽、拉布哈和拉提卡三人也从商人那里拿到了钱。而由于达伽不愿意在大家面前杀人，她们只是将剩下的侍卫跟商队绑在了一起。

女孩们拿走了轻巧、有价值的东西，并把它们放到了她们为回亚麦麦而挑选的牲口身上。在看到哈娜和胡德两人后，达伽一边将战利品放到牲口背上一边问道：“多纳在哪儿？”

哈娜也开始将战利品放到其中一只牲口身上，说：“我们不知道，她昨晚离开我们后就没有再回来。”

达伽愤怒地扔下手里的东西，说：“你怎么能在没有她的情况下自己回来？！你们怎么能抛弃自己的姐妹？！”

胡德说：“我们找过她了，婶婶，但是没有找到。”

达伽咆哮道：“这不是你们将自己的姐妹独自抛弃在沙漠里的借口！组织必须永远紧密团结，绝不能因为一些无谓的矛盾就分散开来，这样只会将组织置于险境之中！”

哈娜讽刺地笑着说：“她并非独自一人，阿兹拉克和她在一起。”

拉布哈说：“这也不是抛下她的理由，哈娜。”

哈娜皱着眉头将战利品往牲口身上搬，然后说：“我才不对她和她的行为负责！”

达伽捂住胸口重重地喘着气，说：“拉布哈，别跟她这个蠢货浪费时间，我们去找她。”

说完她念起咒语，召唤出了红魔。红魔亲吻着她的手说：“永世为您，永世为您……”

达伽咽了咽唾沫，呼吸变得越发困难，同时对红魔说：“去找出多纳的位置，她离这里不远！”

红魔四肢并用地朝着前方行动起来。

拉布哈用手扶住达伽的背，担心地说：“婶婶，您怎么了？坐下歇歇吧，放心，多纳不会有事的。”

达伽重重地喘着粗气对哈娜说：“如果你的姐妹发生什么不测，那都是因为你这个蠢货！”

哈娜依然在搬运着战利品，讥笑着说：“她不会受伤的，婶婶，您无需反应过激。”

达伽冲向哈娜，正准备打哈娜一个耳光，却看见红魔从远处朝她狂奔而来，于是停下了动作，喜忧参半地说：“他回来了，看来她就在附近。”

拉布哈笑着说：“我就说嘛，婶婶。”

红魔凑到她耳边低语起来。

达伽脸色大变，却平静地说：“什么？”

拉布哈问道：“婶婶，您怎么了？他找到多纳了？”

达伽面无表情地说：“是的。”

这时哈娜对大家说道：“我不是早就告诉过你们她没事吗？”

胡德不安地扯住达伽的衣服，说：“婶婶，我们快去把她带回来吧！”

达伽没有回应女孩们，只是平静地骑上马，朝着红魔返回的方向而去。

女孩们也都骑上马跟着达伽，但达伽的行进速度出奇的缓慢。

拉布哈说：“婶婶这是怎么了？”

哈娜笑着说：“看起来是因为意识到自己错了，所以觉得难堪呢。”

拉提卡用手势比划道：“婶婶在哭！”

胡德也跟着哭了起来，问道：“婶婶您怎么了？”

达伽默默流着眼泪不说话。

拉布哈也开始哭起来，说：“求求您了，婶婶，告诉我们吧！”

但达伽依然不理会她们，只是继续往前走，直到停在了某个地方。

拉布哈问道：“怎么了，婶婶，您怎么停下了？”

达伽从马背上下来，慢慢向前走。

女孩们也都纷纷从马上下来，忐忑不安地跟着婶婶。

胡德一边哭一边问道：“婶婶您怎么了，为什么不告诉我们？”

哈娜也开始强烈地担心起来，说：“婶婶，我为自己说过的话道歉，请您原谅我！”

拉布哈恼怒地哭着说：“婶婶，我们到底要去哪儿？！”

这时，拉提卡的眼泪也不住地夺眶而出。

哈娜也哭起来，说：“停下来跟我们说说吧，婶婶！”

胡德突然大喊道：“多纳！”

女孩们顺着胡德的喊声看过去，发现多纳已经被杀害，身体周围的沙砾都被染成了红色。

所有人都在原地崩溃地哭喊起来，只有达伽走到了多纳早已冰冷的尸体旁，而后抱住她撕心裂肺地哭了起来。

哈娜哭喊道：“一定是那个该死的蓝族精灵杀了她！”

拉布哈跪坐在达伽身边，悲痛欲绝地哭着说：“婶婶，这是发生了什么？”

胡德和拉提卡哭得说不出话。

这时贾莉拉大笑着说：“看那些愚蠢的阿拉伯女人，就只知道哭！”

除了依然搂着多纳的达伽，其余人纷纷不可置信又愤怒地看向那个说着她们听不懂的语言的人。

阿尔提斯笑着说："婶婶，这就是我们千里迢迢要找的那个组织吗？"

哈娜满眼泪水气愤地对达伽说："婶婶！那就是那天问起您的女孩！"

阿芙萨尔说："别浪费时间，赶紧解决掉她们。至于这个老妇人达伽，就交给我吧。"

阿芙萨尔组织的女孩们群起攻向达伽组织的人，与她们缠斗在了一起。而阿芙萨尔在手里转动着父亲阿述尔的木珠，不紧不慢地走向还在抱着多纳痛哭的达伽，而后满脸笑容地用阿拉伯标准语对她说："我们终于相见了，瓦西班之女。"

达伽小心翼翼地将多纳的脑袋放到地上，吻了吻她沾着血的额头，说："你的婶婶现在要去为这片沙地浇灌鲜血。"

说罢便猛地冲向阿芙萨尔，用自己最强大的咒语向她发出攻击。

数小时的哀嚎
数十咒语倾出
血流成河
终结来临
一方锁定胜局

夜幕来临前，哈娜清醒过来，她脸部肿胀，部分骨头已经粉碎。她看了看四周，却没有找到婶婶和姐妹们。

她开始匍匐向前。

直到看到阿芙萨尔组织的人聚集在胡德的尸体旁边，她们大笑着，沉醉于她们的胜利。麦哈尔娜注意到爬向她们的哈娜，于是笑着说："看啊，婶婶，她们之中还有一个活着的。"

她们大笑着围住受伤的哈娜。贾莉拉揪住哈娜的发尾往后拽，让哈娜的脖颈仰了起来，而后掏出匕首准备将她杀死。但阿芙萨尔制止了贾莉拉，微笑着说："留着她，让她成为阿拉伯下贱之流的前车之鉴！"

贾莉拉狠狠地将哈娜的脑袋摔在沙子上。离开前，阿芙萨尔踩着哈娜的脑袋，用阿拉伯对她说："力量并不意味着一切，阿拉伯之女。"

而后便和组织成员们离开，消失在了地平线。

哈娜拼命地抬起头，爬到胡德的尸体旁边。看着死去的胡德整张脸埋在沙子里，她心碎地哭起来。这时，她听到附近传来呻吟声，于是迅速向发出声音的地方爬去。她经过了拉提卡的尸体，但仍然忍住内心剧烈的疼痛继续朝着那个声音爬，直到发现奄奄一息的拉布哈。

哈娜将拉布哈破碎的脑袋抱在怀中，轻声抽泣着。

拉布哈闭着眼睛，鲜血从裂开的嘴里往外流，她说："孩子你怎么了，为什么哭？"

哈娜忍不住大哭起来，说："别死啊，拉布哈，求求你别死！"

拉布哈说："放下现在的生活，回到哈德拉毛去。"

哈娜对着天空嘶喊道："不要抛下我！"

拉布哈说："我看到了我的母亲……她如约回来接我了。"

哈娜说："求求你了，拉布哈，别死！！"

拉布哈："……"

就这样，拉布哈死在了夕阳的最后一缕余晖里，留下哈娜发了疯一般地哭喊着。

这时阿兹拉克用平和的声音说："哈娜，别哭了。"

哈娜说："是你？！你耍了我们，还杀死了多纳！"

阿兹拉克的胸口受到了巨大的创伤，重重地喘着气说："我？！"

哈娜大声喊道："对，就是你！是你任由那些女魔法师杀了她的！"

阿兹拉克悲伤地说："一直到最后一刻我都还在保护着她，但她们组织严密，远远超出了我的抵抗能力，而且跟她们一道的那个恶魔实在是太过强大了。"

哈娜高声质问道："那要你来有什么用？！"

阿兹拉克悲伤地看向地面不说话。

哈娜看向拉布哈已经僵硬的脸，说："阿兹拉克，到底发生了什么？为什么我们组织这么轻易就崩溃了？"

阿兹拉克说："我见证了大半经过……本来她们并没有多少胜算，但是……"

哈娜追问道："但是什么？！阿兹拉克，你快告诉我！"

于是阿兹拉克跟哈娜说起了自从多纳与她们在沙漠中分开后所发生的一切。

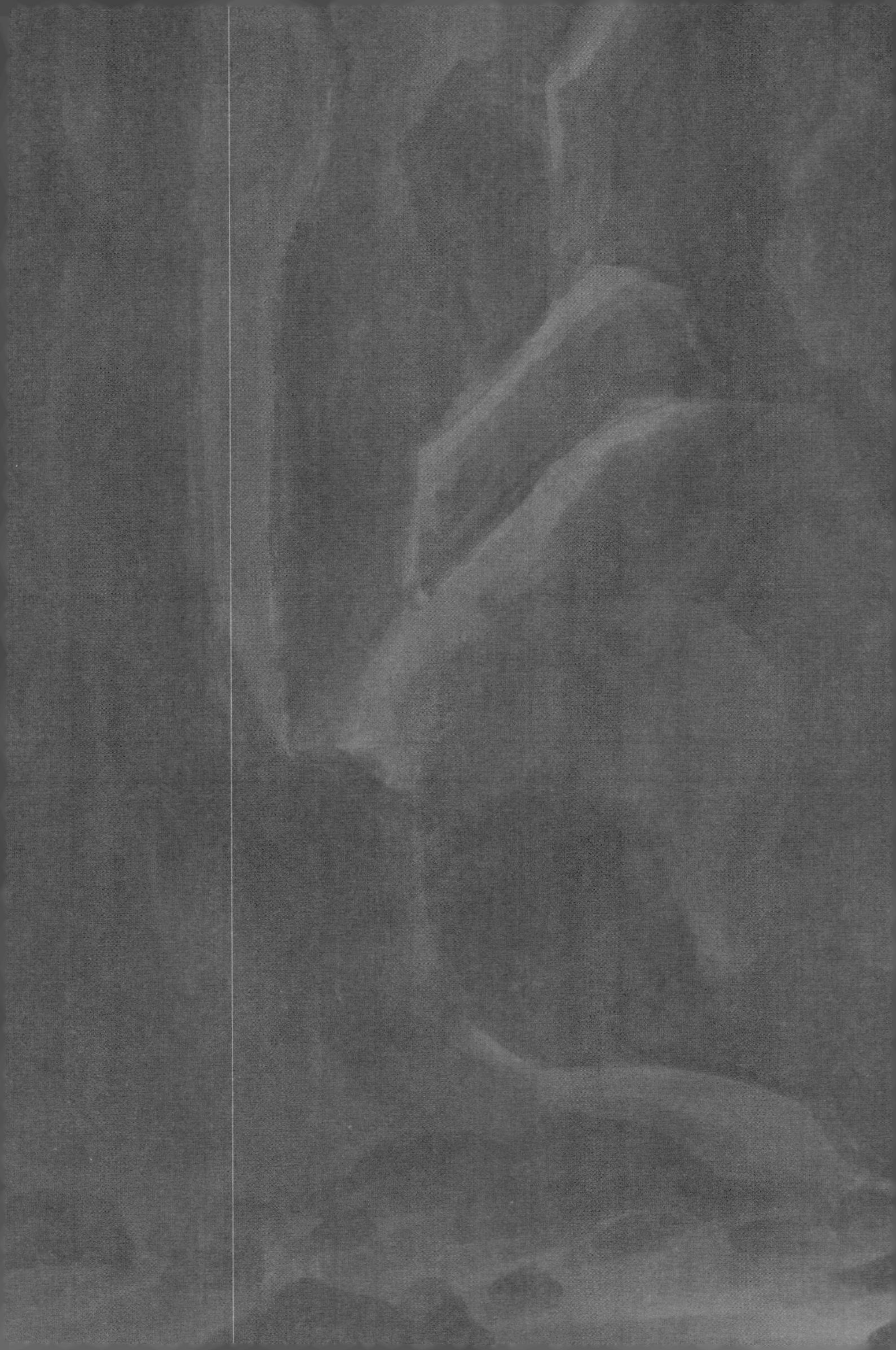

# 第二十五章
# 红　沙

阿兹拉克在多纳的呼救声中惊醒，而后看到多纳被六个女人围在前一晚两人休息的火堆旁。那几个女人说着波斯语，由于阿兹拉克所属的蓝族精灵就坐落于波斯国境内的巴尔兹山脉，因此他们对波斯语非常熟悉。

阿兹拉克在隐身的状态下冲向那些女人，只用一击便将其中三人撂倒，又在她们的尖叫和惊恐中猛地将第四个人摔在了地上。在这般让阿芙萨尔不明所以的混乱中，她摸了摸自己的戒指。于是身形庞大的恶魔出现并靠近她，说："你还有一次请求机会……"

阿芙萨尔说："立刻将戏弄我们的这个东西解决掉！"

恶魔咆哮着冲向阿兹拉克，逼得阿兹拉克不得不现形应战。他们两个在阿芙萨尔的组织和躺在地上的多纳面前激烈地打斗起来。

经过了一阵残酷的交战之后，阿兹拉克受到恶魔的沉重一击，扑倒在地，失去意识。阿芙萨尔十指交叉着说："如果我早知道你是个蓝族精灵，我就不会费力召唤恶魔了，对于他来说，解决你比喝水还要容易。"

说完她用咒语将阿兹拉克禁锢在原地，多纳上前抱住阿兹拉克大哭。阿芙萨尔组织的成员们坏笑着站在他们身边，贾莉拉用力抓住多纳的头发将她扯开，而这时阿兹拉克开始在波斯女魔法师的一片笑声中叫喊起来。

多纳挣脱开贾莉拉后开始念起咒语。然而还没念完她就遭到来自阿芙萨尔出其不意的咒语攻击，同样失去了意识。贾莉拉继续抓着她的头发将她的脑袋提了起来，而后在呼声中掏出了匕首。阿兹拉克苦苦哀求，但她丝毫不理会，像屠宰牲口一般杀掉了多纳。那之后，阿芙萨尔命令成员们隐蔽起来，等待达伽的组织来找多纳。阿兹拉克困在原地疯狂地呼喊，于是阿尔提斯靠近阿芙萨尔说："这个精灵的喊叫声会暴露我们的，婶婶！"

阿芙萨尔说："恰好相反，只管让他喊吧，这样瓦西班之女才更容易找到她被宰杀的女儿。"

正在这时，恶魔开始愤怒地咆哮。而后他冲向不能动弹的阿兹拉克对他进行毫不留情的攻击，直到在阿兹拉克的胸口上留下一个严重的创伤。阿芙萨尔并不想让阿兹拉克在达伽发现多纳的尸体之前死去，于是迅速用咒语将他解放。

麦哈尔娜问道：“婶婶，您在做什么？！”

阿芙萨尔说：“蓝族精灵现在还不能死！”

贾莉拉笑着说：“他不死，恶魔是不会罢休的。”

阿尔提斯说：“你们看，恶魔停手了！”

恶魔愤怒地看向阿芙萨尔和女孩们，说：“你们和我的对手联合起来对付我？”

阿芙萨尔说：“停手，恶魔，你走吧。”

恶魔高声吼道：“我已经无需再听命于你了！”

接着便冲向阿芙萨尔和组织成员们，吓得女孩们各自逃开，而阿芙萨尔却只是微笑着定定地站在原地。恶魔还没碰到她便开始后退，而后倒地死去。

娜宰尼问道：“婶婶，他怎么了？”

阿芙萨尔说：“这就是低估我能力的下场。”

麦哈尔娜说：“婶婶您看，那边有几匹马朝我们这边过来了。”

阿芙萨尔说：“瓦西班之女来了。”

受到恶魔猛攻的阿兹拉克蜷在地上嘶喊，但却无法站起身。于是阿芙萨尔用咒语让他直接晕厥了过去。

过后阿兹拉克又在达伽和阿芙萨尔交战的声响中醒来。尽管急切地想要帮助达伽和她的组织成员们，但身负重伤的他却只能沉默观战。

多纳死后，两个组织之间的力量已然不对等。在阿芙萨尔和达伽缠斗时，哈娜疯狂地冲向阿芙萨尔，但阿芙萨尔却回以出其不意的致命一击。如果不是手上那枚俘虏恶魔戒指让哈娜抵御咒语的能力倍增，她绝无可能只是伤痕累累地陷入昏迷，得以死里逃生。而那之后的战况变为阿尔提斯和贾莉拉联手攻击胡德、麦哈尔娜与拉提卡对峙，还有独自面对娜宰尼和安哈尔的拉布哈。

## 第二十六章

# 怒火飓风

达伽怒不可遏地冲向阿芙萨尔，一掌将阿芙萨尔手中那颗父亲留下的木珠打到了地上。阿芙萨尔用手背擦了擦鼻血，微笑着说："这一天，我足足等了几十年。"

最初两人都不使用咒语，只用双手对峙，仿佛想切身体会她们之间的冲突。然而，阿芙萨尔在达伽的强硬攻势下节节败退，只好借由咒语将达伽周围的沙砾聚成一股巨浪将她在顷刻间吞噬。正当阿芙萨尔沉浸在胜利的喜悦里时，达伽面无表情地坐在恶魔的肩上冲出沙浪。恶魔将达伽放到地上后，向阿芙萨尔发出难以抵抗的狠狠一击，将她摔在了地上，而后便离开了。

达伽十指交扣，闭上还充盈着泪水的眼睛念起咒语。阿芙萨尔在受到攻击后再次站起身来，却发现有几十把长剑对准了自己。阿芙萨尔击了三次掌，将那些长剑全都从自己身边赶走，转而插进了沙地里。此时，达伽又将右拳合上左掌，配合咒语粉碎了阿芙萨尔的几根肋骨。阿芙萨尔从口袋了掏出一些粉末抛向空中，粉末瞬间变为一根根纤细的银针，大面积刺进了达伽的身体。接着阿芙萨尔用手扶住自己的胸口，严重的体力透支和肋骨的伤让她开始呼吸困难，同时她抬起另一只手，在念起咒语后，有一团黑云在达伽的头顶聚拢起来。

达伽的头发开始掉落，双眼充血，她滚向阿芙萨尔并将指甲插进阿芙萨尔的腹部。阿芙萨尔吃痛地垂下手，那团黑云也随即消失。阿芙萨尔倒在地上拼命喘气，而达伽则强撑着站起了身，她十指交扣，准备念出杀死阿芙萨尔的最后一道咒语。

# 第二十七章

# 地狱的孩子

阿尔提斯和贾莉拉将胡德围困住，开始用她们最强大的咒语对胡德进行攻击。胡德无力招架两人的攻势，摔在地上哭了起来。贾莉拉大笑着说：“看，这个蠢货在哭！这些阿拉伯女人算哪门子的魔法师？！”

阿尔提斯却严肃地说：“别浪费时间，赶紧把她解决掉！”

于是贾莉拉十指交扣、念起咒语，准备杀掉蜷缩成一团哭泣的胡德。但突然间阿尔提斯大喊道：“贾莉拉，小心你的身后！”

贾莉拉中断了还未完成的咒语，转身看到一千来个矮小的男人。他们像是四肢发达的小孩，瞳孔全白，长着小角。贾莉拉惊恐地说：“这是什么……你们是谁？”

然而没有任何一人回应她。她慢慢往后退到吓得发抖的阿尔提斯身边，说：“阿尔提斯，这是什么……他们是谁？”

阿尔提斯说：“别问这么多，杀了他们便是！”

于是贾莉拉拿着匕首刺向胡德，但还没有走出几步，只见那一千个矮人扑向她对她拳打脚踢。尽管她极力想用咒语赶走他们，但他们总能进行反击，直到贾莉拉满身是血、骨头粉碎。矮人们起初并没有遭到阿尔提斯的攻击，因为阿尔提斯本想先对付胡德。但见情况不妙后，她念出召唤卡尔曼魔鬼的咒语，眼睛和头发的颜色变得雪白，对围在贾莉拉周围的精灵发出了攻击。由于顾及到贾莉拉的安全，这一击只将精灵解决了七七八八，而其余的精灵惊叫着逃散开，留下躺在地上奄奄一息的贾莉拉。胡德将自己埋在肩膀之间的头抬起来，看到阿尔提斯站在她面前用波斯语笑着对她说：“真是遗憾，你要带着自己的这种能力死去了。”

贾莉拉将匕首朝阿尔提斯扔过去，说：“赶紧杀了这个贱人，我们还得赶去帮姐妹们呢！”

阿尔提斯接过匕首，笑着说：“抱歉，我现在得走了。”

说完便将匕首刺进了胡德的心脏。临死前，胡德正看向与娜宰尼和安哈尔厮杀的拉布哈。

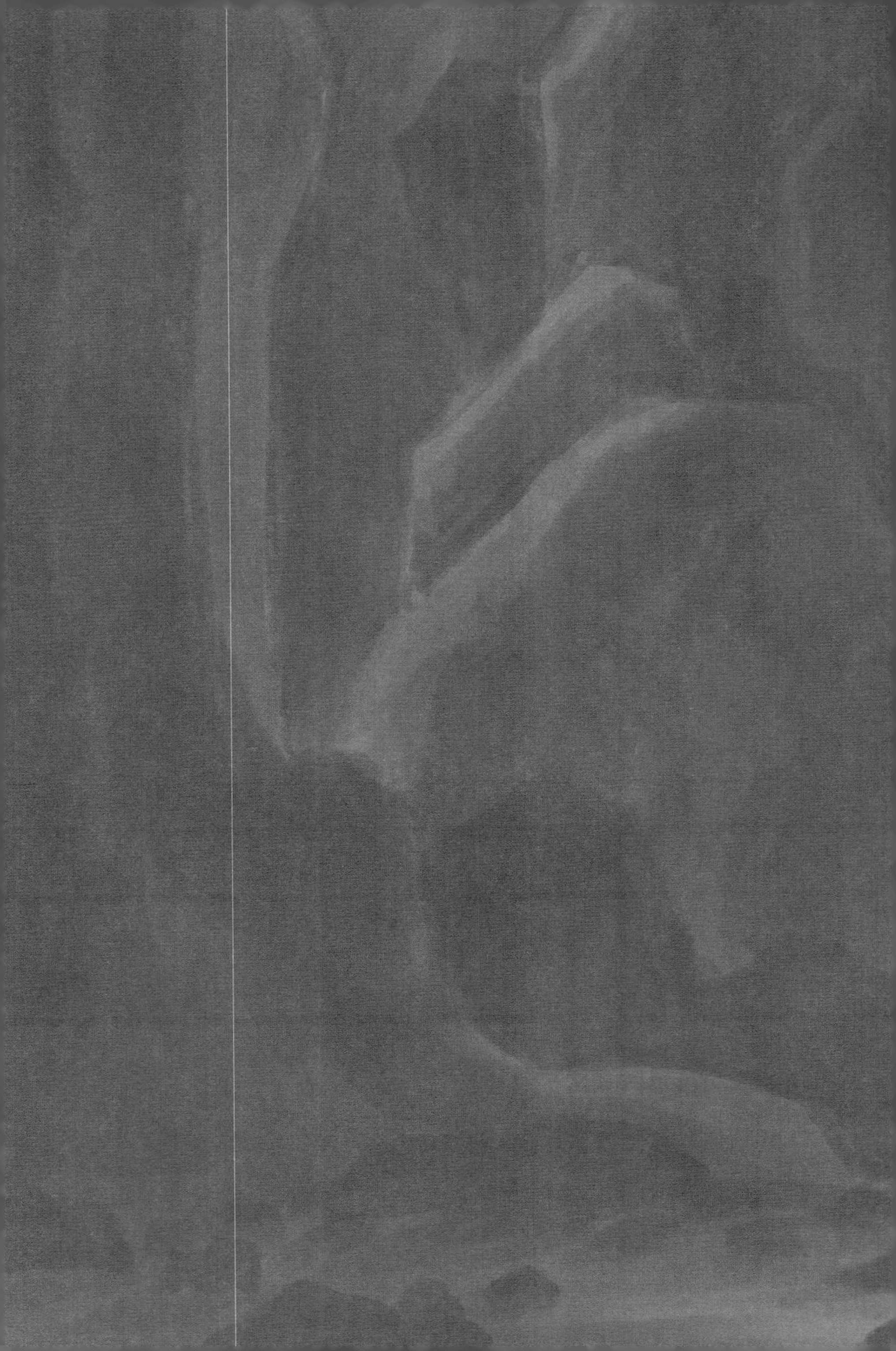

# 第二十八章

## 血　望

拉布哈与娜宰尼、安哈尔在交锋中打得难解难分。一开始安哈尔还对复仇心切的拉布哈心存忌惮，但娜宰尼勇猛的攻势鼓舞了她，于是趁拉布哈不备时也加入了战斗。三人持续着血腥的厮打，娜宰尼在拉布哈强大咒语的攻击下受到重创。就在拉布哈准备了结娜宰尼时，安哈尔用自己不熟练的阿拉伯语对她喊道："停！不要伤害我的姐妹！"

当下的拉布哈同样满身是伤，她喘着粗气回过头不解地问道："你们到底是谁，从哪里来？"

安哈尔紧张地说："我们……"

话还没说完，贾莉拉从背后在拉布哈的腰间捅了一刀，而拉布哈重重一掌将她从自己身边推开后便踉跄着开始流血。娜宰尼呼唤其他女孩去杀掉拉布哈。在与胡德缠斗并偷袭拉布哈后，贾莉拉精疲力竭地直接倒在了地上。阿尔提斯恰好相反，她直直冲向拉布哈，想用咒语攻击她，但拉布哈及时予以回击，使她一时失去重心摔在贾莉拉身边。娜宰尼见状赶忙去救自己的两个姐妹，同时对愣在原地的安哈尔喊道："你怎么了？！行动起来！别那样站着！"

安哈尔依然呆若木鸡，而娜宰尼则继续向不断后退的拉布哈逼近，对她发出猛力一拳，让拉布哈跌倒在地。正当她准备爬起来时，娜宰尼站在她眼前开始念起咒语，而拉布哈也看着她的脸迅速地念起咒语，娜宰尼眼睛感受到一阵刺痛，也倒在了地上。拉布哈挣扎着起身，但阿尔提斯却用一个大石头从背后砸碎了她的脑袋。

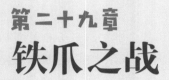

## 第二十九章

# 铁爪之战

在这场战斗中，由于麦哈尔娜对所有咒语免疫，因此拉提卡只能用双手与她较量。然而只要麦哈尔娜试图施咒，拉提卡就会不停地干扰她。漫长消耗的打斗让两个人都过度失血、筋骨大伤。最后，胜利似乎倒向了拉提卡，她用咒语聚集起周围的沙砾并将它们一并掷向麦哈尔娜，砸得麦哈尔娜的脑袋和身上满是血。就在麦哈尔娜快要撑不住时，阿芙萨尔组织里的其他成员出现，将拉提卡团团围住，逼得拉提卡不得不停下对麦哈尔娜的攻击，转而面对她们。

贾莉拉已无力再战，她去到石头堆里将麦哈尔娜拉出来。而娜宰尼、阿尔提斯和安哈尔则包围住愤怒又疲惫的拉提卡。没有僵持多久，拉提卡便用咒语将几个人悬到空中，她们的骨头发出爆裂声，同时皆因疼痛难忍而纷纷痛苦地喊起来。于是贾莉拉不得不放下麦哈尔娜而前去帮助姐妹们。在缓慢靠近拉提卡的过程中，她气息不均匀地念起咒语试图解救姐妹们，但拉提卡立马将几个人扔在地上，转而将贾莉拉举到空中粉碎她的骨头。摔在地上的三个人迅速起身营救已经快要死去的贾莉拉。娜宰尼决定用尽自己最后的能量去对付拉提卡，哪怕付出自己的生命。但这时安哈尔早她一步念出比组织里所有的咒语加起来还要强大的咒语，使拉提卡身下的地面颤动起来，随即摔倒在地。这正好给了阿尔提斯和娜宰尼机会，她们一跃而上，在拉提卡的胸口落下雨点般密集连续的攻击。

# 第三十章

# 疼痛的蜜和死亡的香气

阿芙萨尔惊恐万分地颤抖着，只等着达伽念完咒语结束她的生命。但很快，在看到女儿们前来营救自己后，她的恐惧便转为了满脸释然的笑容。阿芙萨尔的咒语被彻底打断，她转头看向女孩们，用同一个咒语将她们齐齐举到半空中。但不受咒语控制的麦哈尔娜继续朝她奔去，达伽看着她费解地说："怎么可能？"

话还没说完，麦哈尔娜手中的匕首就刺进了她的腹部。她跪倒在地，茫然失措地抓着那把匕首，盯着阿芙萨尔和女孩们问道："我的女儿们在哪儿？"

麦哈尔娜从达伽腹部拔出匕首，达伽瞬间因为恐惧和疲惫而浑身抽搐起来。在她倒下之前，阿芙萨尔抓住她并对她说："姑娘们，我们终结了蛇头。"

达伽双膝跪地，鲜血从腹部往外涌的同时泪流不止，双眼朦胧地寻找着自己的女儿们。就在这时，阿芙萨尔的组织成员们找回了些精力，她们围住无力的达伽，失望里掺杂着喜悦。阿芙萨尔拿出早已准备好的匕首对准达伽的脖颈，用波斯语说道："我的仇恨在今天画上了句号。"

在她将匕首刺进达伽的脖颈前，达伽念起咒语燃起了一团巨大的火焰，顷刻间将自己化为了灰烬。

阿尔提斯说："婶婶，刚刚发生了什么？"

阿芙萨尔看着达伽的灰烬，笑着说："她剥夺了我取走她灵魂的快感，选择了自我了结。"

娜宰尼说："不重要了，婶婶，最重要的是我们赢了，我们替你报了仇。"

这时麦哈尔娜笑起来，说："看啊，婶婶，她们之中还有一人活着！"

# 第三十一章

# 至苦的完结

阿兹拉克说："这就是所有发生的事，哈娜……我当时因为受伤而没能介入帮助她们，我还想着能够很快赶上她们的。"

哈娜将白色戒指扔向阿兹拉克，说："戴上这枚戒指，你会尽快好起来的……"

阿兹拉克戴上戒指说："我不配活着……我丢下了我的子民，丢下了多纳，也丢下了你们所有人……"

哈娜望着远方说："我冲向她们头领的时候实在是太过愚蠢。"

阿兹拉克说："战况激烈时我们常常会做出令自己后悔的事。"

哈娜说："我也丢下了我的姐妹们。"

阿兹拉克忍住眼眶里的泪水，说："我们用各自的方式抛弃了她们。"

哈娜微笑看着拉布哈的脸，说："阿兹拉克，我们会再度丢下她们吗？"

阿兹拉克说："什么意思？"

哈娜为拉布哈合上双眼，并对她说："好眠，姐姐。"

阿兹拉克说："哈娜，你现在准备怎么办？"

哈娜一边哭一边笑地说："那个贱人让我活下来真是失算。"

阿兹拉克说："如果你想的话，我可以把你带回到南部的家人身边。"

哈娜盯着拉布哈的脸平静地说："我不是逃兵，我从不给自己退路。"

阿兹拉克说："你现在除了回到家乡还能做什么？"

哈娜抱住拉布哈的尸体说："复仇，万达尔之子，唯有复仇。"

《阿拉伯的果园》第二部，激战将继续。

魔鬼之帮

哈德拉毛女妖

俘虏魔鬼　精灵谢赫达理木

努拉的情人

万达尔之子阿兹拉克　金字塔魔鬼

“我将与陆地上所有的魔鬼结盟，如果这是我为姐妹复仇的唯一之路。”

哈娜